情书三旬 2

博妹 —— 著

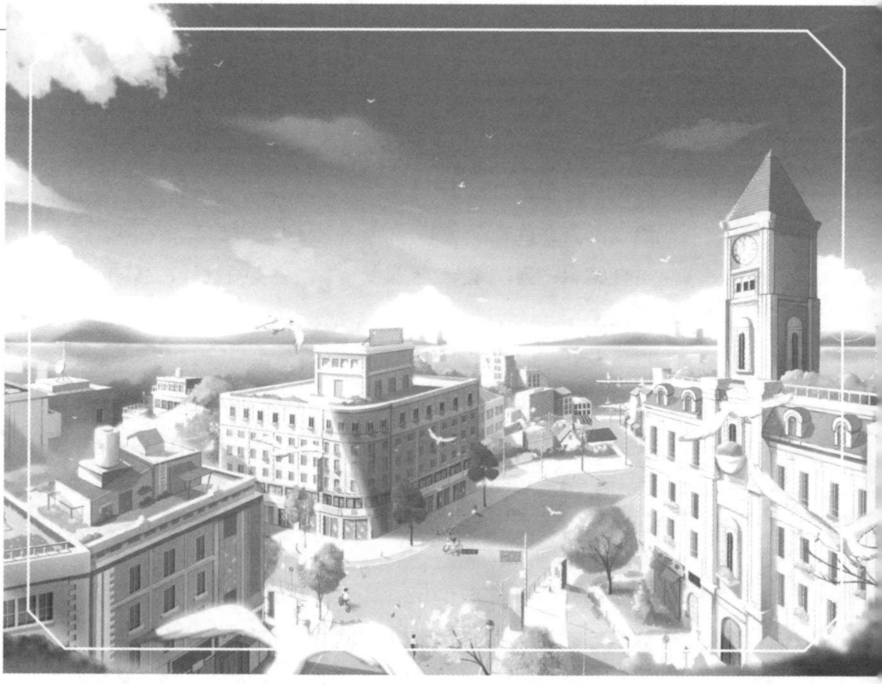

图书在版编目（CIP）数据

情书三旬．2／博妹著．— 合肥：安徽文艺出版社，2020.5

ISBN 978-7-5396-6922-9

Ⅰ.①情… Ⅱ.①博… Ⅲ.①长篇小说－中国－当代 Ⅳ.①I247.5

中国版本图书馆 CIP 数据核字（2020）第 039203 号

情书三旬 2

QINGSHU SAN XUN 2

出 版 人：段晓静
责任编辑：周 康 宋潇婧 装帧设计：米 籽

出版发行：时代出版传媒股份有限公司 www.press-mart.com
　　　　　安徽文艺出版社 www.awpub.com
地　　址：合肥市翡翠路1118号 邮政编码：230071
营 销 部：(0551)63533889
印　　制：合肥华云印务有限责任公司　(0551)63418899

开本：880×1230 1/32 印张：9.5 字数：217千字
版次：2020年5月第1版 2020年5月第1次印刷
定价：38.80 元

（如发现印装质量问题，影响阅读，请与出版社联系调换）

版权所有，侵权必究

目录

▸ **第一章** <<< 001
你是不是小霸王，自己心里没点数？

▸ **第二章** <<< 019
原来小霸王还挺纯情的。

▸ **第三章** <<< 040
那你是希望自己赢呢，还是更希望战队赢？

▸ **第四章** <<< 058
这小霸王是在讨好她吗？

▸ **第五章**　<<< 079
你会喜欢江医生吗?

▸ **第六章**　<<< 099
忽然看见那双黑白分明的眼睛,如同看到深海,使人沉迷。

▸ **第七章**　<<< 112
我喜欢的人,和你有关系吗,越星宇?

▸ **第八章**　<<< 132
谢谢你,江虞,还好有你。

▸ **第九章** <<< 145
但没人知道他悄悄地把她藏在了心里。

▸ **第十章** <<< 157
他也好想被江虞叫宝贝啊……

▸ **第十一章** <<< 181
江虞心里满满的,皆是因为他。

▸ **第十二章** <<< 200
喜欢一个人到底是什么样的感觉?

▶ **第十三章** <<< 231
　　大冠军，可以做我的男朋友吗？

▶ **第十四章** <<< 257
　　你我便是彼此今生最珍贵的礼物。

▶ **番外一** <<< 276
　　这是我女朋友，你们抢什么？

▶ **番外** <<< 289
　　我跨越数万光年，只为向你走去。

第一章

你是不是小霸王，自己心里没点数？

　　江虞自认为这辈子没有比眼下更倒霉的时候了。她先是被男朋友甩了，然后又被别人偷走了身上所有的现金，最后还没能赶在雇主炒了她之前把雇主炒了。

　　她憋着一肚子火，用手机软件叫车，却怎么也等不到司机接单，一拐弯才发现整条路都被一群追星的人堵住了。

　　真是叫天天不应，叫"滴滴"不灵！

　　追星的人群一直从马路延伸到一百米外的场馆门口，还有人不断地向这边会聚。想从人群中横穿而过，江虞估摸得折腾好久。

　　江虞观摩了一会儿眼前的盛况。忽然，不知从哪个方向窜出来一个

女生,朝江虞走来。

女生二十出头的模样,在脸上贴了个"OUR"的标志。

江虞猜想女生也是追星大军中的一员。

女生一见江虞,上上下下将她打量了一下,欣喜地上前牵着江虞的手,道:"我可算找到你了。"然后,女生带着江虞转身往人群中钻。

江虞怎么也没想起面前这位紧拽着她手的女生是谁。

江虞边使劲挣扎边问:"等等,你是……"

"我是'一个南瓜没有籽'啊!你可以叫我'小籽'。我们不是约好了一起来现场给'咱儿子'撑排场的吗?'咱儿子'的车等会儿就要到了。他进场的时候,我们一定得喊起来,不能输给别家!应援做足,谁都得服!"

江虞听得一头雾水,此时她已经被拽进了人海里。每个人都互相挤着,江虞在其中进退不得。

估计这个"小籽"已经是身经百战,她拉着江虞还能在人群里游刃有余地穿梭。这却难为了江虞,她险些要窒息了!

两人好不容易挤到了前排 。

"小籽"在包里翻找着什么。

江虞气喘吁吁地道:"我……我想你可能是……认错人了,我好像不认识你……也不是什么粉丝。"

"小籽"翻包的动作停了下来,她直愣愣地看了江虞几秒,说着掏出手机翻开聊天记录,重新把江虞上下打量一通,喃喃道:"长头发、藕粉色围巾和米白色的羽绒服,我没找错啊!你是……"

江虞没有听清最后那串英文名字,她摇摇头说:"我真不是你要找的人。"

"小籽"懊恼地皱眉，短暂地思考之后，又说道，"那能不能麻烦你帮我个忙，帮我举着应援手幅就好。今天的活动，我们家的应援手幅可不能输给对面啊。"

对方一脸真诚，眼巴巴地看着江虞。江虞仿佛能看见她眼里冒出的小星星，觉得如果自己拒绝，一定会受到良心的谴责。

江虞心里一软，叹了口气道："那好吧。"

"小籽"欢喜地从包里把精心包裹好的手幅取出递给江虞。

应援手幅较大，展开还有点费劲。应援手幅的背景是一片蓝天，左边写着"OUR·Mast"，右边是"电子竞技小霸王"，中间印着同一个人两副不同表情的照片。

他直面镜头时，面无表情，一双眼睛尤为明亮，看一眼就能引人深陷；他侧对镜头时，侧脸俊秀，眼帘半垂，嘴角微微上翘，痞气十足。

一个打游戏的拥有这样的长相，也难怪女粉丝们激动成这样了。可"小霸王"是什么奇怪的爱称？

江虞忍不住望了望周围，发现好几个粉丝的应援手幅上都写着这几个字，字体的样式繁多，好像恨不得告诉全世界："我的偶像是'小霸王'！"

难道这年头"霸王"一词也可以用来夸奖别人了？

江虞正想问问旁边的"小籽"这个称呼有什么含义，周围的粉丝就爆发出一阵尖叫声。

江虞偏过头望去，只见一辆车停在不远处。

车门被打开，里头的人挨个走下来。每出现一个人，人群里就传来

一阵欢呼声，场面一时间更加沸腾起来。

最后，一只手搭上车门框，一个男生从里头探出半个身子。

他慢悠悠地抬腿下车，那一双腿修长笔直，剪裁合身的休闲裤穿在他身上，竟有种与众不同的风格，而裤脚下露出的那一截脚踝足够引人注目。

现场的尖叫声忽然变大了！周围的粉丝们凭借着自己的嗓子，竟制造出堪比音响的环绕音效。

这一刻，江虞甚至怀疑在这样的环境里多待一秒，她的听力就会下降。

现场的气氛达到了高潮，安保人员都快拦不住狂热的粉丝们了，安保人员嗓子都喊哑了，才勉强维持住秩序。

男生把帽檐压得很低，江虞没法直接看清他的面容，更不知道他是谁。但从"小籽"一边尖叫，一边拿单反相机对着他使劲按快门的状况来看，他应该就是应援手幅上写的那个"小霸王"。

这时，"小霸王"身边的人和他说了什么，他侧耳听了一会儿，才摘下帽子，回身将帽子丢进车里。

江虞这才见到他的模样，他比应援手幅上照片里更帅气，举手投足间自有风范。

他抬头望向人群，目光所及之处，都是扯着嗓子叫他名字的粉丝。

当他和江虞对视的那一刹那，江虞看见他眼底含着光，像炽热骄阳。

恍惚间，她竟也生出一点粉丝才会有的想法，希望偶像能走近一点，再走近一点。

除了最后下来的那个男生，其他几个人都穿着统一的外套。他们挨个向前走，和周围的粉丝们打着招呼。

祁南的手揣在口袋里走在最后边，偶尔有嗓子特别大的粉丝喊他，他就朝着声音发出的方向微微一笑。

当他快走到江虞面前时，脚步缓了下来。

他的粉丝不少，江虞的应援手幅在"应援海"里头并不算显眼，如果不是自己的队友刚才在车里指着江虞给他看，他或许不会注意到她。

当时，那队员嘴里一股子酸味儿："你看那个举着天蓝色应援手幅的女生，长得太好看了。那么好看的姑娘怎么是你的粉丝？"

祁南冷笑了一声，反问道："怎么就不能是我的粉丝了？"

"我怕她被你的表象给蒙蔽了。"说完，那个队员就把脑袋缩了回去，躲过了祁南的拳头。

祁南白了那个队员一眼，偏过头去看。那个女生站在第一排，手里虽然举着一张应援手幅，却不像其他人那样高举过头顶，她的表情也不是特别激动，在热闹的人群里，显得特别违和。

同队的"Idxx"凑过来道："听说，最近有些漂亮姑娘专门跑到活动场地要签名，之后再拿回去高价卖掉。她会不会是黄牛啊？"

祁南冷笑一声，斜着眼看他，道："没有女粉丝的人，看女的都像黄牛。"

听见这话，"Idxx"顿时愤怒了："祁南，你会不会说话？谁没有粉丝了？前两天还有人在直播间给我刷了礼物。"

祁南拖长调子"哦"了一声，嘲讽道："你是说那位在弹幕里刷屏，说你输得真有技术含量的大兄弟吗？"

其他人闻言笑出了声,"Idxx"的脸涨得通红,简直想当场和祁南翻脸。奈何祁南年纪不大,个头倒挺高,手长腿长的,Idxx 怎么也打不过。

"Idxx"道:"要不要来打个赌?如果那姑娘是个黄牛,你给我精神补偿红包以及帮我洗两个星期的袜子。"

后一个条件可比前一个恐怖多了。和"Idxx"的臭袜子比起来,垃圾场的臭鸡蛋都得败下阵。洗他的袜子简直就是人间酷刑!

祁南眼角不自觉地抽搐了一下。赌约无聊且让人倒胃口,他虽然极不想应下这个赌约,但若在这时候退步,不就是间接地表示他怕了吗?

祁南又朝江虞的方向看了一眼,他的目光落在那个精心制作的应援手幅上。

她这么用心,他不可能会输。

于是,祁南缓缓走到江虞面前,周围的人都激动地尖叫,江虞却望着他发呆。

她张了张嘴,想说什么又说不出来,只好尴尬地问身边的人:"你们不是他的粉丝吗?别只顾着尖叫,快和他互动啊!"

只可惜旁边的人看见祁南走近,只顾着拿单反相机拍照,完全没有搭理她的意思。

江虞欲哭无泪:"你们别不理我啊?我不太了解这小孩儿。"

闻言,祁南的脸色瞬间沉了下来,但碍于有很多粉丝在场,他仍努力地维持着自己的形象。他直勾勾地盯着江虞的脸,知道面前的人大概是黄牛了。

江虞发现祁南漆黑的眼眸格外深邃,与他对视时,仿佛要被那墨色吞噬了一般。

江虞尴尬地朝他笑了笑，祁南从兜里掏出笔，在江虞的应援手幅上开始签字。

他边签字边问："你不认识我？"

江虞老实地点头。

祁南心中冷笑，面上却微微一笑："那你举什么应援手幅，上面写的是什么意思，你懂吗？"

他的话和虚假的笑容让江虞觉得很不舒服，再加上今天遇到了诸多不顺的事，她心里隐隐冒火："你问我做什么？你是不是小霸王，自己心里没点数？"

祁南努力维持的表情，终于出现了一丝裂痕。

这黄牛长了一张好脸蛋，说出来的话倒是难听得很！

签完名，祁南把应援手幅递还给她，说道："既然不知道，又为什么来到这里？是生活窘迫到需要倒卖我的签名了吗？"

他面上平静，江虞却听出一种咬牙切齿的味道。她还没来得及回答，祁南就头也不回地往场馆的方向走了。

他走得不如来时那般飒爽，每一步好像都格外沉重。

江虞本来还因为他的话而感到气愤，这会儿却因他这副模样，觉得自己刚才有些冲动了，不该当着他粉丝的面说这么过分的话，伤了他的自尊心。

江虞以为自己的话中伤了祁南，却不知道祁南此时压根没想那些，他满脑子都是等会儿见到"Idxx"后，对方得意扬扬的样子。

他打赌输了,原先和"Idxx"说的那些话,现下看来更是在打他的脸。

果不其然,他刚走进场馆大门,"Idxx"就跑上来揽着他的肩膀,问:"怎么样?那美女是不是黄牛啊?"

祁南面无表情地直接拿手机给"Idxx"发了个红包。

"滚。"

他一副不欲多说的模样,偏偏"Idxx"还要在一旁幸灾乐祸:"别生气嘛,你粉丝那么多,就连黄牛都这么好看,有什么不高兴的?再说了……"

"Idxx"不停地在他耳边唠唠叨叨。看着"Idxx"欢天喜地的模样,祁南的面色越发沉了下来。

真是够了!他为什么要打这个赌,自己找罪受?

那个黄牛也是一点职业道德都没有,想要他的签名,起码也先去网上了解他一下啊!演一下他的粉丝,能费多大劲?

场馆外,江虞觉得周围人的注意力都放在了她的身上。他们窃窃私语地议论怎么还有黄牛混在粉丝里头,甚至有人不怕事地大声说出来。

"黄牛站在最前面,也不嫌害臊!"

"你快点走吧,在这干吗?"

就连前边的安保大叔的眼神里都带了嘲讽的意思。

那些视线如芒在背,江虞从脖子到脸颊都涨红了,只差没把这地缝扒开,钻进去再合上。

"小籽"刚才只顾着拍照,忘了江虞什么都不懂,现在对江虞也有些歉意。"小籽"在旁边不停地解释:"不是的,她是我朋友,她只是陪我来的,她不懂这些……"但不论她怎么解释,其他人都认定了江虞是黄牛,还觉得"小籽"是和江虞一伙的。

两人眼看解释不过,只好从人群里退出来。

"小籽"一个劲地和江虞道歉,说先是麻烦了江虞,又害得江虞被误会。

江虞无力地挥手,把应援手幅塞到"小籽"怀里,说:"算了,好歹还给你要了个签名。"

"小籽"再三道谢,存了江虞的联系方式之后,重新回到粉丝大军里。

江虞抬头望着天空,心想:这一天真是够倒霉的,在外面多待一会儿就会多遇到一件倒霉的事情。

她掏出手机给小姐妹祁柚发微信消息,把今天遭遇的倒霉事情都说了一遍。

她对最后这件事情的怨气特别重,一个劲地吐槽:"现在的小朋友都这么自以为是吗?我怎么就是黄牛了?见过这么好看的黄牛吗!年纪不大,脾气还不小。"

祁柚不愧是江虞的小姐妹,立刻和江虞一起吐槽那人。

等吐槽完这一天下来遇到的倒霉事情,江虞才算出了一口气。

祁柚见江虞心情好点了,便和江虞聊起了正事。

"你现在没了工作,有什么打算?"

江虞的上一份工作是私人医生,雇主是她前男友的母亲。她和前男友分手后,本想和那个总刁难她的女人说"拜拜",没想到却被那个女人抢先一步把她给炒了。

"我也不知道,可能还会做医生吧。柚子,你有什么推荐吗?"

祁柚想了一会儿，激动地道："程湛前几天说战队急着招队医，你有没有什么想法？我觉得你完全符合要求。"

"战队？我记得你老公好像是很有名的游戏选手。"

"对，他以前是知名电子竞技选手，现在已经退役做教练了。我弟弟现在也在做电子竞技选手。"

江虞没有见过祁柚的弟弟，但是听祁柚提过。

祁柚的弟弟高中时就想去做职业选手，和父亲闹了好几次，最后被程湛和祁柚拦了下来。没想到现在还是选择去做职业选手了，真是执着。

"对了，程湛昨天和我提过，他说过两天会有节目组去战队俱乐部录制节目，俱乐部为此还在网上找了一些粉丝参加录制。要不你到时候混进粉丝群里，先了解一下队里的情况？我跟程湛打个招呼就好。"

江虞相信祁柚，便同意了祁柚的建议。

几日后的清晨，江虞到达了战队俱乐部。

此时，一楼的大厅里站了不少人。战队经理陈伯川一看见她，就热情地迎了上来，和她打招呼。

他跟江虞简单介绍了一下俱乐部的情况，然后凑到她耳边小声地说："其他人等会儿就下来了，都是挺可爱的小孩儿。你一定会喜欢的。"说完，陈伯川拍拍她的肩，笑着挥挥手，先去忙其他的事情了。

旁边有几位获得录制资格的粉丝，看见陈伯川和江虞说话都对她有些好奇。

其中一个磨蹭着走上前，和她搭话。

"你好，你是工作人员吗？"

江虞微笑着摇摇头。

那位粉丝还想再说什么,突然其他粉丝传来一阵尖叫声。

江虞闻声望去,便看见了一群人,他们身上正穿着她眼熟的服装。她再一看,那些人中有一个人太眼熟了。正是那天非要给她扣上黄牛帽子的人。

祁南也看见了她,忽然有些分不清自己是不是在做梦。

自从遭受了洗袜子的酷刑,祁南的睡眠质量就大大下降了。他好几次梦见江虞和"Idxx"一边举着臭袜子一边追着他跑,这场景一晚上能把他吓醒好几次!

他稍稍抬腿,脚尖踢在"Idxx"的腿弯处。"Idxx"腿一软,往前踉跄了好几步才稳住身形,回头问祁南在发什么疯。

祁南恍然大悟,皮笑肉不笑地拉长尾音说道:"原来我睡醒了啊。"这句话把"Idxx"气得恨不得扑上去咬他一口。

祁南的视线往江虞那边飘,这黄牛怎么又混在粉丝里头?

他没有当场说出这句话。等到节目组开始整理设备、调配人员的时候,他才不动声色地移到江虞身边。

他小声地道:"你这黄牛门路倒挺多的,居然还能混进战队俱乐部里。这回是五个人的签名都想拥有吗?"

这小孩儿怎么一开口说话就这么不招人喜欢?而且他是不是有点妄想症?

江虞缓缓地瞥他一眼,而后叹了一口气,道:"放心,唯独不要你的。"

祁南被她呛得哽了一下,不愿意败下阵来,又道:"你既不是工作人员也不是受邀请的粉丝,你肯定是想骚扰队员,要是再不走,我就喊

保安了！"

江虞觉得他这话说得有趣，她上下打量着他，一时没忍住，调侃道："那你给我说说，你哪值得我骚扰？"

"长得好看。"

祁南对自己的长相有十足的信心，说这话时也理直气壮。

江虞被他的直言不讳给呛住。要是让她给见过的人以自恋程度排位，祁南绝对能拿第一名。

她笑了笑，摆了摆手，转身往其他地方去了。她明明什么也没说，祁南却觉得自己被羞辱了，仿佛他对自己外貌的肯定是一个笑话。

节目录制过程中，大家都有说有笑地谈论着战队生活，唯独祁南有些心不在焉。他和粉丝互动的时候，总注意江虞的动向。

一旁的陈伯川不知道黄牛这一茬，见祁南总往江虞的方向瞟，压低声音问："怎么了？你喜欢江小姐这种类型的啊？"

祁南面无表情地看陈伯川，不答反问："我看上去像疯了？"

可陈伯川哪里会信，满脑子都是他家祁南终于想追女生了，对方还是可能会来战队工作的江医生，真是可喜可贺！回头他一定要和程湛教练好好说说。

录制结束后，江虞和陈伯川打了声招呼便回家了。她刚回到家就收到祁柚发来的消息，询问江虞今天去俱乐部的情况。

江虞觉得俱乐部的工作环境很不错。

在 M 市这种寸土寸金的地方，俱乐部能把基地设在中心地段，说明它的经济实力不差。基地是一栋带院子的四层楼房，里面还有负责三餐和保洁的阿姨，那儿的工作人员过得太舒适了。

如果她去的话，还有单独的医务室和休息室。而且俱乐部工资开得也不低，福利待遇相当不错。

还有一点，直接让江虞给这份工作评了高分。

面对这样一群朝气蓬勃的小孩儿，她觉得比每天对着前男友颐指气使的妈妈要好得多！

江虞认认真真地分析完，便和祁柚说决定加入这个队伍。

祁柚听了很高兴，给程湛打了一个电话后，又给自家弟弟祁南打了一个电话。

祁南大概正在打游戏，过了一会儿才接电话，声音懒洋洋的："怎么了？"

"队里不是在招队医吗，新队医对俱乐部的情况挺满意的，过几天可能就签合同上岗了。"

"这事你找我姐夫说不就行了？还需要给我打电话？"

祁柚嘱咐道："新队医是我的好朋友，你替我照顾好她。"

听到祁柚的话，祁南猜想新队医的性格和祁柚可能相差无几，是一个柔柔弱弱的小姑娘。

他应下了，想着如果有人敢刁难新队医，他就揍谁，却没想到整个俱乐部最刁难新队医的人正是他自己。

江虞去俱乐部正式报到的那一天，祁南正在训练室里打游戏。

他听见基地大门的门铃响了，便去开门，却没想到门外竟是那个女人。

他倚着门框，一副不放行的架势，语气也不大好："你来做什么？今天队里没有活动，大家还在睡觉，不会有人给你签名。"

江虞有点哭笑不得："你真是……我真不是黄牛。"

祁南上下扫了她一眼，满是怀疑。他正要开口说什么，身后传来陈伯川的声音，"是谁来了？"

而后陈伯川走近，见到江虞后，和她打了个招呼。他转过头对祁南说："上回见面时还没确定下来，这回正式地给你介绍一下，这是我们队里的队医，江虞。"

这句话让倚在门框上的祁南没靠稳，跟跄了几步才站好。他怎么也没想到前几天姐姐亲自打电话让他照顾的朋友，居然会是江虞！

陈伯川后来说的话，他都没听进去。他脑子里盘旋着一个等式：黄牛＝队医＝亲姐姐的闺密！

这未免太不可思议了！

战队里的其他人都被陈伯川喊了下来，欢迎江虞的加入。

陈伯川向大家介绍江虞，然后又跟江虞挨个介绍队里的成员。轮到祁南时，祁南面上仍是那副半信半疑的表情。

"这是祁南，游戏名是 Mast。反正这也没外人就不自谦了，我就这么和你说吧，如果给他列一张属性表，他绝对是现役选手里少有的美貌与实力并存的那种……"忽然，他一拍脑袋像想起什么似的，"我这瞎介绍什么呢？你和祁柚是认识的，肯定也知道祁南啊，他就是祁柚的弟弟。"

闻言，江虞也震惊了。祁柚那么温和的女人，居然有这么脾气古怪、说话难听的弟弟！

两人互相对视一眼，然后相互嫌弃地移开了目光。

其实在节目录制的那天，"Idxx"就认出了江虞。但他也和祁南一样，认定了她是黄牛，怕一提起，祁南会揍他，就没敢提赌约的事。

这会儿得知江虞的身份，他才凑到江虞身边问道："江医生，你不是黄牛也不是粉丝，那你那天怎么会出现在现场？当时我和祁南赌你是不是黄牛，结果你一问三不知，我们就以为你是黄牛了，他也输给我……"

听到这个祁南就来气，更何况还是在江虞面前说出来！

祁南狠狠地踩了"Idxx"一脚，嫌弃"Idxx"太多嘴。

闻言，江虞忍不住笑了。难怪祁南每次见她都不给她好脸色，归根结底是因为打赌输了。

祁南瞥见江虞嘴角的笑意，脸上一阵燥热，气呼呼地拉着出卖队友的"Idxx"走了。

江虞看着他头也不回地离开，从背影里都能看出他别扭的样子，再次感慨血缘的奇妙，姐弟俩的性格居然可以如此迥异。

基地二楼是队员和工作人员的宿舍，和大家打过招呼之后，江虞就先上去整理行李了。

训练室里，祁南坐在电脑前，听着陈伯川念叨："原来你们之间还发生过那样的事，难怪录制节目那天你总盯着江医生看。我说，你们之前那样误会江医生会不会不太好？万一她……"

陈伯川在祁南耳边絮絮叨叨，分析这样的乌龙事件会不会给江虞造成心理阴影，还越说越夸张。

祁南忍无可忍，道："你这是在表演说唱呢？消停一会儿，行吗？"

他虽然嘴上这么说,但心里其实也在想着陈伯川说的话。至少他有一句话说得没错,误会别人确实不好。

祁南眉头紧皱,思索了好一会儿才站起来。

他当着"Idxx"的面,从"Idxx"的抽屉里翻了一把现金出来,拿在手上数了数,和之前打赌红包的金额一样,然后又拿走了"Idxx"桌上的一盒零食,往二楼走去。

江虞来到了俱乐部给她安排的房间。因为保洁阿姨提前打扫过房间,江虞把行李一放就可以住下。

房间采光很好,大概是因为俱乐部的工作人员知道新来的队医是女性,窗边还挂上了文艺简约的纱织窗帘,银色的丝线在阳光下闪烁。

她在房间里走了一圈,对自己的住处很满意。

她把行李箱打开,开始收拾东西。就在她把衣服往衣柜里放时,忽然听见门外有响动。

江虞觉得奇怪,放下手中的东西去开门。拉开门,发现站在那儿的人竟是祁南。他手里还拿了些东西,一副欲言又止的模样。

"你这是?"江虞问道。

祁南把东西塞到江虞手里,江虞蒙了。

祁南左顾右盼,不敢直视江虞的眼睛,别扭地说:"之前误会你了,这是 'Idxx' 打赌输的,都给你。"

小霸王居然会道歉?

江虞愣住了,祁南见她不搭话,也不知道脑子里怎么想的,又说:"你不接受?上次我输了,帮 'Idxx' 洗了一个星期的袜子,要不我让他给你洗……"

"别别,"见祁南越说越离谱,江虞有些哭笑不得,"就算他同意,我还觉得难为情呢。"

就在两人纠缠的时候,有人从旁边路过。祁南叫了那人一声"教练",江虞这才发现是程湛。

程湛看了看两人,又看了看江虞手里的现金和零食,想起陈伯川说上次江虞来基地时,祁南总往江虞的方向看,忍不住开口提醒小舅子:"你追姑娘,上来就直接给钱和零食?"

这小舅子真是没有半点他姐姐身上的浪漫感。

"我没有!"祁南气恼。

江虞也想解释。

可程湛却是一副了然的模样,摆摆手阻止了她的话,说:"你别替他开脱,我都知道。以后我让他姐给他支支招,这么傻乎乎的不招女孩子喜欢。"

说罢,他就推着祁南往楼下走,边下楼还边训祁南。

看到祁南用"你怎么不帮我解释的"的眼神不断回望她时,江虞长叹一口气,这下好了,旧的误会刚说清楚,新乌龙事件又来了。

▼ 第二章

原来小霸主还挺纯情的。

  STL是近年来兴起的游戏,全球玩家总数突破六千万,前几年被正式列为比赛项目,有不计其数的人气选手参与其中。
  但是对于电子竞技行业来说,如果拿不出成绩,就算粉丝再多也没有用。所以面对即将开始的赛季,大家渐渐将重心移到了训练上,没有人再闲聊八卦消息了。
  选手们起床之后就在电脑前坐着,除了吃饭、上厕所和偶尔到门外放松几分钟以外,其余时间都在训练,一日三餐都巴不得坐在电脑前解决。
  江虞还是第一次做电子竞技俱乐部的队医,看到这些人打游戏如此

疯狂，心里还是有些惊讶的。

外界很多人提起这个行业时，语气中总是充满羡慕，说这些职业选手只用打游戏就能拥有惊人的年薪。现在想来，他们并不知道这些人背后付出了多少努力。

江虞半夜醒来时，外边的天空一片混沌。

她摸出手机看时间，这会儿才四点，离天亮还有好一会儿。

她摸黑到楼下厨房倒了一杯水，回头时惊讶地发现训练室里还有光亮。

她小心翼翼地往训练室走去，没注意门边摆放的一张矮桌，膝盖直接撞了上去，磕出不小的动静。

训练室里的人闻声回头，电脑屏幕的光打在他的脸上，显得他五官深陷、面色惨白。

江虞的脑子里瞬间闪过无数惊悚片的片段，连尖叫都忘记了，转身就朝着反方向跑。

她慌不择路，膝盖又不小心撞上了沙发的木扶手。

这回可比刚刚严重多了，她疼得直接蹲了下来，按着膝盖倒吸凉气。

手中的玻璃杯落在地上，玻璃碎片混着水四处飞溅。

灯光开关啪的一声被人按下。突如其来的光亮，刺得江虞不适地眯了眯眼睛。

祁南的手仍搭在开关上，皱着眉看向她。

江虞一见是他，松了一口气，跳到嗓子眼的那颗心慢慢地回到胸腔里头。

"你在做什么？"他的嗓音相较平时多了些沙哑。

见江虞蹲在那儿好半天没起来，祁南走近，看见一地的狼藉，大概明白了是什么情况。

他揪着江虞的胳膊，生生将她拽起来，让她在沙发上坐着。

被他这么粗鲁地提起来，江虞疼得倒吸一口凉气。

她坐在沙发上，揉着膝盖，瞪着一双眼睛看祁南，暗自吐槽他不懂得怜香惜玉。

祁南却只是盯着她的膝盖，皱起了眉。

他环视了一下四周的布局，忍不住说道："这都能磕到？"

江虞小声地说："如果不是你大半夜在这儿吓人，我能磕着吗？"

这声音在一室静谧中，尤为清晰。

一时间，气氛有些尴尬。

祁南几次张嘴想说点什么，却欲言又止，最后他说："这也不能怪我，要不你怪沙发吧，我替你踹它几脚。"说着，他就抬腿朝沙发扶手上踢，愣是踢得沙发带着江虞往后移了移。

他这个举动让江虞哭笑不得。

这不完全就是哄孩子吗？摔倒了就踩地板，磕到了就踹沙发。

江虞连忙拦着他："算了算了，是我自己撞上去的。"

祁南说："那我给你把医药箱拿过来，你自己处理一下？"

江虞摇摇头说："揉一会儿就好。"然后转移话题道，"你呢？怎么这么晚还在训练室？是睡醒了起来训练，还是压根就没睡？"

训练室里祁南专用的电脑屏幕仍亮着。画面上，祁南使用的游戏人物停在营地里，旁边的公屏上不断弹出消息。

祁南挑眉道："江医生，你才进来几天啊，就想管我？"

江虞有些无语,她真跟这小孩儿聊不下去。

祁南见她不说话了,耸耸肩,一副"随你吧"的样子,然后取来扫帚收拾这一地狼藉。

那只骨节分明的手握在扫帚把上,黑色的把子把他的肤色衬得越发白皙。

江虞听陈伯川神色夸张地说过,那是一双天生适合吃这碗饭的手,价值无限。陈伯川成天怕祁南磕着碰着它,半点活也不让干。可是这会儿,这双手居然拿起了扫帚。

江虞心里忽地生出愧疚感来,她撑着沙发的扶手站起来,跛着脚往前跳了一小步,伸手刚想拿他手中的扫帚,祁南就把手往后一躲,让她够不到。

他直挺挺地站在那儿,比江虞高出了一大截,低头望了她一眼,就看穿了她的心思,没好气地说:"老老实实地坐着,腿是不疼了?一个女孩子逞什么能?"

他的语气算不上好,但是江虞能从中感觉到祁南对她别扭的关心。

她退回去坐着,看他慢吞吞地打扫。他时不时地让她抬抬脚,她也乖巧地配合。

这种感觉很奇妙,两人都没想过有一天可以这样平静地相处,而这一天却来得这么快。

祁南把地上扫干净,又回来问她:"你还能走吗?"

"可以的。"江虞缓缓地伸腿,最初的疼痛感消散了些。

她单腿跳到了楼梯口。

祁南正要回训练室时,听见身后江虞的声音:"你也早点休息,注意劳逸结合。"

祁南点点头。

他看着江虞扶着楼梯的扶手一步一停地上楼,这才转身进了训练室。

游戏界面里,队友因为他挂机而把他骂了千百回。

此时的局势无可挽回,祁南看着游戏里的水晶炸裂开来,心里却很平静。

他看了一眼时间,一边点了退出按钮,一边回想着刚才发生的事,心里觉得有些好笑。

那个女人每天的工作都让人挑不出错处,平时嘴里还一口一个"小孩儿",明明只大他几岁而已。可刚才那会儿,她抱着膝盖蹲在那儿,疼得直不起身来时,他伸手稍稍用劲,就把人给提起来了。

她明明也只是个小姑娘而已。

夜晚似乎就是有这样的能力,把每一个细节都放大,让人一帧一帧地琢磨。

她跛着一条腿,笨拙地单腿跳上台阶,让祁南想起人人都听过的童话故事。

他想,落跑时掉了一只水晶鞋的灰姑娘,大概就是这个模样吧。

狼狈里带着点可爱。

江虞来俱乐部的第二周,战队应邀参加游戏官方组织的某个线下活动。因为会有很多粉丝到现场,所以活动那天一大早,游戏官方就派了化妆师过来给队员们化妆。

陈伯川一见化妆师进来,心就提了起来。

化妆师来给选手们上妆做发型也不是第一次了,这本是个简单又愉快的环节。可自从祁南入队后,这就成了陈伯川最头痛的环节!

祁南长了一张即使不用化妆也能让人心跳加速的脸,所以对于化妆这件事,他不仅觉得没有必要,还总觉得化妆有点"娘",因此对化妆颇为抗拒。

果然,没多久祁南就开始折磨化妆师了。他死活不同意涂口红,一会儿嫌弃这支颜色不好看,一会儿嫌弃那支香味难闻,磨磨蹭蹭半天,化妆师都要崩溃了。祁南才支支吾吾地表示涂口红之后,嘴唇会很干,他不喜欢。

化妆师还赶着要给其他队员上妆,一气之下就把搞定祁南的任务推到陈伯川身上,跑去给别人化妆了。

陈伯川头痛不已,他比谁都了解祁南的臭脾气,不是几句话就可以说服他的,这任务的难度不是一般的大。

他试着开口劝了几句,却被祁南直接无视。无奈,他把目光投向了全场唯一的女性——江虞。

江虞见状,立刻事不关己地把视线移开,看自己手中的医学杂志。

可陈伯川哪管这么多,很没骨气地把这烫手的"洋山芋"塞给了江虞。

江虞想再丢给别人,就没那么简单了。

她看着手里的一次性唇刷发愁,过了一会儿,从包里翻出来一支唇膏,在祁南面前晃了晃:"涂唇膏吗?这个不干。"

闻言,祁南抬着下巴,用余光悄悄地瞥她一眼。

江虞见事情有回旋的余地,又道:"你的唇色很浅,也不知道是天生的,还是晚上没休息好。粉丝看到你这样,会不会觉得你生病了?会不会有不理智的粉丝觉得是俱乐部对你不好,剥削你、压迫你?"

这句话让祁南愣住了,他沉思了一会儿,最终烦躁地"啧"了一声,嘴上虽然没答应,但却指了指旁边的椅子,示意江虞坐下。

江虞笑了笑,乖巧地坐下来。她打开唇膏的盖子,抬头看了他一眼道:"你低下来一点。"

祁南弯下腰来,手不自在地搭在她的椅子边。

两人近距离一对比,江虞更显娇小。从远处看,就好像祁南把江虞搂在怀里一样。

江虞细致地用唇刷描绘他的唇形,全神贯注,没注意到她和祁南之间的距离。

而祁南则一动不动地看着江虞,她翘起的睫毛就在他眼前。他们第一次离得这么近,好似连呼吸都交缠在一起。

画上最后一笔,江虞满意地来回欣赏了一番。她的目光无意识地向下,正好看见了祁南白皙光洁的脖颈。

祁南注意到她的视线,脸上一红,一下子站起来,退得老远。

他整理好衣领,道:"涂完了还凑这么近做什么?喜欢上我了?"

江虞这会儿才想起来,即使他有美好的身材,却还是那个自恋的小霸王。

她故作淡然地道:"我就是看一下口红涂歪了没有,你一个小孩儿,我对你能有什么兴趣?"

祁南想和她争辩这个问题,可一动唇像是想起什么,眼神突变,惊恐地看着她。

他感觉自己的嘴唇在发烫,话都涌到了喉咙,又被他咽了回去,反

复好几次。

江虞看着祁南突然变得奇怪的表情，有些担心地问道："怎么了？哪里不舒服吗？"

祁南支支吾吾半天，才道："你……刚刚给我用的，是不是……你自己的唇膏？"

江虞点头，不明所以。

祁南的脸更热了，伸手狠狠地擦着嘴唇，原先画好的口红被蹭开，蹭到了脸上，像是偷吃完番茄酱忘记擦嘴了。

他气急败坏地道："你疯了？和我间接接吻？"

江虞愣了一下，看了一眼手里的唇膏，忽地明白了。

她还没来得及说什么，祁南就白了她一眼，恶狠狠地道："你以后离我远一点！"

如果不是他的脸上沾着口红，耳朵上也泛上了害羞的颜色，江虞大概会被他的语气给唬住。可现在，江虞只是望着他，祁南就别扭地跑开了。

江虞拿起放在一边的杂志，挑了挑眉，原来小霸王还挺纯情的。

游戏官方邀请了 OUR 和今年城市杯冠军的队伍来参加活动，两个队伍会在现场小小比试一番。

OUR 还没上场，光是主持人在上边介绍，台下的人群就已经开始沸腾。等到队员们上场后，江虞在后台都能听见粉丝们的尖叫声。

不同于外边的兴奋和激动，这场比赛对于不懂游戏的江虞来说，作用和一颗安眠药差不多，让她昏昏欲睡。

等到"水友赛"结束，互动环节开始时，她才慢慢地提起精神。

主持人随机挑选台下的粉丝，粉丝可以向任意一位选手提问。

现场的气氛很火热。

主持人笑了笑，说："今天这场比赛，Mast 的操作很厉害，把整队的节奏带起来了。那我们第一位互动的观众，就选 Mast 的粉丝吧。"

祁南的粉丝们坐不住了，纷纷举起手呐喊，吸引主持人的视线。

主持人环视一圈，伸手指向一位坐在观众席中间位置的粉丝。她手里举着的灯牌上，大大地写着七个字——"电子竞技小霸王"。

大荧幕上镜头给到这位粉丝，她面上的惊喜一览无余。

看见灯牌上熟悉的七个字，江虞偏了偏身子，问旁边的陈伯川："'电子竞技小霸王'是什么意思？"

"祁南打游戏的时候，逮着谁都要跟他打一架，看见谁都不怕，可不就跟个小霸王似的。好几个队伍的队员都说一遇到他就觉得头痛。"

江虞扑哧一声笑了。

陈伯川见她笑了，以为她不信，连忙道："是真的。有一次常规赛，开局对线的时候，祁南和'辅助'两人被对面的人埋伏了。自家小弟当面被人欺负，祁南哪忍得下这口气？于是那晚的比赛，等他的装备稍微成型后，他就带着'辅助'到处游走，各种挑事，见谁打谁。比赛结束，对面的选手都被打得自闭了。"

江虞想着祁南那睚眦必报的性格，觉得还真有可能。

与粉丝的互动结束后，剩下的环节与 OUR 关联并不大，主要是游戏官方推广赞助商的时间。因此，江虞便随陈伯川等人做了收尾工作，坐车回俱乐部了。

这天晚上，江虞在医务室里待到很晚。

她花了几天时间整理并阅读队员们的体检报告和以前的病历本，今天终于看完了。

队员们大部分还算健康，只是偶尔有个小病小痛。

祁南的病历本是最薄的，可能因为他年纪最小，所以身体素质也是最好的，几乎没有生过病。不过，病历里有一块内容引起了江虞的注意，祁南去年到医院检查过一次手腕……

江虞想起那天晚上，她撞见祁南半夜三更在训练的场景，不禁皱起了眉头。

如果这是常态的话，他的手部劳损会很大。虽然病历本上没有写有严重的症状，但他有没有开始注意腕部的问题呢？

为此，江虞多留了个心眼儿，开始观察起祁南的训练情况。她发现他除了吃喝拉撒以外，几乎是连轴转地进行训练。

几天后，她给自己定了凌晨四点的闹钟。

闹钟响了以后，她摸黑下楼，便见训练室半掩着门，门缝里透出光来。她凑近门缝，见一台电脑屏幕亮着，祁南正背对着门的方向。

电脑屏幕中的游戏人物，正被他操纵着灵活走位。可过了一会儿，祁南突然松开鼠标，发出细微的抽气声。

江虞以为他是手疼，刚想过去看看，就见祁南回过头，盯着她道："你半夜在这儿吓人呢？"

看来不是手痛，是被她吓的。

江虞有些手足无措，她还没想好怎么跟他说明情况，于是撒了个小谎："我起来倒水喝。"

祁南没有怀疑她，回过身继续训练，随口提醒道："你开个灯吧，别又把自己给撞着，上回那动静听起来怪疼的。"

江虞没想到他还记得之前的事情，心里暖暖的，就像手中忽然被塞进了一杯热茶，温度从手心传到了全身。

江虞去厨房倒了一杯温水，稍稍镇静之后，走进训练室，在祁南旁边机位的椅子上坐下。

她捧着水杯老实地坐着，想着怎么和祁南开口。

祁南在操作的间隙里，瞄了她一眼。

队友的大号椅子把她衬得娇小。她的长相算不上惊艳，但放在人群中，一定能让人一眼就注意到，是越看越好看的类型。

江虞的肤色很白，没有染过的发色很黑，但眼眸的颜色有些浅，近看时显得灵动，让人见过一次就很难忘记。

祁南嘴角向上弯着，跟她开玩笑："你怎么这个时间还跑过来看我训练，想我哄你睡觉吗？"

江虞顿时感觉脸颊有些发烫。

她眼睫毛轻轻地颤动，把视线转到其他地方去，深呼吸几次，才小声道："我在想，你这些操作，对手的技术很高吧？"

祁南点了点头，然后偏过头看她。

"这几天，我看你总在训练室外边转悠，就觉得奇怪，现在又跑来问我这些问题。"他顿了一下，突然凑近她，嘴角的笑意更深了，"这么关心我，被我迷上了吗？"

他和江虞离得很近，彼此的呼吸都交缠在一起了。

江虞顿时感觉自己热得快要燃烧了，她果断转移话题："祁南，你这样的训练强度,对手腕的伤害很大。你要不要考虑一下减少训练量?"

祁南没想到她会说到这个,想到这几天手腕偶尔出现的僵硬与不适感,他的表情瞬间冷了下来。

他退了回去,靠在椅背上,声音冷得令人发寒,道:"江虞,这不关你的事。"

见势不妙,江虞本不打算继续往下说了,可等她看见祁南握着鼠标的手操作了几下后,突然松开鼠标甩手时,她的眉头下意识地皱了起来。

她一把握住祁南的手,感觉到他的手正在微微地颤抖,便知道终究是晚了。

他的手腕已经出现问题了。

江虞严肃地说:"你的腕部已经开始出现问题了,你是知道的,对不对?为什么不及时止损?我虽然不了解你们这个职业,但是说白了,也就是趁着年轻,靠手吃饭……"

祁南嗤笑一声,低声道:"及时止损?趁着年轻?"他猛地甩开她的手,冷冷地望着她,"看来你和那些人也没什么不同,什么都不了解。"

江虞虽然不知道他说的是哪些人,但还是认真地劝道:"我虽然不了解,但是作为你的队医有必要为你考虑。明天我会和教练上报你的状况,队里没有替补选手,要是你因为手伤不能上场的话,他还得……"

也不知道是哪句话刺激到了祁南,他不顾疼痛,猛地用手捶了一下桌面。

江虞被他的反应吓到了,手一抖,杯子里的水也洒出来了一些。

祁南的视线离开她的脸,手指向门的方向,语气隐忍,像压抑着莫大的怒火:"你给我离开训练室。"

祁南的情绪极差，江虞怕他再用那只受伤的手做出什么事，便没再说下去了。

她默默地离开了训练室，心里又担忧又奇怪。

为什么祁南会发脾气？是因为他不能接受减少训练量这件事吗？

可如果不减少训练量，他的手一定会出大问题，难道他要因为训练断了自己的职业生涯吗？

江虞离开后，祁南深吸了一口气。

他想继续刚才的训练，可江虞的话在他的脑子里挥之不去，让他越来越烦躁，就连手都越发疼了起来。

祁南推开键盘，左手按了按右手手腕，眉头紧紧地皱着。

他是 OUR 的首发队员，绝对不能让程湛找人顶替他。

那句话的威力一直持续到第二天。

去往比赛场地的路上，祁南戴着帽子、口罩假寐，一副生人勿近的模样。

整个大巴里的气氛很冷。

"Idxx"试图找祁南商量一下今天的战略，可他刚坐到祁南旁边的位子上，还未发出声音，祁南就睁开眼盯着他。

那眼神让人发怵。

"Idxx"后背一凉，迅速地转身离开，一个字也没说。

陈伯川往后瞧了瞧，低声问旁边的人："小霸王这是怎么了？好久没见他脸色这么难看了。"

"Idxx"还有些心惊，他拍了拍胸口，道："我刚才差点以为要被

他丢下车了。"

"不是生病了吧?"陈伯川看向后一排的江虞,"江医生,你去看看祁南,他会不会是身体不太舒服?"

江虞想起昨晚不愉快的对话,猜到他大概还在生气。但出于担忧,犹豫之后,她还是走到祁南那一排,在过道另一边的位子坐下了。

祁南压低帽檐,双手放在口袋里,把脸转向了另一侧,完全是一副拒绝和她交流的姿态。

江虞吃了个闭门羹,低声说道:"我知道你很想打比赛,所以你手腕的事,我还没有告诉教练。但你不要拿自己的身体赌气,如果有什么问题,一定要告诉我。"

可祁南还是保持着原来的姿势,也不知道他到底听没听见。

江虞叹了一口气,望向窗外,一路无言。

希望他的手没有她想象得那么糟糕。

这一天,比赛现场的粉丝们都发现了祁南的异样,他们纷纷在微博里发问。

陈伯川在祁南上场之前,还在休息室门口堵祁南,问他是不是真的没事。

祁南把帽子和口罩摘了,背着外设包,双手仍在队服口袋里放着。他淡淡地应了一声,绕过陈伯川,往选手上台的通道方向走。

看着祁南的背影,陈伯川有一种不好的预感,感觉今天这场比赛要出事。

果然,第一局比赛可以说是险象环生,赢得一点也不容易。下场的时候,祁南的脸色更难看了。

他今天的操作太差了，程湛直接把他单独拎出去，问他是怎么回事。

到了此时，祁南仍想隐瞒："没睡好，我下一把不会再出现失误了。"

可程湛压根不信，他一手带出来的选手，他最了解了。他冷声道："你胆子可真是大了，对教练都有所隐瞒，还真是好样的。"

祁南仍是沉默。

程湛观察着祁南的神情，问道："队伍的成绩也不管了吗？"

祁南身体一僵，低下头。半响，他把自己几天前就开始手疼的事情说了。

祁南还强调："别告诉我姐，也别告诉其他人，我怕影响他们的心态。"

曾经是职业选手的程湛知道这事有多严重，他脸色冷厉，咬咬牙却没说话，只是把江虞单独喊了进来。

江虞接到通知后，心里有些复杂，看来她的祈祷并没有起到作用。

她提着医药箱进了休息室。她虽然猜到祁南的手可能出了问题，但见到祁南那红肿的手腕时，她还是皱起了眉。

在短暂的中场休息时间里，她迅速地替他上药、缠绷带，但她知道这样做的效果不大。

包扎完，江虞犹豫了几秒后，抬头看向程湛，严肃地道："我建议这场比赛他别上了。"

如果造成永久性的伤害，他的职业生涯就停在这儿了。

对江虞的话，祁南显然不能接受。他咬牙说："不可能！"然后望向程湛，"其实也不是很疼，我能打完。而且只有我能上。"

OUR 没有替补选手，如果祁南不上场，这场比赛他们就只能弃权了。

程湛一时间也找不到劝祁南的理由,只好同意。

于是,祁南穿上长袖队服,掩住缠绷再次上场。

可第二局一开始,祁南就被对方的 AD 选手(指游戏中玩近战物理输出英雄角色的玩家)打压,很多平时不可能犯的错误,这一局里都出现了。

OUR 毫不意外地输了比赛。

五人从台上下来的时候,都哭丧着一张脸,就连一向能最快调节好心态的队长,此刻的面色也不好看。

程湛看着祁南的双眼,看见了祁南眼中的不甘。可程湛低头,也看见了祁南微微颤抖的手。程湛闭眼沉默了一会儿,最终做了决定:"别打了。"

在祁南反驳之前,程湛又说:"别和我说影响心态,你觉得你打成这样就不会影响大家的心态吗?我们没有替补选手,这一场弃权。"

队伍里的其他四人瞪大了眼,他们只知道祁南的状态不好,但是不明白怎么就严重到要弃权了?

两人间的气氛剑拔弩张,其他人也不敢说话,就这么僵持着。

江虞站在一旁,她知道没有哪一个选手愿意不战而败,可是……

她叹了口气,出声打破僵局:"祁南,让我再看看你的手吧。"

"Idxx"闻言,一双眼睛瞪得老大,不顾教练和小霸王还在对峙,伸手就要撸祁南的袖子。可"Idxx"刚抓到祁南的手臂时,就被祁南狠狠地甩开了。

"你的手怎么了?你说啊!你居然还瞒着我们!"身为祁南多年的队友,"Idxx"虽然平时和祁南打打闹闹没个消停,可祁南出事的时候,他也是最着急的。

要知道选手的手出问题,别说输掉比赛,甚至可能要提前结束职业生涯。

其他队员也纷纷围了上来,问祁南到底是怎么回事。

祁南撇开脸,没回答。

其他人在祁南这儿得不到答案,便去找江虞。

江虞看了看祁南的脸色,正犹豫着要不要把情况说出来,有工作人员敲响了休息室的门。

对方是来催促OUR上场的。程湛和陈伯川对视一眼后,互相点点头,一块出去说明情况。

知道事情不再有回旋的余地,祁南气得踹翻了一张椅子。

OUR战队春季常规赛弃权的消息一经传出,举座哗然。第一场比赛就弃赛,战队众人在后台都能听见观众席上的人有多不满。

陈伯川生怕祁南等人遇到气急的粉丝,正面起冲突,就安排众人从后门离开。

路上,队友"Double"有些感慨地说:"好久没这样偷偷地从后门溜走了。"

江虞听见后下意识地看向祁南。

祁南大概也听见了,他皱了皱眉,拳头握紧又松开。

那双一向充满骄傲的眼睛,这会儿和平时不一样了。

有对自己的埋怨,有对弃赛的不甘,还有对队友的歉意……那双眼睛里藏着太多情绪,但祁南最终什么也没说。

他们走后门的时候,一部分粉丝可能猜到他们会走这里,便拥了过来。

这些粉丝把他们困住,每个人都很激动,质问他们最后为什么弃赛。

陈伯川大声地向粉丝们道歉,希望大家能冷静一点,可粉丝们依然不罢休。

场面一度很混乱。江虞也在费力地拦着,可战斗力十足的粉丝们狠狠地推了她一把。

江虞一个重心不稳,眼看就要摔倒了,这时,祁南伸手扶住了她。

江虞抬头看向他,此时,祁南的面色越发阴沉。

他的唇线绷得很直,那双偶尔会带着笑意的眼睛,这会儿目光冷厉,仿佛一直压着的怒气到了爆发的边缘。而他扶着她的那只缠了绷带的手也渐渐地收紧,抓得她有些痛。

推搡江虞的那个男人和祁南距离很近,嘴里正骂着什么,每句话都很刺耳。

他仗着自己人高马大,推搡护着队员们撤离的几个工作人员。

就在他骂骂咧咧的时候,一直一言不发的祁南忽然把背上的外设包塞给了江虞。

他把江虞推到一边,拉开了护着他的几个工作人员,冲到了男人跟前,一把揪起他的衣领。

"你了解情况吗?什么都不知道就不要在这里胡言乱语!"

他身上的戾气很重,似乎想找一个发泄情绪的闸口,每一句话都显得咄咄逼人。

一部分人被他震慑住了,声音渐渐小了下来。

祁南眼神凌厉地扫视着周围的人，又道："还有，工作人员犯错了吗？他们为什么要被你们推搡？"

大概祁南的气势太过凶悍，男人也有点怵他。

他只好提高音量哆哆嗦嗦地质问："谁……谁让你们不解释！我买票……就是来看你们输的吗？"

此时，不少回过神来的人开始举起手机对着祁南拍摄。

江虞见状，心道不妙，此时本就在风口浪尖上，要是再传出点什么，对祁南可就太不利了。

她连忙扯了扯祁南的袖子，试图提醒他冷静一点，可祁南不予理会。

气氛越发紧张，回过神的陈伯川费力地从旁边挤过来，隔开祁南和那男人。

祁南想把陈伯川扯开，却被陈伯川抱住。

陈伯川的一只手在祁南的背上拍了拍，一只手将祁南高昂的头微微地按下。

"祁南，我们确实是输了。等会儿和大家一起道个歉、鞠个躬吧。"

"我不。"祁南的声音有些沙哑。

"不要闹了，这件事已经很难处理了，想想你的队友。"陈伯川的声音很低，就彼此能听得到。

祁南的手紧握成拳，骨节泛白，从掌心缠绕而过的绷带因为他的力度扭成一团。

因为他的原因，队伍不得不弃权；如今又因为他，全队的人都得陪着他道歉。

"我自己来。"祁南离开陈伯川的怀抱，向男人走去。

  他将眼角的泪水生生地逼了回去，一个人道歉是他最后的倔强，他的桀骜不驯是刻在骨子里的。

  "因为我的个人原因造成OUR不得不放弃这一场比赛，对此我很抱歉。下次……下次一定会赢回来。"

  江虞站在他的身旁，清晰地看见他鞠躬时，后背始终绷得很直。

  他的眉间紧紧地皱着，江虞觉得他的锐气仿佛随着他弯下去的脊背，一点点地被磨去。

  他这么年轻，手伤已经严重到不能继续比赛，明明他才是最不愿意放弃的那一个，却还要被众人指责。

  他的背影很落寞，就这么看着，江虞都能体会到他的难过。

  那一瞬间，她的眼眶有些酸，她真的好想抱抱他。

第三章

那你是希望自己赢呢,还是更希望战队赢?

  OUR 比赛弃权的消息在网上迅速地发酵。大量游戏玩家隔着屏幕在网络上嘲讽怒骂，闹得陈伯川很头痛。

  身为队医，江虞并不需要关心这些事情，但她也很头痛。因为祁南还在和她闹脾气，总是不配合她的治疗。

  她明明交代他每天必须来医务室做一次检查，他却当没听见似的。

  她亲自去训练室找他，他总是在打游戏，完全不理会她。要不是程湛压着他来了几回，她怕是连他的手都摸不到。

  想到这儿，江虞忍不住叹了一口气。

  "Idxx"敲门进来，见她有点发愁的表情，以为祁南的手出了大问题，连忙问:"江医生,怎么了?是不是祁南的手情况不乐观?"

这几天,"Idxx"过来问了好几次祁南的手什么时候能恢复,能不能赶上下一场比赛。可祁南这么不配合,江虞没法给出一个准确的答复。

"没事,只是他今天又没来医务室做检查。"

"Idxx"挠挠头道:"他就这脾气,要不我帮你去跟程教练说一声吧。教练是他姐夫,他的话祁南肯定听。"

江虞摇了摇头道:"没事,我昨天给他换药时多擦了一点,应该能撑两天。他现在……大概不想见我。"

"为什么?"

"我……我也不知道。"江虞用手撑着下巴,若有所思地说,"比赛前一天晚上,我和他谈过手的问题。他每天的训练量太大了,他的手承受不了。可能是我说的话不中听吧,他当时就把我赶出训练室了。"

"Idxx"没想到两人还发生过这种事,难怪这些天他和祁南提起江虞时,祁南都阴沉着脸。

他挠了挠头,组织着自己的语言:"其实,祁南压力挺大的。你知道他姐夫,也就是教练,以前是很有名的电子竞技明星选手,而且祁南的长相也好。所以他一开始打比赛的时候,就自带关注度,有很多粉丝。不过,粉丝们喜欢把两人拿来做比较。当时我们几个刚组到一队,磨合得很不好,经常输掉比赛,所以很多粉丝说他是靠脸混的选手,根本没有实力。"

"可是他明明很努力啊。"江虞不解。

"可如果不能赢比赛,就算背后再努力,他们也看不到。"

江虞没想到以前还发生过这样的事情。

她还以为祁南是胜负心比较强,才执着于训练。现在看来,他可能是想证明自己,堵住那些"键盘侠"的嘴。

"Idxx"接着道:"教练在退役之前带着战队蝉联了两次冠军,可到了我们这里就输了,大家心里都不好受。我们这几个都是经过家里人同意来打比赛的,但祁南不是。老爷子对儿子严厉,哪能放任他胡闹,他来队里的第一天直接就被绑回去了。反正到现在两人关系也不大好,老爷子一点也不看好这个职业,觉得就是在荒废青春。"

所以,她那天说的什么"及时止损""趁着年轻"直接就踩到他的痛点上了。

江虞想给自己来一嘴巴,她都说了什么呀?什么都不懂还瞎说?

"Idxx"走后,江虞越想越觉得愧疚,感觉自己就像在别人伤口上撒了一把盐。

她深吸一口气,去网上搜了一些资料。

她点开一个个"操作集锦"的游戏剪辑视频。她虽然完全看不懂,但根据弹幕的内容来看,这里面必然有着惊人之处,不知道沉淀了多少不为人知的汗水。

江虞眼神一凝,决定找个机会和祁南好好道歉。为此,她和陈伯川打了声招呼,打算出门买一份礼物。

可到了附近的商场,江虞就有些迷茫了。

在买礼物这方面,她没有天赋,加上平时对祁南的了解太少,这时候,她根本不知该从何下手。

小男生喜欢什么?

江虞记得祁柚的小儿子每次哭闹,她轻轻哄一哄就好了,实在不行就给颗糖。

糖果似乎有一种魔力，不管他吃不吃，只要把糖放进他的手里，哪怕脸上哭得像小花猫，他也能止住泪水，眨巴眨巴眼睛就笑起来。

"嗯，甜食确实能促进人分泌多巴胺，在一定程度上可以让人变得开心。"江虞喃喃自语。她从实例和医学的角度分析了一番后，最后在熟悉的店里买了一盒包装偏冷淡风的手工糖。

买完礼物，江虞回到医务室继续上班。

她期待祁南推开门找她，可直到晚上，她都没有见到祁南的身影。

江虞叹了一口气，决定明天亲自去找他，却没想到第二天，情况就发生了转变。

次日早餐时，陈伯川在餐桌上频频看向祁南，嘴张开好几次，却又闭上了。

祁南见他的脸色不对，故作无意地问道："怎么了？"

陈伯川纠结再三，还是狠不下心。

程湛看不惯他这副磨磨蹭蹭的样子，直接替他开口说："出于对战队成绩的考虑，也为了避免上次弃赛的情况再次发生。俱乐部高层经过商量，决定给你这个位置找一个替补选手。"

毫无铺垫地说出找替补选手这件事。陈伯川怕会刺激到祁南，忙开口解释："我们不是放弃你，只是害怕你的手再出状况，多一份保障……"

可说到后边，陈伯川就闭了嘴，他觉得还不如不说话。

本来愉快的用餐时间，这会儿没人敢出声了。

大家都安静地快速吃着，想尽快逃离现场，可祁南快了他们一步。

他放下碗筷,离开餐厅上了楼。

江虞原以为按照祁南的性格,一定会发一通脾气,却没想到他什么都没说。

她看着他的背影,忽然有些心疼。他的手出了状况,队里马上就引进替补选手,换作任何人都会很难接受这件事。

其他几个人吃完早餐后,相继往训练室里跑。

在进训练室之前,他们朝楼上多看了几眼,可最后还是没人上去。

江虞再三思索之后,最终决定不在这个时候去找祁南道歉。她想他大概需要一点时间冷静。

她往医务室走去,可一推开门,发现一个熟悉的身影正坐在里面。

江虞直愣愣地看着祁南,原来他根本没回他的房间,而是直接来了她的医务室。

"吃完了?有时间吗?"

江虞回过神来,连忙坐到自己的位子上。

祁南撸起袖子,把手伸到了她的面前,小声道:"我配合你治疗。"

面对祁南突然转变的态度,江虞有些猝不及防,她甚至有点怀疑面前的人到底是不是祁南。

她斟酌着开口问:"你怎么……突然想通了?"

祁南闻言皱了皱眉,像是不太想回答,可他不说话,江虞就一直盯着他看。

祁南撇开脸,最后还是回答了她的问题:"我不想被替补,如果手能快点好,就没这回事了。"

在祁南心里,被替补大概真的是一把能伤到他的刀。

江虞一时不知道该说什么话安慰他。几秒钟后，她默默地替祁南检查手腕。

她想他是真的很喜欢这个职业。因为喜欢，所以愿意放下个人情绪跑来找她。而她唯一能做的，大概只有回报他的这份信任了。

江虞检查完祁南的手腕后，说了几点注意事项，然后开始给他上药。

她说什么，祁南都不回话。

江虞不希望他一直敌视她，于是换了话题说道："你能和我说一说这个游戏的机制吗？我前几天在网上看了一些游戏视频，但还是看不太懂。"

祁南瞥了她一眼，沉默片刻后，道："你什么意思？看我笑话？明明对游戏不感兴趣，还故意问这些事情，有意思吗？"

江虞闻言一愣，她没想到随口问出的问题会被他曲解。

她忽然觉得现在的祁南就像一只极其缺乏安全感的小刺猬。

他把浑身的刺都竖了起来，但凡有人想接近他，他就会用身上的刺将别人吓退。即使对方满怀善意地靠近他也不免被扎伤。

他把自己困在一个地方，不要别人怜悯，不要别人接触。

可他不知道，他这副姿态反而更加让她放心不下。

江虞继续帮他包扎手腕，小声道："我从来没有接触过游戏，但是看见你这么热爱它，我想它一定有值得被人热爱的地方，所以我想去了解它。如果我能体会到你们对游戏的那种喜欢，也许我就能对你更加感同身受一些。"

大概是没想到她会说出这番话来，祁南的脸色有些古怪。

但江虞也没有过多辩解，毕竟她之前的话伤了他，他有些怨言也是正常的。

她默默地包扎他的手腕。

时间一点一滴地过去,不知过了多久,祁南才缓缓地开口道:"地图上有三条路,三条路都通往对方的水晶,路上防御塔会给敌方造成伤害……击杀对方英雄人物或是野怪、小兵就能获得金币,金币用来买装备提升自己……"

祁南说的话其实不复杂,可江虞觉得这些话拼在一起就是一堆乱码。

什么是水晶?什么叫野怪?她看视频也没看见大家在哪里买装备啊?

祁南看着她脸上茫然的神色,扯了扯嘴角,觉得他也傻,和一个从不玩游戏的人说这么多有什么意义?

祁南把脸别开,看向其他的地方,不打算再说了。

可让他感到意外的是,江虞忽然又问:"那……这是一个团队游戏吗?"

祁南瞥了她一眼,觉得她有些傻:"肯定是啊,不然要战队做什么?"

"那你是希望自己赢呢,还是更希望战队赢?"

祁南被她问得神情一滞,因为她的这句话,他开始思考自己是为了谁而战。

他的脑子里闪出一副画面,那是他和队友们一起捧起世界赛奖杯的画面,那是他的梦想。

答案很明显了。

想通了的祁南忍不住轻轻地笑了一声。

江虞见他表情有所舒缓,小心翼翼地劝道:"虽然我不太了解具体情况,但如果你更希望战队赢的话,我觉得你可以考虑自己没法上场的时候,让替补选手上场,这只是暂时的而已。我相信以你的身体素质,短期之内手腕就能恢复，你就可以重回赛场了。"

祁南听着她小心翼翼的话语，抬起头来。

他看向她，不知是不是室内灯光的原因，她眼睛里好像有光。

她的眼睛一眨不眨地看着他，里面饱含着他从未见过的东西，却让他心头有些暖，也有些痒。

祁南将另一只手搭在桌面上撑着自己的下巴，歪头看着她。

"你这是在安慰我吗？"

江虞没想到自己的意图被他看穿了，脸一下子就红了。

"算……算是吧。"她结结巴巴地回答，然后写了一些注意事项在一张纸上，从桌下拿出一盒糖一并递了过去。

祁南看了看那盒糖果，又看向江虞，嘴角弯起一丝笑，一脸玩味。

"送我的？"

"嗯……对不起，因为不了解你的情况，我上次说了一些过分的话。"江虞低着头，小声地道，"甜食能促进人分泌多巴胺，这在一定程度上可以让你变得开心点……"

祁南闻言一挑眉，心想：她这是在哄我？这倒是挺稀奇。

江虞见祁南不说话，以为他不信，又道："真的，小小湛心情不好的时候，你姐姐特别喜欢给他买这个牌子的糖果。"

小小湛？他那几岁大的小外甥？

祁南本来很好的心情，顿时像被泼了一盆冷水。

他的脸一沉，这人还真是在哄他，不过是把他当小孩儿在哄！

祁南扯过那张纸拿在手里，却没拿那盒糖果。临走之前，他咬牙切齿地说："那我还真是谢谢你了。"

江虞看着他怒气冲冲离开的背影,觉得有些奇怪。

她心想:难道这个哄小朋友的方法现在已经不管用了吗?他到底有没有原谅她啊?

战队 AD 位置的替补选手很快定了下来,签订合同之后,就会搬进 OUR 的基地。

祁南虽然表面上不再像之前那样抗拒了,但内心应该还是有些焦虑的。

因为手伤,他的训练量大大减少,每天规定的训练时间过后,他只能眼巴巴地看其他人训练。每到这时,他就会跑到江虞的医务室,板着一张脸,换着法子让江虞同意他多训练一会儿。

一天,祁南的训练结束之后,依照惯例来医务室发脾气:"你再不让我多训练一会儿,基地里可能要多请一个心理医生了。"

江虞无动于衷:"用不着,我读研究生的时候,辅修的专业就是心理学。"

祁南不死心,在医务室里绕了两圈,又开口道:"条件随你提,换一个小时的训练时间,就算……就算你拿我的签名去卖也可以。"

他怎么还记得签名那件事啊?

江虞哭笑不得地道:"不是我故意不让你训练,对于你的手来说,一个小时真的太久了……"

"那半个小时,成交。"祁南不等江虞把话说完,就做了决定。

江虞本想拒绝,但想到他的训练强度已经降了很多,再不给点甜头,他怕是要起逆反心理。而且,祁南手腕的情况相比当初,已经有一点好转了，再多训练半个小时也是可以的。

那现在，她该提什么要求呢？

江虞考虑半晌，才道："要不，你教我打游戏吧？"

作为队医，江虞其实并不需要了解怎么打游戏，她只要负责队员们的健康问题。可现在，游戏这个话题就好像她和队员们之间的代沟，而放任代沟越来越大并不是好事。

祁南本以为江虞会为难他一番，却没想到她提的要求是让他教她打游戏。

他本来觉得太麻烦，可转念一想，他教她打游戏，让她看他打也是教啊，反正学不学得会是她的事。

祁南心里的小算盘打得啪啪直响，他开心得哼起歌来。

江虞哪会不知道他想什么，又给他添了一个条件："你教我打游戏，用嘴巴就可以了，不要用手哦。"

美好的幻想瞬间破灭，祁南烦躁地"啧'了一声，靠在门边道："就怕光说你学不会，走吧。"

两人下楼一块儿进了训练室。

这个点是队员们自由训练的时间，因为教练不在，所以训练室里吵得不行。

祁南让江虞坐在他的位子上，又从旁边拖了把椅子过来。

他不喜欢别人触碰他的键盘，取了一个基地里的备用键盘换上，然后登录"小号"，打开新手教程，示意江虞来试试。

他坐在旁边的椅子上，看江虞打新手教程，那操作可以说是相当不

堪入目了。

祁南嘴角抽搐了一下,他本以为他姐祁柚已经算是游戏菜鸟了,没想到祁柚的小姐妹比她还要狠一些,简直可以说是游戏白痴!

她打新手教程,也能打得手忙脚乱。一看到画面中出现敌人,就慌不择路,也不好好看教学文字,总是慌慌张张地先把能按的键都按一遍。

一旁的"Idxx"正好结束了一局排位赛,见两人这阵仗觉得新鲜极了。他正要上前凑个热闹,就接收到祁南凶狠的眼神,被吓得退了回去。

祁南可不想让人知道他连个菜鸟都教不会。他放弃对江虞说理论性知识,开了一局人机局,亲自给江虞做私人教练。

这回真是保姆级别的教程,细致到他一字一句地向江虞发布指令。

如果祁南的粉丝看到这个场景,一定会大吃一惊,毕竟他是一个在高端局里,遇到操作很差的队友会直接骂人的人。

江虞完全没意识到自己正享受着独家待遇,面对人机游戏里的对手,她如临大敌,不知如何下手。

江虞操作着自己的游戏人物上去打一下那个对手。那个对手在电脑的指挥下回击了一下,她就操作着人物逃得老远。

"啊!他不是电脑操控的吗?怎么还会打我?不行不行,我会失败的!"

祁南怒其不争:"我在这儿还会让你失败吗?听我的,上去打。"

江虞闻言,小心翼翼地操纵着人物走回去。她紧张得点了两下人机,然后闭上了眼,结果耳边却传来了对手被击败的音效。

她惊讶地睁开眼:"咦?我居然打败他了?"

祁南在边上气得翻了一个白眼,可江虞还在兴奋着,甚至认真地问祁南："你看到了吗？"

祁南本来很生气，可看到她这一副求表扬的模样，就有些哭笑不得。

他忍着笑，点点头，语气有些无奈："看到了。"刚说完，他就没忍住，轻轻地笑出声。这笑声把江虞的心尖撩拨得痒痒的。

江虞的耳朵热热的，她伸手揉了揉自己的耳朵，有点不好意思。

人家是职业选手，比赛的难度可比她这个高得多，她当着职业选手的面打败了一个被电脑操控的对手，居然还大惊小怪……

江虞："让你见笑了……我第一次玩游戏，感觉挺新奇的……"

祁南煞有介事地点了点头："第一次玩，技术就这么好，厉害得很。"

这么一夸，江虞更不好意思了。

她的脸上也开始发热，她连忙将手背贴在脸上，试图给脸颊降温。

祁南将她的变化看在眼里，心里有些异样。他刚想开口再逗逗她，训练室的门却忽然被人敲响了。

祁南见其他人都在忙，便走过去打开了门，可打开门的瞬间，他的脸色就冷了下来，下一秒就要把门关上。

门外的人见状，连忙用肩膀抵住门。

"初次见面，南哥，你就对我友好一点吧。"那人朝祁南咧了咧嘴，笑得一脸单纯，可祁南仍没有罢手的意思。

训练室里的人听到动静，纷纷往门口看去，结果除了江虞，其他人都愣住了。

祁南冷哼一声，毫不心软地戳对方的痛处："初次见面吗？我倒是经常看见你在原来的战队守饮水机，没有上场的机会。"

"所以，我这不就来抢你的首发选手的位置了吗？"

"那你还想进这个门?"

两人你来我往的,跟那扇门较劲,谁也不肯让步。最后还是陈伯川赶到,打破了僵局,好说歹说才让祁南松了手,这人才得以进门。

这人走进来后,江虞才看清楚他的模样。他眉清目秀,有一头利落的短发,发尾处带着点天然卷,眼神灵动,笑起来很甜。

这人名叫越星宇,是隔壁战队的前打野选手(指游戏中在野区游走打怪,寻找机会随时帮助队友击杀敌人的游戏玩家),后来因状态不佳,合同到期之后没有被战队续约。

至于他为什么会出现在这里,在场的大部分人其实心里都有数。因为陈伯川昨天说今天会去接替补选手,只是那时他卖关子,不肯透露对方是谁。

因为大家都认识,所以陈伯川只替越星宇做了简单的介绍,然后便带头鼓掌,欢迎他的加入。

祁南在旁边冷哼一声,满脸不快。

陈伯川见状,幸灾乐祸,他见在场的人只有江虞一脸茫然,便低声和她分享消息:"他就是我上回和你说的,在赛场上被祁南打到自闭的那个打野选手。后来他改玩 AD 位置了,技术也还不错,就是前东家不行。现在这个行业又是 AD 选手饱和的状态,他就被剩下来了。他呀,一听说我们队招替补选手,马上赶来了,估计是想着报仇呢!

"从前被按着打的人,现在顶替自己上场,我要是祁南,我也得被气死。"

江虞没想到两人还有这么深的渊源,皱眉道:"可关系这么僵着不好吧?等会儿别真打起来了。"

陈伯川一摆手说："没事，你还不明白祁南那脾气？就有点圈地盘的毛病，一有新人来就不高兴，得过几天才能消停。你有经验啊，当时你来，他对你也不友好，现在不是挺好的吗？"

江虞听着，感觉好像是这么个道理，再朝祁南和越星宇的方向看过去时，祁南已经冷漠地走到了一边。

面对不想搭理他的祁南，越星宇耸了耸肩。

他扫视训练室里的人，看见江虞的一瞬间愣住了，好一会儿才回过神。

他朝江虞走过来，紧张得有点同手同脚。

"你好，我……我叫越星宇，ID是'sof'，英文翻译是……不，就是星星之火的首字母。"他说话时，不好意思地挠了挠头，带着点腼腆。

江虞温和地笑着道："你好，我是江虞，是战队的队医。"

越星宇轻轻地重复了一遍江虞的名字，夸她的名字好听，接着伸出手道："很高兴认识你，江医生。"

江虞友好地握住了他的手。

倚在训练室门边的祁南看了一眼两人交握的手，心里突然有点不开心。

越星宇没发现祁南的不快，继续介绍道："我玩的是AD位置，以后就是我上场啦。我今年二十三岁，水瓶座。除了训练，平常还挺喜欢看电影的，也喜欢旅游……"

他把自己介绍得面面俱到，就差没说自己的择偶标准了。

祁南忍不住"啧"了一声，打断道："你话怎么这么多？"

可越星宇完全不理会祁南，眼睛一直看着江虞："江医生，你真的好漂亮，我第一次在现实里看见你这么好看的人。"

祁南的表情变了又变。江虞见祁南脸色不对，生怕两人再起冲突。

她向越星宇道了谢,然后回到位子上,继续体验她的游戏之旅。

可祁南并不打算放过她。

他走到她的椅子后面,双手交叉环于胸口,冷冷地道:"你和他打什么招呼?"

江虞见躲不过也就不躲了,但她对他的问题有些不解:"和同事第一次见面,难道不应该打招呼吗?以后还要长期相处呢。"

祁南想了想,道:"倒也是,反正我会很快重回赛场,那时他就得回去守饮水机了,和休息室的你相处的机会确实很多……"

可祁南一想到越星宇在休息室里待着,还在江虞旁边叽叽喳喳地说个不停的画面,就觉得烦躁。

这人还是离开俱乐部比较好!

另一边,江虞继续把注意力放在游戏里。

她觉得这个游戏好难,不仅要躲闪别人释放的技能,还要攻击敌人。难怪之前她看的那些游戏视频,网上的人都说厉害,这确实是个技术活。

江虞在心里暗自分析着,完全没了解到这个游戏的精髓其实不是打败了多少敌人,而是团战的战术。

等祁南回过神来,电脑屏幕右上角的战绩已经惨不忍睹了。

祁南倒吸一口气,突然想起这是他的"小号",只要其他人查看他的战绩,就能看见他在入门人机训练模式里,获得了"1-10"即一次击杀十次战败的光荣战绩!

队友中似乎有人认出这个账号是祁南的了,在公屏里发出一整串问号,怀疑祁南被盗号了。

祁南有些头痛，心想早知道这样，就不该偷懒，就该建个新账号给她玩。

他忍不住开口问："你是不是故意糟蹋我的号？"

江虞的声音很小："这个游戏真挺难的。"

祁南从后方俯下身，接过她手里的鼠标，连键盘都没用到，只是点了几下，就成功击杀了冲上来的人物。

他的操作很棒，但江虞的注意力却不在游戏上。他靠得实在太近了，近到她甚至能听见他的心跳声。

"这不就打败他了？你能不能动动脑子？"

江虞朝旁边挪了挪，不自然地应了一声。

难怪有那么多小女生看到他都会尖叫。不管是他比赛时的认真模样，还是他的一个眼神，确实都充满了魅力。

她以前不追星，也一直不能理解那些追星的人，现在却突然有些感同身受了。哪怕他说话一如既往地不好听，也足以让她心跳加速，心跳声在胸腔内回荡，久久不能平静。

祁南把鼠标键盘松开，起身时，视线上移，正好看见江虞垂眼时翘起的浓密睫毛。

祁南下意识地想，她的睫毛怎么这么长？

他正看得出神，江虞一抬眼，两人的视线正好撞上了。

祁南咳嗽几声，不自然地把目光移开，江虞也低下了头。

就在这时，陈伯川匆匆忙忙地从外边闯进来。

他把手机往祁南面前一摆，气不打一处来："入门人机局2-10，祁南，你怎么回事？有人把你的战绩截图往微博上一放，底下什么评论都有！"

闻言，江虞心虚地看了祁南一眼。

她刚打算和陈伯川说这个战绩是她一人所为，祁南却先她一步开口道："我不能上场打比赛，放飞自我，开心开心都不行？现在当职业选手这么难？"

江虞愣在原地，明明是她干的，被骂的该是她才对，他怎么自己担下了……

陈伯川烦躁得抓了一把头发，刚想再训祁南几句，微博消息的提示音就响了起来。陈伯川急得跳脚，没再顾着训人，处理微博去了。

江虞这才问他："刚才明明是我在玩，你怎么不反驳？"

"你哪那么多废话，他说我两句，我还能掉块肉不成？"

江虞的心里还是有些愧疚，她小声地道："谢谢……对不起哦，我下次自己建个号玩吧。"

她心思都写在脸上，祁南看得一清二楚。

他说不出安慰人的话，想了半天，最后大大咧咧地道："建什么号啊，到时候这不会那不会，不还是要问我？麻烦！再说，我就是为了我那半个小时的训练时间。我对你这么好，你千万要遵守约定，否则以后我就不教你打游戏了。"

江虞闻言，捂着嘴，扑哧一声笑了。

她一笑，这回换祁南脸红了："有……有什么好笑的？"

"没什么。"江虞从座位上站起来，笑着道："你放心，我一定会去和教练说的。"

第四章

这小霸王是在讨好她吗?

因为祁南的手受伤,所以下一场比赛上场的选手是越星宇。

比赛当天,陈伯川考虑到粉丝的情绪和选手的安全问题,没让祁南跟着去现场。

其他人离开之后,基地里只剩下祁南和江虞两人。

祁南开始了当天的训练,江虞则在医务室工作。

训练时间很快就结束了,祁南见江虞还没出现,正想偷偷摸摸地多训练一会儿,训练室的门就被人推开了。

祁南条件反射,立刻放下鼠标,举起双手,站起来转过身,用自己的身体挡住电脑屏幕,俨然一副心虚的模样。可他的面上还要努力维持着平静，像是什么都没有发生过。

江虞看到他这一系列的动作有些无奈，心想这人私下肯定没少背着人训练过，真是难管！

她叹了一口气，道："身体都这么诚实了，还想装无事发生？你能不能乖一点？"

祁南撇撇嘴，但他自知理亏，只好应付道："知道了，知道了。"

江虞拿他没办法，转移话题，道："比赛快开始了，要一起看吗？"

祁南打起游戏来，心里想不起别的事情，现在经江虞提醒，才发现已经快到比赛时间了。

他连忙把游戏软件关掉，点开直播比赛的软件，然后又搬了把椅子放在旁边："那一起看吧。"

在赞助商广告、主持人热场等流程走完之后，比赛正式开始。

江虞认真地听解说员解说，奈何这些对她这个只打过一次人机游戏的菜鸟来说，还是太难了。所以，过了一会儿，她就开始频频地打哈欠。

虽然她尽量减小自己的动静，但祁南还是注意到了。

"觉得很无聊吗？"

江虞顿了一会儿，露出一个讪讪的表情，"你知道，我就打过一次游戏……"

他了然地点头，替她补充："还用我的账号打出 2-10 的战绩，导致微博上一群人怀疑我是不是一蹶不振，连人机都不会打了。"

这人还是一如既往地说话不留情面。

江虞被说得脸上有些发烫，祁南大概也看出了她的羞愧，顿了一下，

又说道:"这很正常,我姐努力了好几年,也就和你差不多的水平。"

江虞记得这件事情。祁柚和程湛还在恋爱的时候,祁柚忽然变身网瘾少女,把江虞吓了一跳。当时江虞还在想,到底是恋爱的魅力,还是游戏的魅力,居然能让一个和游戏不沾边的人,开始热爱打游戏。

可时间一转,她居然也接触起游戏来,缘分还真是奇妙。

比赛还在继续,当OUR赢下第一局时,镜头给到OUR的五名选手,他们面上都挂着喜悦。

祁南偏开头看向窗外,他神情里的失落被江虞及时捕捉到了。

江虞心中了然,这大概是祁南成为职业选手后,第一次在屏幕前看OUR比赛吧,还是他的队友和另一个AD选手一起……虽然他什么也没说,但多少还是会有点难受吧?

江虞觉得自己有必要安慰一下他,可她还没开口,就被祁南打断了:

"这导播怎么想的?拿这一段做高光时刻。这是什么操作?没眼看。要不是打野力挽狂澜,估计要被骂死了。"

原来,屏幕上正在回放刚才那一局比赛的精彩操作部分。大概是看到了队友的失误,祁南刚才的失落表情一瞬间就不复存在了。

他满脸嫌弃,江虞毫不怀疑如果他在现场会直接把走下路的两人骂一顿。

看到曾经和他并肩的队友和代替他的人站在一起,他都没有说话,却因为这一点失误忍不住破口大骂。

江虞的嘴角微微弯起,没想到比起自己的情绪,他更在乎队伍的输赢。

"你这是什么表情?"

江虞倏地回过神,才发现自己一直在盯着祁南看。

她笑了笑,道:"我本来以为你会因为没去比赛而难过失落,现在看来,好像是我想多了。"

"你确实想得有点多,我有什么好失落的,就这操作还想把我踢下去?怎么可能?"

他微微地抬着下巴,那双眼睛里又恢复了以往的神色,坚定的、执拗的,好似他生来就立于顶峰,生来就该是骄傲的模样,谁也不能让他失落、难过。

即使不在赛场,他仍是最不容忽视的存在。

OUR 最终有惊无险地赢下了比赛。

祁南松了一口气,赢了比赛,好歹可以堵上一些人的嘴了。

其他人从比赛现场回来,"Idxx"第一个冲进来,几乎是扑到祁南的身上。

他使劲扒着祁南,向他告状:"小霸王,我太想你了,今天的比赛你看了吗?越星宇他'卖'我,一点都不保护我!"

祁南觉得又好气又好笑,把他扒开:"你离我远一点。"

大家赢得比赛后都是一副喜气洋洋的模样,彻底冲淡了之前输掉比赛的苦闷。

江虞看着祁南被围在中间也跟着笑了起来。这时候,越星宇从人群里逃出来,跑到江虞旁边。

他和祁南的性格完全不同,是阳光大男孩的类型,笑容总是挂在他

的脸上。

他朝江虞不好意思地笑了笑，伸手摸了摸自己的后脑勺，道："江医生，你今天看比赛了吗？"

"嗯，但是看不太懂。"

越星宇忙摆手道："没事，我知道你不玩游戏，我就是想说……"

江虞看他欲言又止，于是问道："怎么了？"

"我就是想说，今天赢了比赛，你觉得我表现得怎么样？"他的眼神亮晶晶的，一副求表扬的模样，如果他身后长着一条尾巴，肯定早就摇起来了。

江虞看不懂比赛，但知道赢了就是好事，便说："今天大家都发挥得很好。"

越星宇还想再说些什么，突然被人从后面揪着领子给拖走了。

他挣扎着回头，看见了祁南冷冰冰的脸。

"撒什么娇？训练太少了？"

越星宇翻了个白眼："训练再少能少得过你吗？"

祁南皮笑肉不笑："训练再少也能把你打趴下。"

见两人又拌嘴了，江虞忍俊不禁。经过这么多天的相处，她已经看出来了，这两人就属于吵得越凶，关系越好的那种，压根不会打起来。

她一向喜静，知道等会儿他们还要庆祝，便悄悄地离开了。

可回到医务室，看见桌上的那一堆近期常用的药品，又有些忧愁。

祁南今天那一连串反应，明显就是背着人偷偷训练了。如今 OUR 赢了比赛，祁南估计会更加按捺不住，她得提醒程教练盯紧这个小霸王才行。

可事实上，江虞低估了祁南对于游戏的执着。

当天夜里，祁南趁大家都睡下了，重操旧业，再次爬起来偷偷训练。

这次他偷偷训练的时间比往常任何一次都久，直到手腕处发出比以往都要强烈的疼痛感，他才放下鼠标。

他咬牙忍受着，回到房间，闭眼强制自己进入睡眠，结果眼睛一闭，对疼痛的感知更加明显了。

祁南犹豫再三，最终拉开了自己的房门。

此时约莫凌晨四点钟，整个基地静悄悄的。

祁南轻手轻脚地走到江虞的门前，用左手小心翼翼地敲响江虞的门。

他怕惊醒其他人，只轻轻地敲几下，就停下来注意有没有动静。可门里的人似乎没听到，一点儿动静都没有。

祁南又敲了两三次，就在他打算放弃，自己去医务室翻止疼药的时候，门被拉开了，里边站着睡眼惺忪的江虞。

走廊里的声控灯被开门的声音惊动，突然亮起的光线让江虞不适地眯了眯眼睛。

"有什么事吗？"或许是因为没睡醒，她的声音有点软软的感觉。

祁南没想到她被吵醒后，说话还这么温和。

他放在口袋里的那只手攥得紧紧的，手心里出了一层薄汗，不知道该怎么开口。

江虞揉了揉眼睛，又重新看向他："怎么了，是失眠了吗？"

祁南摇摇头，犹豫再三，刚准备开口，就听见旁边房间传来门锁被打开的声响。

他下意识地拉开江虞的房门,伸手环抱着江虞挤进了房间。

江虞不轻不重地"啊"了一声,合上房门后,两人在房门后边大眼瞪小眼。

江虞的脑子里一片空白,不知道现在是什么情况,她想问问祁南,他却对她做了一个噤声的手势。

隔壁的房间门被打开来,有人踩着拖鞋,走到了江虞的门前。

对方敲了敲门,问道:"发生什么事了吗?我听到你这边有声音。"

是越星宇。

江虞慢慢地回过神来,可他这么问,她又哪里知道这是什么情况。

她抬头看向将自己压在门后的祁南。

黑夜中,他的眼睛在窗外月光的照映下仿若有光。他轻轻地皱着眉,眼中却是她看不懂的东西。

祁南伸手指指外面,轻轻地挑起眉。

江虞这才似有所悟,开口道:"没事,我刚才去倒了杯水。"

"这样啊,那江医生,你早点休息。"说完,越星宇便回了房间。

隔壁房门被关上的那一刻,祁南松了一口气,一转头,他的视线落在她的身上。

她的身上只有一条单薄的睡裙,款式保守又不失可爱,是小女孩喜欢的样式,和她平时的穿着不一样。似乎这时候的她不是江医生,是江小姑娘。

他愣了几秒,一时间连手都没那么痛了,直到江虞再次出声询问,他才轻轻地咳了一声,后退半步道:"刚才推你进来,是不想被别人看见,以免误会。我来找你是因为手疼。"

手疼？

江虞的眼睛眨了眨，几秒后回过神来瞌睡都跑了。

她赶紧打开灯，一把握住他的手，此时他的掌心早已汗涔涔的，手腕处也肿了起来。

"去医务室。"江虞皱起眉，二话没说就拉着祁南往下走。

医务室里，江虞一言不发地查看他手部的情况。

可能是因为没休息好，她的眼睛一直不太舒适，看着一处的时间稍微长一点，就觉得眼睛酸。她使劲眨了眨，眼眶里头就浸了点泪水。

她伸手揉了揉眼睛，从桌上一大堆药物中找出需要用的药。

可祁南看着她这副泪眼蒙眬的模样，心里却是一紧："你……你怎么哭了？是……是因为我的手吗？"

江虞手上的动作没停，她刚想摇摇头说不是，可偏过头看见祁南正望着她，那一脸复杂的表情有些罕见。

于是，她低下头，故意压低声音道："谁哭了？你半夜把我吵醒，还不许我流几滴眼泪？"

可祁南哪里会相信她这番说辞？

他想起刚才她眼底的一抹红色，一种无地自容的感觉瞬间顺着脊背爬上来。

"对不起……我有时候晚上睡不着，会在大家都睡了之后，再练一会儿……"他越说越觉得心里没底，觑了觑江虞的脸色。

早就猜到他会偷偷训练的江虞，面色如常。

她一边替祁南上药、按摩、上绷带，一边暗自在心里计划着怎么

把自己的工作都提到白天完成，好在晚上寸步不离地盯着祁南，直到他睡着。

祁南以为她会说教，一直默默地低着头，可等了半天，却什么也没听到。

直觉告诉他，江虞这会儿的心情并不好，他试探着问道："你在生气吗？"

江虞闻言抬头看了他一眼："我不生气。生气有什么用？你会听话吗？"

她越是这么说，祁南就越觉得她不高兴。

医务室的窗外，此时隐约可以看见天光。

江虞起身开始收拾东西。祁南想帮忙却不知从何下手，最终，他不好意思地轻轻咳了一声，小声地道："已经快六点了，要不要一起吃个早餐？"

江虞闻言一愣，转身望向他，正好看见他慌张转移的眼神。

他结结巴巴地说："那什么……这个点阿姨还没来上班，你要是想吃，我……我可以做。"

这小霸王是在讨好她吗？

江虞忍不住扑哧笑了，她原以为这小孩儿不会在乎她的心情，没想到却有意外收获。

除了她，大概没人知道祁南还有这一面吧？

"你真的会吗？"

"早餐有什么难的，你不要看不起人。"

两人下了楼。一楼的暖气还没有开，祁南先给江虞热了一杯牛奶。

江虞披了一件外套，双手捧着热牛奶的杯子取暖。

她凑近杯子，杯子上方雾气氤氲，把她的五官衬托得更加柔和，鼻尖红红的，一副饥寒交迫的可怜模样。

祁南看了她一会儿，朝训练室的方向走去。

江虞偏过头看他，没一会儿，他又从里头走出来，手上多了一件羽绒服。

祁南伸手把衣服递给她，江虞愣了一下，而后笑了起来。

"谢谢。"

祁南不在意地一摆手，看她把衣服披在身上。

他的衣服对于她来说太大了，她的双腿蜷缩，一缩脖子，几乎整个人埋进了衣服里。

她露出半个脑袋看向祁南的模样，简直太可爱了！

祁南没忍住，笑着道："你知道你现在像什么吗？特别像偷穿大人衣服的小孩儿。"

江虞的声音从衣服里边传出来，闷闷的："瞎说。"

"真的，你这么瘦，难道不怕会被风吹跑吗？"

"才不会，再说胖起来就难看了。"

"是吗？"已经走到厨房里忙活的祁南忽地笑了起来，他回过头道，"可我就觉得你胖点更可爱啊。"

他笑起来时，脸颊上有一个浅浅的梨窝，眼睛里也有笑意溢出来。

这一瞬间，江虞的脑袋有些乱，整个头都埋到衣服里去了。

以前，她的小姐妹祁柚形容程湛时，总是不自觉地带上一些比喻。

那时她总觉得祁柚夸张，人不都是两只眼睛、一个鼻子和一张嘴，再好看能好看到哪儿去呢？总不见得能开出朵花来。

可就在刚才，她似乎能明白那种感觉了。

明明还身处暮冬，却仿佛能在他眼底见到夏日最盛的骄阳。

世间原来真有这般美好的人啊。

那天之后，两人的关系似乎更近了一步。祁南不再给江虞找麻烦，每天定时去医务室，主动配合治疗，偶尔两人也能聊上一些日常话题。

一天，江虞照常检查祁南的恢复情况，两人正有一搭没一搭地聊着天，她置于桌上的手机忽然振动了起来。

江虞扫了屏幕一眼，虽然是个没有备注的号码，但看见熟悉的尾号，江虞还是很快反应过来，直接挂断了电话。

"谁啊？"祁南问道。

江虞随口回答了一句："前东家……也是前男友。"

正说话间，对方的电话又拨了过来。江虞再次挂断之后，对方仍是坚持不懈。

几个回合下来，江虞被惹得烦了，把电话接起来，语气不快："有事？"

对方听到江虞的声音，愣了一下："怎么了？语气这么冲。"

"没事我就挂了。"

"你之前走的时候，有好些东西没带走，你什么时候有空？我拿给你。"

江虞不想和他见面，就说："那你丢了吧。"

"别啊,都是你自己的首饰,丢了多浪费。"江虞让他寄过来,他又不愿意,还说想到江虞新工作的地方来找她。

江虞怕他跑到基地来胡搅蛮缠,只好同意和他见面。

挂断电话时,她的脸色不佳。

祁南听不到电话里的内容,只能开口问:"怎么了?"

江虞调整了一下状态,才说道:"有点事情,我过两天请个假,你自己记得控制一下训练时间啊。"

两天后,江虞开始怀疑她只要和前男友扯上关系,就必定倒霉。

好几年没生过病的她得了重感冒,整个脑子昏昏沉沉的。但既然已经约定好了,江虞也不想失信于人,还是坚持爬起来整理了一下着装。

下楼时,祁南已经在吃早餐了。

祁南见惯了她淡妆的模样,乍一见妆容精致的江虞,他还有些不太习惯,多看了两眼才问道:"现在出去?"她正要回答,忽地用手捂住口鼻打了一个喷嚏。

祁南皱起眉,走近拉下江虞的手,看见她鼻尖上一片红,冷冷地问:"你是不是感冒了?

"好像有一点。"

见她没有放弃出门的打算,祁南没忍住,道:"病成这样,我看你就别出门了。"

"都约好了,现在突然放人鸽子,这样不好。"江虞看他面色不善,连忙说道,"就在旁边的商场,很快就回来。"

她挣开祁南的手,往基地的门口走去,边走还边提醒祁南注意训练

的时间。

　　江虞按时到了约定的地方,她的本意是拿了东西就走,并且希望以后再也不要见那个人。可江虞等了半个小时,对方才姗姗来迟。

　　一见面,江虞就直接提出她是来取东西的。可对方显然猜到江虞的意图,一直避开不谈,反而絮絮叨叨地说起自己的一些事情。

　　他还是喜欢这样自言自语,这么久以来,居然一点变化也没有。

　　她来不是为了听这些废话的,脑子里本就晕乎乎的,耳边又充斥着前男友的喋喋不休,心底的烦躁感一点点浮了上来。

　　她别过脸去看窗外,心里想着怎么才能拿到东西走人,忽然视线中出现了几个眼熟的人。

　　"Idxx"等人在前边说笑着,祁南则有些不情愿地慢慢悠悠跟在最后边,看来是被其他人硬拉出来逛街的。

　　没来由的,江虞心中的烦躁感似乎被扫走了一些。

　　"Idxx"最先看到了她,动作夸张地和她打招呼,接着左右喊着身边的人,大家就都注意到了她。

　　江虞和他们挥了挥手,算作回应。

　　祁南对着江虞点了点头,但在跟江虞同桌的男人对他挥手时,却是轻飘飘地把目光移开,做出无视的姿态。

　　祁南等人走后,前男友似乎对祁南刚才的态度不满意,阴阳怪气地问道:"你哪儿认识的这些人?"

　　江虞回答说是同事,前男友又问道:"同事?这看着都像没毕业的。"

　　前一个小时,他都在说他现在发展得越来越好,除了点评过几句江虞的外貌和衣着外,就没问过江虞的近况,自然不清楚江虞现在的具体工作。

"从事电子竞技行业,年纪会小一点。"她不欲和他多说这些事情。

"电子竞技?"对方说这话时不论是语气还是眼神都充满鄙夷,"不就是一群小孩儿打游戏?能成什么气候?这也叫行业?"听到这话,江虞更没有和他交谈的欲望了。

她抿着嘴没有回答,在心里想着该找什么借口离开。

对方却没看出江虞的心思,像是想炫耀似的,依然在说:"你那工作也不好,趁早别干了。我们和好之后,你可以回到家里照顾我母亲,这样不是更轻松吗?再说了,爱打游戏的小孩儿,能有好教养吗?"

最后一句话从他的嘴里说出来的时候,江虞抬起眼看着他。

向来温和的人,眼底是一片冷漠。

先不说他打着恋爱的幌子,拖欠了她几个月的工资。单说他家里那位母亲,成天对她颐指气使,就够让江虞烦的了。

这位前男友还是个实打实地被母亲宠到大的男人,母亲说什么就是什么,恋爱前后完全两个样。

和她前男友谈恋爱,她真是太亏了!

"谁说要跟你和好了?你当着我的面说我朋友的坏话,这就是你的教养吗?"江虞拎了包,说完这句话就打算走人。

她同意今天见面,不过是为了拿回自己的东西。可他说了这么多话,也没有说归还东西的事,她还不如趁早离开,免得浪费时间。

和这样的人解释"电子竞技"也没有意义,因为他一辈子也不会理解。

"以后就别找女朋友了,找个保姆吧,更适合你。"江虞觉得他有些可怜,从小就是在假象中成长,才让他到现在还有一种"我是天下第一"

的错觉。

前男友的脸色越来越沉,到最后气得手都在抖。

他哆嗦半天,才憋出一句:"你这人,我没法和你说话,把费用平摊了吧!"

分明是他想和江虞见面,江虞才同意今天见这么一面。到头来,他居然说没办法和她说话了。

江虞站起身,冲着他微微一笑:"这桌的费用我已经结清了,你也不用跟我平摊,把我的东西还给我就行了。啊,还有之前没结算的工资也结了吧。刚才不是口口声声说自己是上市公司的部门准经理吗?应该不会没有钱吧?"

这句话成功地让对方气得拍了桌子,桌面上的玻璃杯子被震得歪倒下来,从桌子上摔了下去,在地面上四分五裂。

店内的人纷纷朝这边看了过来,江虞也因为玻璃杯碎裂吓得后退了一步。

男人见江虞退缩了,嘴角一弯。他看了一眼周围因好奇而望过来的人群,突然觉得他就该让这个不知好歹的女人出出丑。

想到这儿,男人忽然扬起了手。

还没回过神来的江虞见男人的手挥下来,一时间有些反应不过来。

她下意识地闭上眼睛,恍惚中听见急切的脚步声向自己冲来。她感觉自己的肩膀被人用力往后拉了一下,接着她落入了一个冰冷的怀抱中。

虽然那人的拥抱很陌生,但是味道是那么熟悉。

江虞轻轻地睁开眼,只见祁南一只手将她拉入怀中,另一只手则紧紧地扣住了男人的手腕。

祁南的眼睛狠狠地盯着男人，那眼神冰冷，却好似藏着一团炙热的火焰。

这一刻，令人厌恶的前男友和店里看热闹的顾客好像都被祁南隔绝开了。

她目光所及之处，只剩下他俊秀的侧脸。

"你干什么？"祁南的语气冷冰冰的，边说话边加重了手上的力道。

江虞回过神来，怕他冲动，扯了扯他的衣领，小声地道："别打架。"在外打架，会造成不好的影响，这是电子竞技选手的禁区之一。一旦触碰，后果会很严重。

祁南瞪了一眼江虞的前男友，然后低下头问江虞："你没事吧？"

江虞摇摇头，从他的怀里钻出来。

祁南觉得怀里有些空落落的，忽然想：早知道就不问了，说不定还能多抱一会儿……

江虞感受到了店里群众看热闹的视线，有些不好意思了，她道："我们快走吧。"

前男友的脸色难看，他还打算说什么，可祁南望着他皱了皱眉，一副"你再多说一句，我就揍你"的模样，他瞬间闭了嘴。

走出店门，祁南的脚步才慢下来，上下打量着江虞。

江虞知道他是在担心自己，笑了笑："别担心，我总不会让自己吃亏的。"

祁南放下心来，嗤笑一声，说："什么眼光，找了这种人。"

"长得还算可以吧……"

"就他？那按照你的审美，是不是觉得我们小区的保安大爷都特别帅？"

祁南把她前男友说得一文不值。

江虞却没觉得这样不妥，反而觉得很有道理，原先烦躁的情绪也一扫而空。

祁南骂完后，犹豫了一下，抬手把一个袋子塞进江虞的手里。

江虞有点意外，抬头看祁南，他却早就背过身去了。

江虞打开袋子一看，里边是一个保温杯和一盒感冒药。

这个人从来不会说好听的话，但他会用实际行动对人好。他分明每天喝着冰冷的矿泉水，却给她买了保温杯。

她叫了一声"祁南"，他扫她一眼，快速地把视线移开，解释道："我怕你病得重了，基地就没有队医了……"

"谢谢你，刚才帮我解围，还给我买东西……"江虞始终看着他的脸，一字一句都说得很真诚。

"谢什么……"小少爷的话还没说完，不远处就传来一阵呼唤，是"Idxx"。

没一会儿，"Idxx"和其他队友陆续过来。

看祁南面色和平时不大一样，"Idxx"小声地问江虞："小霸王刚刚偷偷地跑了，他是不是又找你碴儿了？"

"Idxx"刚说完，一低头就看见江虞手上拎着某家药店的袋子。而这家药店正是祁南偷跑之前去的那家。

他恍然大悟，拖长语调"哦"了一声："原来是来给小江姐送药，难怪抛下我们这群人。"说着,还朝祁南挤眉弄眼。

这下大家都知道了,几道目光落在祁南身上,祁南不自然地"啧"了一声。

江虞也看着他,祁南抬头和她对视了一眼,而后眼神闪躲地偏开了脑袋。

祁南狠狠地瞪了"Idxx"一眼:"你再怪腔怪调试试看?"

"Idxx"缩了缩脖子,吐舌头做怪样子,跑到队长后边躲着去了。

祁南冷笑了一下,道:"还以为我揪不到你落单的时候?"

"Idxx"哇哇大叫,向周边人告状,说小霸王又开始欺负人了。

最开始,江虞也觉得祁南是个小霸王,他骄傲自大,有时还不讲道理。可随着相处的时间越来越长,她渐渐地发现,似乎不是这样。

明明是"小骄傲"才对。

对别人好,又不愿意让人知道。

回去的路上,江虞的步子跟不上一众男生,落在了后边。

祁南又开启散步模式,慢悠悠地跟在最后,和江虞不近不远地隔了几步。

也许是想到了之前的事情,祁南稍稍把步子迈得大了一点,赶上江虞,问道:"他今天找你说什么?"

"大概想复合,然后继续拖欠工资吧。"

祁南难以置信地看了看江虞,说:"你不会为了钱和他复合吧?别让我看不起你。"

江虞一哂,虽然她肯定干不出那样的事,但还是忍不住逗他:"那

我亏了好几个月的工资怎么办？"

祁南闻言从口袋里拿出手机，说："我转给你。"

哪来的地主家的傻儿子，手里的钱也太好骗了。

江虞不敢再和他开玩笑了，生怕他什么都当真，说："你当冤大头呢？和你有什么关系？我怎么会为了一点工资犯傻？"

"那他刚才凶什么？"祁南还是不能理解。

"因为我和你学坏了，当着他的面就骂他了。"

江虞没直接说今天的导火索——对方用语言侮辱"电子竞技"这个行业。她怕说这些话，会让他感到难过。毕竟大部分人都听不得别人诋毁他们的职业。

可祁南却不打算放过她："那你为什么骂他？"

她含混不清地道："没什么。"

"那就是他骂我们了？"祁南看着她，继续追问。

江虞不希望他胡思乱想，在心里措辞，正想把那人说的话修改一下。

祁南对着她歪了歪脑袋，道："是不是说我们不务正业，就是个打游戏的？"

江虞诧异："你怎么……"

"我怎么会知道？因为我听过比这更难听的话。说我们带坏涉世未深的小孩儿，让他们也沉迷游戏，说我们是社会的害虫。"

见祁南一脸无所谓的模样，江虞仔细观察着他，略感奇怪地问："你不生气吗？"

"生气？最开始的时候会有点生气，后来就无所谓了。这世上不是什么事的好坏全凭一张嘴判断，所以我也没必要因为他们的想法活得太累。

"有一句话叫'外界的声音都是参考,你听着不开心就不要参考',我一直觉得很有道理。参考答案都有出错的时候,更何况是充满未知的人生,谁能说自己走的方向是百分之百正确的呢?做自己喜欢、自己觉得是对的事情就好,不用在意别人的看法。"

他说这些话的时候,江虞一直静静地听着。

她忽然觉得她可能还不够了解祁南。以前她觉得他难接触、脾气差,以后不起冲突就不错了。

可相处的时间长了,她才发现她看人一点也不准。

他不甘心他的首发位置被人顶替,却愿意为了战队的成绩而接受暂时不上场;他半夜因手疼把她喊醒,知道他偷偷训练让她不高兴,便做早餐哄她开心;还有今天,他的出手相助以及他刚刚说的这番话。

很多事情在一次次地改变着她对他的印象。

江虞仰着头看他,却没想到他也在看她,两人的眼底都印着对方。

"但不管怎样,今天还是谢谢你。"祁南顿了一下,又道,"你是第一个愿意去尝试理解我的人……"

他说这话时,眼睛里难得露出一抹温柔的神色,这又是江虞不曾见过的模样。

午后的太阳似乎能照到 M 市的每一个角落,一切都是暖洋洋的样子。

这般美好的时光,如果可以,她想一直和他走下去。

▼
第五章

你会喜欢江医生吗？

　　祁南因手出了问题不上场之后，OUR 的成绩有所下滑。一方面是新阵容磨合得不太好，另一方面——像祁南这样有天赋又努力的选手确实不可多得。

　　网上，许多网友对着一块屏幕，什么话都敢说。有些人一味地吐槽队友过于依赖祁南，有些人说祁南会不会是要大牌，仗着一点小伤就不上场。

　　祁南比其他人的训练时间少，没事干的时候就看一看微博动态，看看网友是怎么骂人的。偏偏他还看得津津有味，偶尔还读出来刺激一下队友们。

陈伯川看到祁南欺负队友的样子，绕到医务室和江虞说话："小江，你看看他那样，后天我们可得好好弄，让他转移一下注意力。"

后天要做什么？

江虞不明所以，陈伯川一拍脑门，才想起来江虞入队没多久，还没遇到过队里的人过生日。

"祁南后天要过生日了。他好久没上场了，他虽然明着不说，但心里肯定不舒坦，不然也不会成天跟别人念这些评论。我寻思着好好给他办一下，让他知道我们还是很关心他的。"

陈伯川说完，本以为江虞会附和他，没想到江虞反而皱起了眉头。

说到过生日，可不就得有生日礼物？她该送祁南什么呢？

江虞问："祁南喜欢什么？"

陈伯川脱口而出："当然是打游戏啊！"

江虞点点头，心里暗自有了一个计划。

有些宠爱粉丝的电子竞技选手，是会选一些粉丝一起来过生日的。

祁南向来怕麻烦，又抽不出空回家，便打算和队友们还有工作人员在基地里吃一餐饭，就算是过生日了。

周六那天，运营部的人派摄像小哥来拍摄一些素材，剪辑之后要发在 OUR 的官方微博上。摄像小哥对着祁南就是一通拍，每逢祁南要赶人时，摄像小哥就开始念叨："过生日啊，可不能发脾气，这样接下来的一年里，才能开开心心的，不生气。"

祁南被摄像小哥磨得没了脾气，他走到哪儿后头都跟着摄像小哥。

依照惯例，送礼物的环节留在了晚上吃蛋糕的时候。

江虞为了避免礼物被祁南提前看见,空着手下了楼。

江虞大老远就听见"Idxx"的声音,他像一个小喇叭似的,四处宣传着什么。

"刚才祁南打游戏的时候,我看见了他最喜欢用的几个游戏英雄人物都有好几个'皮肤'了。我一问,他说是别人送的,我太羡慕了!不过对方不知道吗?祁南从来不用人物的其他'皮肤',不然他号里怎么会有那么多点券?他想买,早就自己买了。"

祁南打游戏不用人物的其他"皮肤"?

江虞的表情僵住了。

"他没说是谁送的吗?"

"Idxx"努了努嘴,酸溜溜地道:"没说,可能是粉丝吧。早年祁南的好友列表里也加过不少想和他打游戏的粉丝。啊!我也想我的列表里能隐藏着粉丝,给我惊喜。"

祁南不遗余力地打击他,说:"你想啊,想有什么不可以的呢?想又不要钱,对吧?"

江虞在一边听着,脸红得低下了头。她本来觉得送"皮肤"这件事挺靠谱的,网上好多人都给打游戏的朋友送"皮肤",于是她也给祁南送了几个"皮肤"。

还好,她送完之后觉得不实用,又买了另外的礼物,不然丢脸丢大了。

江虞觉得自己太蠢了,进医务室之后,门一合,捂着脸暗自骂自己怎么这么蠢,怎么就没有提前去了解一下。

还没等江虞开解好自己,身后传来敲门声,吓得江虞差点原地弹出去。

江虞揉了揉脸,整理好表情,说了声"请进"。

门一开,见到祁南站在门外,江虞像被人反复用刀戳着心窝子,提醒她干的傻事。她和祁南打过几把游戏,是游戏好友,"Idxx"不知道送"皮肤"的人是谁,但祁南肯定一清二楚。

祁南的视线停留在她的脸上,良久才挪开,转身把门重新关上。

"你刚才跑什么?"方才他就觉得江虞的神情不对劲。

江虞不擅长撒谎,眼神飘忽地说道:"我今天忙着整理材料……"

她一开口,祁南就明白了大半,还不等她把话说完,祁南直接道:"你送的'皮肤'……"

江虞见他提起这事,怕祁南不高兴,又着急地补上一句:"你如果不喜欢,我还有别的礼物。"

然而,没有她设想中的嘲笑话语,祁南嗓音低沉地说道:"不是的。谢谢,我接受这份礼物了,这是今年生日的第一份礼物。"

江虞觉得不可思议,问:"你不是从来不用人物的其他'皮肤'吗?"

祁南说:"没有当然就不用了,挑'皮肤'太浪费时间了,所以也一直没买。"

祁南表面上看着淡定,但如果是其他人送'皮肤'给他,他肯定会嘲笑一番,说对方一点也不用心。但换成江虞,好像就变得能接受了。

祁南给自己这个行为做解释:一定是因为自己考虑到江虞对这些事情一点也不懂,自己太体谅人了。

祁南这一整天的心情都很不错,看什么都顺眼,看谁都觉得好。

生日过得很简单。祁南嫌麻烦,没有邀请太多人,就几个人一起在基地里，切个蛋糕、吃顿火锅。

因为每隔一两个月就有人过生日，祁南对生日流程熟悉得不能再熟悉了。

祁南越长大，似乎对生日就越没有感觉，但今年突然很期待过生日。

他很好奇，能送人物"皮肤"给他当礼物的江虞，给他的另一份礼物会是什么。

吃蛋糕的时候，他故作无意地凑到江虞身边，生怕江虞没有注意到，还咳嗽了两声。

江虞和他演戏，假装不明白他的意思，故意逗着他："你怎么不去吃蛋糕？大川可是挑了好几天。"

"我等会儿吃。"祁南抿了抿嘴，回答得很敷衍。

祁南想问的话在嘴里打了个转，嘴张开了又闭上，最后还是没问出来。这种吃瘪的模样出现在祁南的脸上，可太罕见了。

江虞没忍住笑了起来，不再逗他玩，转身出了客厅，没一会儿拿了一个盒子回来。

她把盒子放到祁南的手上，说："看看吧。"

祁南绷着脸，尽量让自己表现得不在乎，说："谢了。"

基地里一群大老爷们，没一个人会像江虞这样精心地准备礼物盒。祁南对着这个盒子发了愁，不知道自己待会儿还能不能复原外边系着的蝴蝶结。

江虞看着他，大概在观察他看到礼物之后的反应。她眼睛里像是晴朗天气的夜晚，云层都散开了，星光清晰可见。

礼物盒被他打开，最上头是一张小卡片。因为常看江虞手写医嘱，

他很熟悉卡片上的字迹：生日快乐！以后可以多训练一个小时啦，注意时间哦。最后还有一个小表情。

祁南轻轻地笑了一声，嗓音和冬雪一般干净。

盒子里是一块腕表，是祁南一直很喜欢的品牌。

"幸好不是什么手腕护理宝典。"

江虞笑着骂他是臭小孩儿，居然嘲笑她。

祁南的笑意很深，又和她打趣了几句。手机在口袋里振动起来，室内吵吵闹闹的，祁南朝着江虞举着手机摇了摇，示意他出去接个电话。

江虞送的礼物没太大的新意，但是用了心去了解他喜欢什么。

他右手举着手机，边听着电话，边抬手看自己左手腕上的表，来回地看，怎么看都看不腻。

不是说腕表本身有多完美，而是它被赋予了特殊的意义。祁南自己也说不上来，就是觉得好。

他挂了电话打算回去，听见身后的门开了又关上，越星宇抱着一个盒子出来了。

越星宇把盒子递给他，用肩膀顶了顶他，说："兄弟，生日快乐啊。"

其实，越星宇的性格和江虞很像，少有发脾气的时候。即使是刚认识时，面对脾气不大好的祁南，越星宇也几乎不会被他惹毛。因此，他们才会有后来的和平相处。

祁南用拳头轻轻地在越星宇的肩膀上一撞，这是男孩子之间沟通的方式之一。

"手快点好起来啊，不是说要把我狠狠地按在替补席上吗？"

"怕你之后没有机会上场了，这几场给你体验一下。"

两人耍嘴皮子耍得利索。

越星宇笑了笑，低头看见祁南正时不时用右手的指尖，轻轻地敲着左手腕上的腕表表盘。越星宇对着手表努了努嘴，问："江医生给的？"

祁南点点头，随手调整了一下表的位置，把手放进口袋里，阻隔了越星宇的视线。祁南不想把自己收到的这份礼物和其他人分享。

其他的东西都可以，但江虞送的这块腕表不行。

具体是因为什么，祁南没有深入地去想，只觉得那是江虞花了心思挑的礼物，反正就得好好地藏着。

一月份的夜晚，风里夹着冰刀子似的，能把人的脸吹得发僵。两个大男生衣着单薄，却像不怕冷似的，站在院子里，连抖都不抖。

"江医生真的很好。"越星宇忽然这么说道，本以为不会得到祁南的回复，却意外地听见了一个"嗯"。

越星宇偏过头看着祁南，一本正经地问："你会喜欢江医生吗？"

"喜欢"这两个字，从来没在祁南的字典里出现过。他只有愿意相处的人和不愿意相处的人。江虞对于他来说，和基地里的其他人应该没有差别。

本来，他应该毫不犹豫地回答这个问题，在回答之前，又突然觉得有不同的地方。再仔细去想时，又不知道有哪里不同了。

风匆匆地掠过两人，把祁南的眼睛吹得干涩，他微微地眯了一下又睁开。

他望着远处的景象，没人知道他到底在想些什么。

"不会。"

得到这个答案，越星宇松了一口气，说："我会。"

当越星宇说出"我会"这两个字时,祁南的心不由得震了震。

照理说,越星宇喜欢江虞,和他一点关系也没有,但他就是觉得这两个字刺耳,就好像越星宇不该喜欢江虞似的。

祁南觉得自己很奇怪,他什么时候这么爱多管闲事了?

越星宇一改之前的语气,一边拍着胸口一边说道:"真是吓死我了,我还怕要和你一起竞争,到时候就不只是抢首发的位置了。"

祁南不想和越星宇聊这个话题,只是淡淡地回答:"你想多了。"

大概是祁南一向这样不冷不热,越星宇习惯了他这副模样,也没觉得奇怪,搭着祁南的肩膀,说:"哥们儿帮帮忙啊,说不定就成了呢。"

祁南说:"人家各方面条件都不错,跟你在一块儿图什么?图你游戏打得菜?图你脑子不太好?"

祁南嘲讽起人来,从来不吝啬,能说一连串的话。

越星宇顿时就跳起来,叫嚣着要和祁南打架。

祁南毫无波澜地说越星宇幼稚,气得越星宇直接扑上去捂住祁南的嘴巴。

陈伯川推开门出来,问他俩大晚上的闹什么,说等会儿一定会被投诉扰民。

江虞也望了过来,两人瞬间噤声,老实了下来。

进门之后,江虞好奇地问:"你们在说什么呢?"

祁南偏过头看了江虞一眼,没来由地有些赌气,声音闷闷的:"没什么。"

祁南回房间洗漱的时候已经是凌晨两三点钟了,空旷的房间里只有空调运行的声音。他想到晚上越星宇说的话,心里觉得有些不对劲。

祁南甩了甩脑袋,不再想这些事情。

零点之前,OUR 的官方微博发了一条带着九张图的微博信息和一条视频。

祁南这会儿才看见,用自己的账号转发感谢之后,闲来无事慢慢地翻看。

视频就是记录生日这一天的内容,祁南拖着进度条快速地看完,觉得和往年没有区别。

指尖划过九张图中的其中一张时,他顿了顿,接着用两指放大图片的某一部分。

"Idxx"嬉皮笑脸地抱着他的手臂,队长搂着他的脖子,其他人站在旁边或他的身后。

除了教练和祁南以外,照片里的每一个男生,全都和拍牙膏广告一般,笑得露出一口大白牙。

江虞眉眼弯弯,在一群大男孩中,被衬得特别文静。

最后一张照片,是几个男孩子吃饱喝足后,用蛋糕开战,互相追逐着拿奶油涂其他人脸的场面。有几个人跑得快,在照片里人影都模糊了。角落里的江虞不知道被谁"误伤",右脸上有一整片奶油。

祁南记得,那时他往她手里抹了一整团奶油,让她去涂别人。

可像她这样文静的女生,大概和他姐祁柚一样,鲜少遇见这样的玩法,举着一手的奶油,手足无措地站在原地。

祁南窝在单人沙发里,反复看着那张照片,越看越觉得顺眼,顺手保存了下来。

他往下翻了翻热门评论,前面几条评论都是关于选手的。他往后看了看,果然有人把关注点放在江虞身上了,问这个好看的女生是谁。

不知道为什么,祁南划动着屏幕,发现写这些评论的网友都格外可爱。

感慨的同时,他手滑点赞了某一条评论,点赞的内容是刚被他夸过可爱的网友发的评论:"第九张图角落有漂亮妹妹!"

祁南回过神来,手忙脚乱地取消点赞。随后点进评论者的主页,对方居然已经截图发了微博。

祁南对着那条带有"超话标题"的微博,沉默了好一会儿。

他默默地回去重新点赞了那条评论,连带着一同点赞了前面几条夸其他人的评论。

不知道等到"Idxx"发现祁南公然点赞了一条"我们Idxx笑得也太憨了吧"的微博之后,"Idxx"会不会气得唾沫横飞地骂祁南。

隔天,"Idxx"的粉丝们都知道官方微博下嘲笑他的评论,被祁南点赞了。

江虞一边吃着早餐,一边听"Idxx"声情并茂地控诉祁南的罪行。

其他人都没忍住笑出了声,只有祁南没有丝毫羞愧的样子在若无其事地吃着早餐。

距离训练开始还有一会儿,几人一起聊着天。

陈伯川话题一转,问:"今天你姐姐是不是要跟着程湛过来?"

祁南点点头,祁柚忙着工作,昨天没能赶回来给祁南过生日,今天下飞机后会直接过来。

陈伯川话音刚落，大门的方向有了动静，程湛推着一个行李箱刷卡开了门，祁柚跟在他的身后。小姐妹相见分外激动，祁柚和江虞拥抱之后，和其他人打招呼。

祁柚虽是程湛的妻子、祁南的姐姐，但是不常过来。每次她来都会带不少礼物，队里的人都挺喜欢她的。

餐桌上添了两副碗筷，祁柚看了一眼座位的安排，她和江虞之间隔了几个位子。

祁柚捧着碗筷凑到祁南的位子边上，眼巴巴地看着他。

"我们换一个位子行吗？我想和小姐妹坐一起。"

祁南对于祁柚的话无动于衷，一脸平静地喝着碗里的粥，完全屏蔽了亲姐的视线。

祁柚和江虞对视一眼，都读懂了对方眼里的意思，如果小霸王好说话，那就不是小霸王了。

"那我过去吧。"这个办法行不通就换个办法，江虞收拾自己的餐具，想换到祁柚的旁边。江虞才准备起身，祁南将椅子往后挪一步，在江虞起身之前换了位子，嘴上抱怨了一句"女人就是麻烦"。

祁柚对着空出来的座椅出神，她太了解这个弟弟了，要麻烦他做点事，简直难上加难。

她嘀咕一句："今天真是太阳打西边出来了……"

饭后，OUR 的训练正式开始。

队员们和教练们忙着训练，江虞和祁柚待在医务室里聊着天。小姐妹之间总是有聊不完的话题。

等到祁南训练完，例行去医务室做理疗的时候，祁柚直接搬了一条板凳坐在他旁边，不停地问他的情况。

江虞看着祁南不耐烦回答问题的模样，心想还是他姐姐能治得住小霸王。

姐姐打不得骂不得，祁南向来对她一点办法也没有，更别说还有个直系教练是他姐夫。祁南无奈，长叹一口气，问："你的话哪就这么多？"

祁南才说完这句话，旁边两人的视线齐刷刷地落在他身上。

祁柚不满地道："你说话怎么越来越直白了，能直接说女生话多吗？"

祁南本想反驳什么，又听到江虞在旁边小声地控诉："其实他还能更直白一点，真的。"比如她摔倒那一次，他可以拎着她的后衣领，直接把她扯起来，一点怜香惜玉之心都没有。

女人之间说话就没有他插嘴的份了，这回祁南彻底闭嘴了。

江虞难得说一次他人不好，却没想到报应来得这么快。掰药瓶的瓶盖时，没控制好方向，玻璃瓶盖的边缘直接从另一只手上划过，血珠子瞬间就冒了出来。

按理说，她是不可能犯这样的小失误，今天却犯了，连江虞自己都蒙了一下。

祁南"嘶"了一声，反应比江虞还大，快速地取了一根棉签给她按着。

江虞不在意："小口子而已，如果不是你棉签按得快，它都要结痂了。"话是这么说，但祁南仍执意让她先处理自己的伤口。

江虞无奈，只好先清理伤口，然后贴上创可贴。

如果她这时候抬头，或许可以发现祁南的目光一直锁定在她的手上。等到都处理完，他才移开脑袋，装出一副不在意的模样。殊不知，这样反而欲盖弥彰。

这一系列举动被祁柚尽收眼底。她的视线在两人之间打转，忽然开始怀疑，眼前这个会关心人的祁南，真的是她的亲弟弟吗？

这个问题是肯定的，祁南还是那个祁南，不可能是别人。所以不同的只是他对待人的态度，就连她这个姐姐，都没有被祁南这样关心过。

祁南离开医务室之前，还多看了江虞的手几眼。

祁柚忽然就明白了，同时又有点怀疑，她弟弟这棵万年铁树，真的要开花了？

揣着这个问题，祁柚观察了祁南一下午，越看越肯定自己的想法。

晚间训练之后，程湛要带祁柚回家。

祁南被强迫着送祁柚出门，祁柚憋了一肚子话想问，看看祁南又看看程湛，欲言又止。

临上车前，祁柚扶着车门回头看了看站在路边的祁南，甩上车门，把程湛关在车里。祁南双手插在裤兜里，懒散地看着她："想问什么？"他对这个姐姐再了解不过，一早就看出她有话要说。

"你最近是不是有心仪对象了？"

祁南脑子没转过弯来，下意识地回答道："心仪对象？多了去了，我平时常用的女英雄……"

他还没说完，就见祁柚一双眼睛瞪着他，把他吓了一跳："你瞪我干什么？"

"游戏里的人物怎么能算？我说的是你身边的！"基地里总共没几个女性，这回祁南明白了，她说的是江虞。

祁南的嘴角抽了抽,问:"我和身边的人怎么了?"

祁柚按条理分析,第一条说的就是江虞下午被划伤手的事。

"那么小一个伤口,没有半厘米长,你是没看到你那着急的样子。你说说,你这么关心过我吗?"

祁南面无表情,问:"小时候我为了你和别人打了多少次架,你要我给你数吗?"以前,祁柚隔三岔五就被小男生欺负,祁南上去就是一顿揍,回来再被祁父一顿揍,代价一点都不小。

祁柚跺脚,说:"这能一样吗?你给个准话,喜不喜欢?"

"不喜欢。"

祁南觉得太奇怪了,他和江虞八竿子都打不到一块儿去的人,充其量算是医患关系,怎么一天到晚有人来和他讨论这个无聊的问题?

祁南直接拉开车门,把祁柚往车里塞,说:"行了,瞎猜什么,等我小侄子长大了,你有的是时间操心他的感情生活,就别乱关心我了,成吗?"

祁柚不满地反问:"怎么能说是乱关心?"

祁南合上车门稍稍退开一步,冲着车内的人挥了挥手。

后视镜里的人影越来越小,祁柚长叹一口气。

完了,万年铁树还是没开花。

被称作"万年铁树"的人,磨磨蹭蹭地走回基地。

晚上没有风,夜空也没有云层的覆盖,一抬眼就能看见满天的星星,想来明天会是个好天气。

祁南想打两把游戏庆祝一下,却没发现有个人看着他进了训练室,也起身跟了进去。

他的电脑画面正显示着寻找组队,不等他确定进入组队,旁边有一声轻响,接着他就点不动鼠标了。因为鼠标线的另一端被江虞拿在了手里。

网瘾少年当场被抓包。江虞能明显感觉到,祁南可能是被抓的次数多了,已经变成了老油条。现在,他已经没有当初被她发现时的慌张样子了。

江虞看着他一副脸不红心不跳的模样,还淡定地朝着她伸手,说:"让我关一下电脑。"

江虞觑了一眼他的表情,问道:"你又憋什么坏了?你的鼠标我先没收了,不要想着半夜起来玩。"

祁南摇了摇头。

江虞走了之后,祁南又抱着他的小平板看了一会儿视频。

队友"Pure"在旁边啧啧称奇,说:"如果是我这么抽掉你的鼠标,你可能会直接把鼠标摔我脸上,让我滚远一点吧?"说完,他还故作浑身发抖的样子。

他说得夸张,祁南冷冷地瞥了他一眼,说:"我现在就是脾气太好了,不然就你刚才那么说,我可能真会那么干。"

祁南那一眼还挺唬人,"Pure"瞬间噤声,伸手在嘴上做了一个拉拉链的动作。

越星宇好奇地看祁南一眼,问:"你现在真的脾气好?"

祁南侧身越过几个人的身影和越星宇对视,问:"你有什么指教?"

越星宇欲开口说话,想到了什么,又闭上嘴,摇了摇手里的手机,

示意祁南看信息。

手机上的信息对话框里,越星宇的消息一条接一条地弹出。省略掉越星宇那些复杂的形容词汇,最后他的重点是——让祁南带他的一个异性朋友打游戏,打几把就行。

祁南的回复很果决:"不,我不喜欢和女人接触。"

训练室另一头的越星宇嗫嚅了几句,又发了一条消息:"那你和江医生倒是走得挺近的……"

祁南看着这条消息,倏地沉默下来。

最近,实在有太多人说他对江虞很特别。

先是越星宇,再是祁柚,接着是其他队友,他们都有意无意这么说。

他真的对江虞和对别人不一样吗?

他这么想着,快速地打了一行字:"说那么多废话,让你朋友明天找我组队。"他要证明自己没有区别对待。

第二天自由训练的时候,越星宇真拉了朋友和祁南组队。

对方不是主播也不是网络红人,应该不会出现被人蹭热度的情况,这也是祁南同意帮忙的原因之一。

女生走中路,祁南和队里玩辅助的队友走一块儿。

开局没两分钟,女生就在队内频道里打字问祁南能不能来中路帮忙。

祁南瞥了一眼,没管,继续按照自己的节奏打游戏。

不到半分钟,她就贡献了己方的一血(指第一条生命)。

"如果 AD 哥哥来帮忙,我的游戏人物刚才就不会死啦。"她打字的速度挺快,击杀通告刚出来,她这句话就显示在电脑的左下方。

祁南面无表情地点击屏蔽她的发言，他又不是打野选手，让他支援他就支援，他不管下路了？

接下来的二十分钟里，这个女生的游戏角色被连续击杀十多次。

其他两路人也被她连累，完全赢不了。游戏过程中，还要不停地忍受她的文字骚扰，大家实在受不了了，开始暴躁起来。

祁南一人带不动整个队伍，游戏里水晶炸裂的一瞬间，他想打字骂人的手蠢蠢欲动。

游戏结束后，他直接退出了房间。和这种人打游戏，简直是在浪费他的时间。

对方却发了私聊消息过来，问他到底是不是"Mast"本人，怎么带着她打游戏输了？

祁南看见这句话就气笑了，指尖飞快地在键盘上跳动，打出一行字，点击发送键。

"你和小兵的区别就在于你只会打字，可小兵还会拆塔呢！以后玩游戏之前去转发几条锦鲤的微博，保佑自己在游戏里的人物少死几次吧。"说完，祁南就把对方的账号拉黑了，不给对方回复的机会。

看着祁南摘了耳机，离开座位去倒水，越星宇跟上来问怎么样。

祁南白了他一眼，说："让这种人和我组队，你真正的目的是希望气死我，然后你就不是替补选手了，对吧？"

眼看着被扣上这么一顶帽子，越星宇手一挥，说："那可不能这么说，你昨天自己答应的，是不是？"

祁南被气到了，他答应越星宇，还不是因为越星宇把江虞搬出来了，说他对江虞和对其他人不一样。今天这样的事情，如果对方是江虞，她

压根不会在自己出错之后唠唠叨叨,她向来没那么多废话。

哪是他对人的态度不同,分明是江虞和其他人不同才对。

祁南下了这个结论,在等待进入排位赛的过程中,无聊地搜索"觉得一个人和其他人都不一样",想用别人的言论来证实一下自己的观点,结果出来的都是一些奇怪的答案。

关掉网页,祁南见还没进入排位赛,犹豫着给祁柚发了一条消息。

"如果有个人和其他人不一样,对她特别一点,是不是也很正常?"

亲姐姐似乎对自己格外上心,立马回复:"正常,你喜欢她。"

祁南看着祁柚的这条消息,觉得她的话和搜出来的答案一样不靠谱。刚想着要关闭聊天窗口,对方又发来一条消息:"你就说你承不承认吧?你要是不喜欢,我就去帮小越同学追江虞了。我上回去基地就看出来他对江虞很有意思。"

祁南对着电脑皱起了眉。

他想了好一会儿也没想出答案。

他正想着要不要说点什么稳住他姐,却听见身后传来高跟鞋落地的声音。他突然有点做贼心虚,慌忙地把聊天页面缩小。

祁南反应过来,这个点江虞该催他关电脑了。于是,他点击取消排位赛。

见他关了电脑,江虞笑了一声:"今天这么自觉?"

她今天穿了一条藕粉色的裙子,显得身形修长,也衬得她很有气质。

"惊讶什么?我不是一向都挺自觉吗?"

江虞挑挑眉,没直接拆穿他,半夜偷偷训练的事情他可没少干过。

祁南看她这副表情,不满地道:"你那是什么表情?我说得不对?"

"你心里还没数吗？要是你每天都这么老老实实的，我也不用操那么多心了。"

江虞觉得自己可以称得上他的半个生活管家了。

祁南还试图反驳，可一对上江虞满是无奈的眼神，只好改口："是是是，让你操心了，以后保证老实，这样总可以了吧？"

江虞看着他一副举手投降的模样，莞尔一笑："行，那晚安。"

等江虞走了之后，祁南找了个地方坐下，他把和姐姐的聊天记录反反复复地看了几遍，最终回道："不行，谁都不行！你想都别想！"

祁柚看着这条消息很无奈，她这个弟弟在感情上还真是别扭啊。这可怎么办？按他这样的节奏，等他醒悟了，江虞估计都要和别人好上了。

祁柚觉得自己太不容易了，只好提醒他道："就算我不动手，其他人也会动手的，你别忘了，马上就要过年了。"

第六章

忽然看见那双黑白分明的眼睛,如同看到深海,使人沉迷。

到了适婚年纪的单身女性,多少对过年这件事有点犯怵。

一年到头见不着几次的亲戚,总会在过年期间相见。这就意味着亲戚们都会来催婚,让人头疼。

临近春节假期,战队俱乐部的工作人员和队员,大部分都收拾好行李准备回家了。

江虞在医务室里做着假期前最后的整理工作,因为不想面对家里人的催婚话题,所以动作磨蹭,能多拖一会儿是一会儿。

忽然,门外传来一阵行李箱轮子滚动的声音。接着,江虞看见越星宇拖着行李箱走了进来。

"江医生,你在收拾东西?"

"对啊,毕竟要放假了。"江虞看了一眼门外的行李箱,"你准备回去了啊?"

越星宇挥了挥手里的机票和证件:"过一会儿就走。"

江虞不擅长找话题聊天,只说让他路上注意安全。

可越星宇在基地里是和"Idxx"齐名的话痨,什么都可以聊,还向她介绍起他家所在的城市。

江虞没去过那儿,倒也听得认真。

门外又传来一阵响动,江虞抬头看向声音传来的方向,是祁南。

他面无表情地推开门,手指在门上敲了敲,看向越星宇:"从这里到机场起码需要一个半小时,但你离登机只差一小时四十五分钟了,我建议你立刻消失。"

"你怎么知道我是哪趟航班?"

"何止我知道,你的粉丝都知道了。你上次忘了关直播,等待游戏排位赛时买票的视频都传到网上去了,估计陈伯川正在忙着删视频。"

越星宇嘴角抽搐,转而道:"那……那正好,我在江医生这儿多坐一会儿,等会儿重新买票好了。"

祁南皮笑肉不笑地"呵呵"一声,直接上手锁住越星宇的脖子,说:"怎么能放粉丝的鸽子呢?再说这大过年的,你上哪儿重新订票?"说完,他拖着越星宇往门外走。

祁南身高占优势,越星宇难以反抗,只能艰难地和江虞告别。

祁南再次回到医务室,坐到他常坐的位子上:"你……准备回家了?"

"不然呢？在这儿过年？"江虞笑着道。

他烦躁地抓了抓头发，之前祁柚的话他一直记在心里。可一对上她笑吟吟的脸，他就有些犹豫了。

他犹豫了好一会儿，刚下定决心，电话就响了。

他接通电话，江虞听见听筒里隐隐约约传来"出发了没有""到哪儿了"之类的话语。

祁南看了江虞一眼，随便应付了几句，便急匆匆地挂断了电话。

江虞问道："家里催你回去？"

祁南点点头，道："就半小时车程，不知道有什么好催的。"

"催你回家，又不是催婚，你怎么还不高兴了？"

祁南沉默片刻后，忽然开口问："过年，你家里不会催婚吧？"

江虞把最后一瓶常用药锁进柜子里，闻言偏过脑袋思考了一会儿，说："可能会吧，谁知道呢？"

听上去就像她的家人会给她介绍很多相亲对象的样子。

经过一番挣扎，祁南还是决定按捺住复杂情绪，好言相劝。

"相亲会遇到什么样的人，真的说不准。万一是个抠门的人，别说不给你买包了，可能连表情包都不会发。"

他的吐槽不无道理，事实上江虞也遇到过这样的人，那些都是不太美好的回忆。

江虞叹了一口气，说："知道啦，你快回家吧。"见祁南还想说什么，她起身拉着他走出医务室，将他亲自送了出去，"快走吧，不然家里又来电话催你了。"

都被她送出去了，祁南自然不好意思再逗留。

他磨磨蹭蹭地往前走,一步三回头。

江虞周末偶尔也会回家看看。

推开家里的门,看见一室的亲戚。年末,来她家里走亲戚的人一向不少。

有亲戚见她回来了,热情地招呼她过去,说好久没见着她了。

江虞模式化地应了几句,听他们互相询问对方的近况,有些人还在吹嘘儿女是如何优秀。

渐渐地,话题就引到了她身上,不用听也知道他们接下来会说什么。

江虞及时起身,借着放行李的由头,和母亲说了一声就上楼了。

关上房间门的一瞬间,江虞松了一口气。她发现她不愧是在OUR的大染缸里浸了这么久的人,尤其是和祁南相处的时间久了,她的行事风格越来越像他了。

她虽然不能像他那样直接和人说:"请问你能闭嘴吗?"但好歹她能选择逃走。要是放在以前,她绝对会为了礼貌而坐在那儿听一整天。

但她逃过了今天,后边还有好几天,总不能每天都找理由跑开。

江虞有点头疼,要是她能像祁南一样毫无顾忌地表达自己的情绪就好了。

相较于江虞家里的"暗流汹涌",祁南这边的情况就激烈得多。

祁老爷子看祁南,眼睛不是眼睛,鼻子不是鼻子,对着祁南就没有好声好气的时候。

即使两三年过去了,祁老爷子仍对他放弃学业成为职业选手这件事耿耿于怀。

连着好几天,只要祁南在家里打开电脑,就会被说"就连回家都不忘放下游戏"。言语之间,满是对他这个"网瘾少年"的嫌弃。祁老爷子的反应和当初如出一辙。

不想在家里和长辈起争执,祁南想打游戏了就只能往网吧跑。

最近的一家网吧,并不限制客人抽烟。

祁南戴着鸭舌帽和口罩,坐在一群大老爷们中间吸着二手烟的时候,开始怀念基地里干净整洁的环境。

两局游戏之间排队的空隙,祁南百无聊赖地点开江虞的微信朋友圈。印象里,他很少见到她发朋友圈。

他习惯性地划动页面,突然刷出一条她发的新动态来。只有一张图片,阿拉斯加犬的身上蹲着一只大橘猫,图片上的文字是"背负生活的重量"。

祁南低沉地说了声:"新鲜了。"他反复地看着那张图片,也没寻思出她的意思。

他返回微信聊天界面,纠结了半天,最后把图片重新编辑了一下发给她。

江虞的手机振动,一看微信聊天界面,祁南给她发了张图片。

那张图片上的阿拉斯加犬被加上了"祁南"两个字,而橘猫上有"江虞"两个字。意思很明显,她才是他生活里的重量。

江虞有些不满:"让你减少训练时间,哪来什么重量?"

祁南:"那你的重量哪来的?"

聊天界面里陷入了沉默。

祁南想了想，最终拨了微信语音电话。不一会儿，江虞的声音从听筒里传出来。

他调整了一下坐姿，道："怎么没回消息？我以为你被人绑架了。"

江虞似乎是笑了一下，有短暂的呼吸声，揶揄道："要绑架也不是绑我，你可比我值钱多了。"

祁南撇了撇嘴，道："问你朋友圈什么意思，你还不回消息了。"

"家里的亲戚们在拿我和他们的孩子做比较。一个妹妹嫁给了美籍华人，说我这么多年了，怎么混成了这个样。我听不得这样的话，所以就一个人跑出来了。"

听筒那端传来一些嘈杂的声音，很明显他也不在家。

祁南嗤笑了一声，问："美籍华人？这有什么好炫耀的？"

想想他皮笑肉不笑的模样，配上他的语气，仅是这一句话，江虞就笑了。

祁南又问："你现在在哪儿啊？"

江虞此时正在步行街，这里人满为患。她不爱去人多的地方，可过节的时候，哪里人不多呢？

她报出了地名，祁南语调自然地说："那你注意安全。"

江虞心里暖暖的，她轻轻应道："嗯。"然后停顿了一下，"你也是。"

挂了电话后，江虞心中烦闷的情绪挥去了大半，就连除夕这天独自在街头吹冷风似乎都不那么可怜了。

她开始一个人逛街，看看包再看看衣服。今年 OUR 发的奖金不少，她难得挥霍一把。

几小时后，提着大包小包的江虞有些累了。

她找了一家奶茶店准备买一杯奶茶喝，就在她刚准备扫二维码付款的时候，一个眼熟的手机先她一步伸到了扫码器前。

江虞以为是哪个想搭讪的人，正想礼貌地谢绝对方的好意，转过头发现对方竟然是祁南。

大概还是血气方刚的年纪，他大冬天里也不怕冷。

他外套的拉链被拉开，衣服大敞着，露出里边薄薄的一件中领毛衣。他的口罩摘了一边，另一边还挂在耳朵上。因为是一路跑来的，此时的他正气喘吁吁的。

看惯了今日灰蒙蒙的天空，忽然看见那双黑白分明的眼睛，如同看到深海，使人沉迷。

她压根没想过在除夕这天，在人潮拥挤的街头，他会过来找她。

祁南不等她开口，就把她往旁边拽了拽，力气之大，让她微微踉跄了一下。

他可能也意识到自己太用力了一点，尴尬地松开她的衣袖，脑袋偏过去，看看这儿看看那儿，就是不看向她。

江虞伸手戳了戳他的手臂，问：“来找我，又不和我说话吗？”

祁南一副别扭的样子，道：“我只是路过而已，刚好看见你。”

店员递过来装有一杯奶茶的纸袋子，江虞接过来，问祁南要不要也点一杯，祁南却摇了摇头。

两人沿着街边走，祁南重新把口罩戴上，但他高挑挺拔的身形还是吸引了路人的视线。

这时，前边突然响起一阵鼓掌欢呼声，许多人的注意力被吸引了过

去,那边慢慢地围成了一个圈。

圈里的那位男生递给女生一大束花,说:"今天是除夕,是今年的最后一天,我不想把心里话拖到明年再说。我喜欢你,愿意对你好,你愿意和我交往吗?"

说实话,祁南觉得这个告白的方法有点傻,但女生居然答应了。难道大部分女生都会被这样的场景感动或是产生羡慕?

祁南若有所思,看向江虞,却发现江虞是一个例外。她站在他的旁边,眼里只有珍珠奶茶,根本不关心周围发生了什么。

他忍不住问:"你怎么看这件事情?"

江虞茫然地抬头看他,问:"什么事情?"

"围着的那群人里面有人表白。"

"这得看是什么人吧。比如教练向你姐求婚,也类似这种模式。但对于教练来说,那已经算是他能做出的很高调、很浪漫的事情了。"

祁南突然绷紧了后背,问:"那如果有人这么和你表白呢?"

江虞没多想,诚实地回答:"感觉没新意。"

祁南以为"新意"是"心意",在心里默默地给这个方案打了个叉。他开始烦恼,怎么才能不矫情、不虚伪,又有心意地让她明白他喜欢她呢?这一想就想到了吃晚饭的点。

祁南把江虞送进小区,一直送到她家门前才止步。

"谢谢你今天特意来找我。"江虞说。

祁南低头看脚尖。

江虞笑了笑,上前半步,把一样东西塞进了他的口袋里。

祁南要把东西拿出来,被江虞按住了。

江虞说:"今天很开心,谢谢你。如果不是你来找我,我可能要烦一整天了,这是新年礼物。"

她笑靥如花,她就在他的面前,他只要伸手就可以触得到。他攥紧了手里的小盒子,盒子的棱角硌得他掌心疼,让他保持了些许理智。

他轻轻地点了一下头,收下了。

江虞收回手,笑着道:"你也早点回去吧,别让家里人担心。"

祁南点点头,转身走了。他走出去好远,可回头时还能看见江虞站在原地,把手举过头顶,朝他挥手。

直到看不见祁南的身影,江虞拿钥匙开了门。二姨走上前问她:"刚才那小伙子是你朋友?看起来不错啊。"

江虞应了一声,不欲多谈。二姨正是白天炫耀自己大女儿和美籍华人恋爱的那位。

"年纪看起来也不大,和你妹妹差不多一个岁数吧?和你谈肯定是不合适了,要不,你介绍给你妹妹认识?"

江虞露出了一个浅浅的笑容,说:"您让您大女儿也给她找个美籍华人就可以了。"说完,江虞也不管二姨的反应,拎着包绕了过去。

祁柚一家今年在M市过年,回家的时候绕到祁家接了祁南。

祁南坐在副驾驶座上,看着后排儿童座椅里的外甥女祁晚晚,她酷酷的,脸上没有表情,简直是她爸爸的翻版。

祁晚晚伸手戳了戳弟弟的脸蛋,才几个月大的弟弟手舞足蹈地抱住她的手指头,放进了的嘴里。

祁晚晚看向祁柚,说:"妈妈,弟弟脏脏,吃手手,不爱干净。"

祁柚摸了摸祁晚晚的脑袋,说:"那我们一起教他不能这么做,好不好?"

祁南从后视镜里看了一会儿,问驾驶座上的程湛:"带小孩好玩吗?"

"借你玩两天?"程湛反问。

"不了不了。"小小湛闹起来不是开玩笑的,任谁都得头疼一番。

祁柚的声音从后头飘过来:"这都好几年了,第一次听你问这个问题,想成家了?"

祁南冷哼一声,说:"我就不说你了,你自己想想你说的这句话有多可笑。"

年夜饭之后,祁南给外甥女和外甥包了压岁钱。祁柚一摸红包,发现里头的钱还不少。

她有点感慨,说:"前两年,我还得给你发红包呢。一转眼,你都可以给小孩儿发红包了。"

祁南对她这会儿说的话很满意,就是要这种"吾家有弟初长成"的语气。

快要跨过零点时,他才把江虞给他的小盒子取出来。盒子里是一个刺绣的束口袋子,十分新,看起来像是新买的,里边好像装了东西,鼓鼓的。

他脸上的笑意根本藏不住,他肯定是基地里唯一一个收到她新年礼物的人,回头他可得好好跟越星宇显摆显摆。

他小心翼翼地解开袋子,满怀期待地取出里边的东西。可东西拿出来的那一刻,祁南傻眼了,是六百六十六元钱。

按照这里的风俗,长辈给孩子发红包才发这个数字。

祁南觉得又好气又好笑,他才不需要压岁钱!

临近跨年,手机里涌进了许多条新春祝福。

江虞挨个回了消息,点开祁南聊天界面的时候,上边只有一笔转账记录。没过几秒,祁南又发了一条语音过来。

室内小朋友们嬉戏着,电视的声音也不小,里边的主持人在激昂地说着什么。

江虞见周围过于嘈杂,把手机音量调高了一些,凑到耳边听。

"你知不知道我一年赚多少?给我发压岁钱,这你也想得出来?"

江虞的声音里带着笑:"过年给压岁钱比较应景啊,挑礼物太难了。"

祁南哼笑一声,道:"不愿意动脑子就直说,还选这种最俗的。"

"你又不是没干过这事,你就别在这里五十步笑百步了。"

当时,江虞刚进基地,祁南为误会江虞是黄牛而别扭地道歉,赔礼道歉里的"礼",就是一沓厚厚的现金。

祁南也记起了这一茬,本来想好了一堆话被她给堵了回去,最后只剩下一句:"那时谁能想到呢……"谁能想到你会对我这么重要。

电视里放着春晚节目,不知不觉已经进入跨年的十秒倒计时。

屏幕里的主持人数到"七"时,祁南的声音从手机听筒里进入她的耳朵:"你听到倒计时了吗?"

她才应了一个"嗯"字,新年的钟声已经被敲响。之前这片城区里的烟花只是断断续续地放着,这时无数烟花在空中同时绽放,小朋友们

开心地往外跑。

耳边各种声音混杂在一起,她再次把手机的音量调高,将手机听筒和耳朵贴得紧了些。

她清晰地听见对方说的每一个字,隔了大半个城市的人,仿佛就站在眼前。

"新年快乐。"

江虞头脑里一片空白,这一刻,她忘记了自己想说的话。

她伸手捂着胸口,感受自己不正常的心跳,整个人就像浸在了蜜糖罐子里一样甜。

"你也是,新年快乐。"

第七章

我喜欢的人，和你有关系吗，越星宇？

祁柚和江虞认识多年，每年过年两人都会抽出时间聚一聚。今年，两人约在江虞家见面。

江虞早早地候在一楼的客厅里。门铃响起，她一拉开门发现站在门外的人除了祁柚以外，还有两天前才见过的祁南。

他的穿衣风格没怎么变，不过为了迎合过节的气氛，卫衣的颜色要比平时鲜艳一点，看上去很讨喜。江虞没忍住多看了几眼。

祁南朝四处张望了一下，正巧对上江虞的视线："我只是陪她来的。"

他言不由衷的模样太好识破了。江虞看向祁柚，祁柚悄悄地对江虞做口型说"才不是"，更加证实了江虞的想法。要是哪天能从祁南的嘴里听见他坦然地承认什么，那才真的奇怪。

江妈妈正把手里的果盘往茶几上放，听见几人在门口对话的声音，抬头看向他们三人：“大冷天的，怎么在门外说话？”

祁柚拉着祁南和江妈妈打招呼，祁南老老实实地叫了声"阿姨好"。

江虞看着他的模样，心想他在基地以外的地方，脾气倒是不错。

祁柚偶尔会来江虞家里，和江虞的母亲见过几次面。

江妈妈之前只听祁柚提起过有个弟弟，从来没见过真人，今天这么一见，只觉得祁柚家的基因倒是挺优秀的。至少从外貌上来看，一个比一个好。

两人上门拜访准备了礼物，江虞看到她妈妈甚至没有打开看里面是什么，就喜欢得不得了。

江虞感叹，果然自古以来"别人家小孩儿更好"的道理就没有变过。

江妈妈看祁南是越看越喜欢，她坐到祁南的身边，问题一个接一个地往外抛，就差没有盘查户口了。

按照祁南的性格，被问了两个问题后应该就要不耐烦了。出乎江虞意料的是，祁南今天居然脾气很好。有问必答，偶尔还会说些有趣的段子，哄得江虞妈妈面上的笑意就未收起来过。

一向得江妈妈喜欢的祁柚也和江虞一块儿成了祁南的背景板。

起先，江虞和祁柚还乐得自在，可两人聊了良久，祁南和江妈妈仍相谈甚欢，而且丝毫没有结束的趋势。她们默默地对视一眼，没想到祁南不仅招年轻一代的姑娘喜欢，而且招阿姨们的喜欢。

江虞凑近祁柚耳边，低声问道：“他在家里不会也这么乖吧？”

“乖？他从小到大怵过谁啊？就差没把房子给拆了。”

"那他今天这是?"江虞的目光流转于祁南和她妈妈身上,不是说隔三岁就有代沟吗?江虞实在想不出来,他们俩之间怎么会有那么多的共同话题。江妈妈邀请祁南和祁柚在家里吃晚餐,甚至要亲自下厨。

江虞一阵迷茫,祁南这是给她妈妈喝了什么迷魂汤了?她妈妈多久没做过菜了,今天居然要下厨。

趁着她妈妈不在的时候,江虞上前揪了揪祁南的袖子,问道:"你装什么乖?"

祁南看了一眼她的手,倒是没把她的手扯开,任由她揪着,说:"你妈妈比你会聊天多了。"

江虞少见地翻了个白眼,问:"我居然不知道你原来还是个爱聊天的人?"

其间,门铃再次被按响,是年前来过家里的大姨一家。

江虞皱了皱眉头,觉得原本融洽的气氛要被打破了。

大姨一家进了门,几人礼貌地起身,大姨就在主位坐下了,问江虞:"你妈呢?怎么不见人?"

江虞给每个人都倒了杯茶:"在厨房,我去叫她。"可能是江虞的笑容过于敷衍了,祁南多看了江虞两眼。

江虞转身往厨房走去,再回到客厅时,看到祁南正在听大姨一家人高谈阔论。

江虞有时都会听得不耐烦,祁南却一点都不走神。

江虞在他边上低声问他:"听得这么认真?"

祁南弯着嘴角笑了笑:"她满嘴跑火车的样子,还挺幽默的。"

江虞看着他,他微微地挑了挑眉。

原先，江虞听到大姨的声音，总有点头皮发麻的感觉。这会儿看着祁南忍俊不禁的模样，她也像被传染了一般，绷不住笑意，让江妈妈都频频侧目。

好景不长，大姨很快把话题移到了江虞身上。在得知祁南和江虞只是同事之后，她又开始替江虞的感情问题发愁：

"都这个年纪还单着可不行，你看看你几个妹妹连婚都结了……"

江虞开始有点后悔刚才笑得那么开心了，现在大姨对着她絮絮叨叨，她就笑不出来了，乐极生悲大概就是这样了。

她点头称是，无意反驳。

忽然听得身旁的人开口，问："江虞为什么不能单着？"

江虞猛地抬头看祁南，刚才大姨说了那么多，他都只当笑话听，这会儿却为了她反驳……

"反正她有那么多追求者，慢慢地挑不是更好吗？"

大姨似乎被堵住了话头，好半天才说出一句："我可没听说她有什么追求者，不会是摆不上台面的吧？"

江虞皱紧了眉头，江妈妈正要说话，祁南却抢先她们一步："可能是的吧，像我这种有车、有房，年收入只有几千万的人，她一般都看不上。"

祁南的收入在行业里属于上游，加上花销并不多，理财有道，存款是很可观的。

"我……"她哪有看不上他……

江虞才说出第一个字，又听祁南说道："不然我也不会大年初二就赶过来。"

屋内几人的目光瞬间聚集到江虞身上，江虞的脊背一寸一寸地绷直

了。那种念书时被老师当着全班同学的面点名的感觉爬了上来。

江虞看着祁南,祁南摆了摆手:"不用给我面子。"完全不给江虞解释的余地。

大姨听完,愣了好久,打了个哈哈,不再说这个话题了。

祁南稳重地坐着,压根不在意其他人有意无意投来的打量目光。

因为这个为她说话的男生,江虞心里热乎乎的。她可以感受得到祁南维护她的心意。

江虞压低声音问他:"你这么说干吗?"

祁南抬头看着她,一字一句说得认真:"我看不惯她说你啊。"

因为他看不惯,所以替她说话。听上去有点任性,却让江虞心里边十分温软。

因为比赛还没有结束,所以没放几天假,队员们就陆续返回基地了。

基地里空荡荡的,训练室里属于祁南的位子上坐了人,他戴着耳机偶尔说两句话,大概是在直播节目。

钥匙还插在训练室的门锁上,可见它的主人是有多么迫不及待地奔向了这里。

今天天气不大好,降了温,在室外待久了,脸都能被冻僵。基地里的中央空调还没有开起来,室内也不大暖和。

祁南却因为嫌外套太厚碍事,身上只穿了一件薄卫衣。

江虞感叹年轻真好,这么冷的天都受得住,然后一边咕哝着一边去开空调。

等到祁南结束了一局游戏排位赛,摘下耳机才听到外头有动静。

他探头往门外看了看，见医务室的门开着，猜到是江虞回来了，怕江虞又要说教，便自觉地退出了游戏和直播软件。

他走出门，看见江虞正在往二楼搬行李箱。不知道箱子里装了些什么，她费力地搬几节台阶就要停下来喘口气。

祁南走过去从她手里接过行李箱，江虞说："小心你的手，别拎出个好歹来，我大概是赔不起的。"

祁南翻了个白眼，没好气地道："就你这小破箱子能有多重？我手好得很。"

祁南把行李箱拎到二楼，打算和江虞说说话，偏偏这时候有人回基地捣乱。那人在一楼大喊大叫，问有没有人在。祁南脸色很臭，回了句"没有"。

下一秒，越星宇从一楼跑上来，看到祁南的时候想和他打招呼，在看见旁边的江虞后，越星宇面上的笑容瞬间就堆了起来，越过祁南和江虞说话。

队友什么的在心仪的姑娘面前不堪一击。

"江医生，新年好啊！"

江虞朝他点点头，说："新年好啊。"

祁南撇了撇嘴，故意把行李箱弄出声响，吸引江虞的注意力，问："你要不要把行李整理出来？"

越星宇却替江虞说不急，说："这么久没见面，先聊聊天也是可以的。"

他的嘴一张，祁南就知道他接下来要说什么了，无非就是把江虞从妆容到服装搭配都夸一边。

祁南很烦,想把越星宇连人带包一起往下推,说:"来来来,我们下楼……"

越星宇可不会再着祁南的道了。他的个子虽不及祁南,但他利用身体的灵活性,一下子就逃出了祁南的控制范围,继续说着刚才没能说出口的话。

"我之前还觉得最近看过最美的景象是除夕夜的烟花,上楼看到江医生后,我才发现我们江医生每次都能刷新我对美的认知。"

这样夸张和虚伪的话,祁南自认为一辈子也说不出来。让他夸人,他无非是一句"还不错"。

但他说不出来,不代表他就输了。他可以把越星宇给拉走,这样越星宇也没地方去说这些油腻的话。

祁南仗着身高优势,最终还是把人拖走了。

越星宇气得不行,下楼把行李箱往边上一甩,没好气地道:"祁南,我最后问一次,你到底喜不喜欢江医生?"

祁南没说话。

越星宇见祁南不说话的样子,更加不开心了:"如果你说不喜欢,以后就真的不能和我抢了,不然就是你不厚道,兄弟妻不可欺,懂不懂?"

祁南看了越星宇一眼,他的声音在静谧中响起:"什么兄弟妻?我喜欢的人,和你有关系吗,越星宇?"

之后,两人都对这件事保持沉默,谁也没透露一个字,但彼此之间又在较着劲,不肯让对方进一步占到优势。

相较于越星宇直白的示好,祁南简直是撒泼和耍无赖。每次越星宇有和江虞独处的机会，祁南绝对会找个借口把两人隔开。

这个状况一直持续到基地其他队员都来了才停止。

新年的第一次见面，陈伯川作为战队经理，自费请大家吃顿好的，惹得"Idxx"几人喊着："大川万岁。"

过年期间，哪里都堵，一大帮人一块儿出去吃饭显然不方便。老规矩，一人报一个菜名，陈伯川叫外卖。

其他人也不客气，想吃什么的都有。陈伯川光是挨个搜索下单都要累瘫了。

如此热闹的基地，让待在医务室里的江虞居然有种"回来了"的想法。她虽然才来基地几个月，但感觉待在基地里让她很自在。

她还在分析这种奇妙的变化，训练室忽然传来玻璃炸裂的声响，紧接着整个基地突然暗了下来，又有玻璃掉了下来。

随之而来的是"Idxx"的惨叫，他哭号着："这一局游戏决定我是不是能回到'国服区'前八十名。这突然掉线了，肯定会被其他几个人举报'挂机'！"

停电了，基地里哭天喊地的，热闹倒是没减少。

江虞摸黑从柜子里翻了蜡烛出来，打算下楼向其他人借打火机。还没走到门口，一片昏暗中闪进来一个人影。她借着玻璃窗外的光亮，勉强能看清对方的面部轮廓。

祁南和她只隔了几步，见她冷静的模样，祁南才舒了一口气。

祁南发现江虞一直盯着他看，便为自己的行为解释道："我是怕你又笨手笨脚的，等会儿撞到哪儿了很麻烦，只是这样而已。"

最后那几个字，颇有"此地无银三百两"的意味。

这种别扭的关心，在祁南身上屡见不鲜，江虞习以为常了，在心里骂他一句"别扭的小孩儿"，面上却还是得给祁南面子，道："真是给你添麻烦了。"

祁南摆了摆手，做出一副勉强的样子，说："也不算很麻烦。"

江虞拿着蜡烛要往外走。才往外跨了一步就被身后的人喊住，那人亦步亦趋地跟在她身后，问她要去哪里。

祁南觉得自己对女生有误解，他以为女生遇到停电这种事，都会尖叫、害怕。但事实上，江虞看起来比他还要冷静，让他连安慰她别害怕的机会都没有。

不过话又说回来，他会安慰人的概率很小，更可能给别人的是他的嘲笑。

江虞脚步未停，闻声偏过脑袋，在黑暗中看了一眼那个并不清晰的身影，问："你是害怕吗？"不然怎么突然开始跟着她，像个小尾巴一样。

我哪是怕？我是担心你怕！

祁南在心底咆哮，偏偏这话不能真说出来，否则就承认他是在关心江虞了。

于是，他冷哼了一声，没理她。

其他人都聚在一楼客厅里，叽叽喳喳地讨论着刚才的情况。

江虞从他们口中得知，先前听到的玻璃炸裂的声音是来自训练室的方向。

"Idxx"念着"碎碎平安"，一边用手机查看战绩，一边抚了抚胸口，一副惊魂未定的样子。

陈伯川按住几个想去查看电路的人,为了安全起见,他打电话给专业人员来处理。

江虞从陈伯川那里借来了打火机,之前随手买的蜡烛在这时派上了用场,整个基地仅有这一支蜡烛的光亮。

"Idxx"开玩笑说:"人生中第一次烛光晚餐,居然是在基地里和队友一起吃……"嫌弃之情溢于言表。"Idxx"瞬间就引起了众怒,其他几个人嚷嚷着要把他丢出基地。

江虞也忍不住笑了起来,可她一抬眼就看见祁南的脸上多了两道口子。

刚才黑漆漆的,她没注意,现在才发现。

伤口并不大,像是被锋利的东西划开的,往外渗着小血珠。伤口在他白净的皮肤上尤为扎眼,但他毫无察觉。

大概是因为他长得太好看了,他这副模样居然一点儿不显得狼狈,如果再换上一身盔甲,就像电影里刚刚脱离战场的主人公一样。

祁南发现了江虞看他的视线,他不解地问:"我脸上有什么东西吗?"说着,伸手就要去摸脸。

江虞及时抓住他的手,阻止他的动作。

"你没感觉到你受伤了吗?"

祁南第一反应是江虞居然牵了他的手,而后才反应过来她说的是什么。

他皱了皱眉头,掏出手机对着屏幕看自己的脸。

江虞通过他的反应知道他还没发现这件事。他受了伤不自知,却在断电后第一时间跑来找她,担心她是否会磕碰到。

他真是……

江虞感觉心里胀胀的,说不清是一种什么感觉。

祁南一直在用他的方式来对她好。明明对外是一个骄横小霸王的形象,可他哪里骄横了?反而让她感动了一次又一次。

她话音刚落,其他几个正在讨论断电原因的人都纷纷看了过来,问祁南怎么了。

祁南也不大确定,说:"可能是刚才玻璃炸裂时,被飞出来的碎片划的。"

其中一个伤口在嘴角向上一点的位置。他没发现之前还不觉得疼,发现之后一说话,就疼得龇牙咧嘴,一咧嘴,伤口更疼了。

脸上的伤口恢复得不好是会留下疤痕的,祁南不在意,接着还故意撇了几下嘴,感受伤口的位置。

江虞瞪了他一眼:"都受伤了,还皮?"

她的眉心微微蹙起,一向带笑的嘴角此刻没了笑意,和平时好说话的模样不大一样。

江虞少有这么严肃的时候,祁南知道她这样是因为他对受伤这件事不上心。不管伤口大小,她总会认真对待,祁南便安分下来不敢造次。

江虞给他处理伤口的时候,祁南斟酌着开口道:"电子竞技选手凭实力说话,脸上留一点印子没什么的,我又不是明星,不用靠脸吃饭……"

果然是祁南会说出来的话。江虞叹了一口气,心想:这人真是仗着自己长得好,要是换作别人,紧张还来不及,哪能像他这样,处理个伤口都这么勉强。

江虞给他涂药的那只手稍微用了点力,棉签抵在他的伤口上,疼得他倒吸了一口凉气:"唉,你不能乘机报复啊!"

他故作夸张的反应,引得江虞想笑,才严肃了没几分钟,差点就要破功。

看到她的面色稍有缓和,祁南又说道:"其实这样也有一种野性的帅气……"

因为光线太暗,所以他对着手机屏幕看伤口时总是变换着角度,动来动去地没个消停。

江虞"啧"了一声,道:"你再折腾,我不管你了啊。"

祁南听了,便老实待着不动了,小声且咬字不清地说了一句话。江虞没听清,问祁南说了什么,他又不说了。

所以那句话只有祁南知道,他说的是:"你才不会不管我。"

不远处,看着两人亲密的模样,越星宇觉得有点不对劲。

越星宇本来一直觉得像祁南这样说话难听又别扭的人,在恋爱方面是没有核心竞争力的。可现在看来,他想得太简单了!

不行,他得主动出击了!活了二十几年,难得喜欢上一个人,怎么能让死对头给抢了!

小区里的电工师傅来的时候,陈伯川叫的餐正好到齐了。

"Idxx"一马当先,挨个把食盒打开。

有了"Idxx"开这个头,其他人也不客气了,其中几个人迅速把沙发的位子给占了。

"Idxx"拍了拍身旁的空位,喊江虞:"小江姐,你坐这里。"

祁南看了看剩下几个正在找位子的人,其中包括越星宇,于是他

不动声色地抢了江虞旁边的沙发扶手坐下,不让越星宇有挨近江虞的机会。

大家都围着客厅那张茶几,没位子坐的人或蹲着或站着,听陈伯川讲着对新年的展望。

"总的来说,在新的一年里,还是希望大家都能发挥自己最好的实力,在世界赛的赛场上展示自己的技术……唉!被我逮到你偷吃了吧,我再说两句就结束了,你着什么急?"

被捉到的"Idxx"撇了撇嘴,委屈地收回手。

江虞见状,忍不住笑了,她小声地和身边的祁南说:"新年动员大会,我很多年没听过了,以前工作的地方不搞这种活动。希望你们来年能获得世界赛的冠军。"

祁南耸了耸肩,说:"那也得我能上场才行。"这个赛季,他只上过一次场,就这唯一的一场还手疾发作,疼得他没打完三局比赛,只能弃权。

其实,祁南的手基本上恢复得差不多了,再过一段时间,就能重新上场了。可江虞怕告诉他实际情况之后,他就会撒了欢地玩,所以每次都把情况往保守里说。

但这时候,江虞还是想鼓励他。她斟酌了一下用词,说:"你相信我,今年你肯定能上场。"

"对于你,我有什么不相信的?"祁南相信江虞,不是十拿九稳的事情,她向来不会说。

怕陈伯川发现他正在带坏基地里唯一一个认真听讲的好学生,他把声音压得很低,就在江虞的耳边说。他说的每一个音节都在刺激着江虞的神经。

江虞不是"声控",却忽然明白为什么有人说声音可以杀人了。估计没有人能经得住祁南声音的诱惑。如果现在在这里的人是祁南的粉丝,可能会当场尖叫起来。

像是刻意安排的一样,他的话音刚落,整个基地恢复了光明。

突如其来的光线,晃得江虞微微地眯了眯眼睛。

视野里头,坐在沙发扶手上的祁南比她要高出一大截,他为了和她说话而俯下身来。那张迷倒万千粉丝的脸离她很近,近到她稍微歪一下脑袋就能碰到他。

江虞的心跳陡然加快,一下一下重重地跳动着,她甚至怀疑祁南能听见她的心跳声。

祁南也发现了他和江虞之间的近距离。因为他总会注意到她纤长的睫毛,靠得近的时候,看得更清晰了。

都说眼睛是心灵的窗户,祁南嘀咕一句:"这人的'窗户'还怪好看的。"

她浅色的眼眸里映着她所看到的景象,睫毛又翘又纤长。

鬼使神差地,祁南伸手拨了拨她的睫毛。睫毛在他的指腹轻轻地一扫而过。

江虞僵直了脖颈,下意识地眨了眨眼睛。她没想到祁南会有这个举动,一下子愣住了。

正聊得热火朝天的几个人见到室内恢复了光亮,下意识地说了声"来电了啊",就继续之前的话题,没有人注意到他们之间的互动。

祁南后知后觉地收回手,尴尬得连手都不知道该往哪里放,最后不

自然地背到了身后。

"我看你睫毛上落了灰……"虽然理由有点牵强,但他尽量让自己说得理直气壮。

江虞也回过神来,她料想祁南是无意的。面对这种情况最好的方法,就是尽快把这一页翻过去。

她顺着他的话说:"应该是因为基地里好多天没有人了。"

强烈的尴尬气氛在江虞和祁南之间扩散,把他们和其他人隔绝开来,只有他俩感觉得到。

陈伯川终于完成了自己的新年动员演说,举着装了啤酒的一次性杯子和大家碰杯。

江虞小抿了一口,心不在焉地想着怎么才能消除她和祁南之间这种诡异的气氛。

她把杯子从唇边移开,因为茶几上没有位置放,只好拿在手里。

身侧伸过一只拿着杯子的手,和她碰了一下。

江虞抬头看祁南,祁南的眼神略有闪躲,语气却依然很横:"看什么?想拜托你快点让我上场,有必要这么惊讶吗?"

如果可以成立一个别扭比赛的话,祁南大概也是职业选手。江虞就没有见过有哪个人比他更别扭。

明明也想缓解尴尬,非要做出这么一副不情愿的模样。

江虞拿杯子和他碰杯,说:"那就提前拜托你把冠军奖杯抱回来,借我合个影啊。"

前一天晚上的晚餐连着夜宵一块儿吃了。等到吃饭结束之后,几个选手接着打了一会儿游戏才去休息。这些人玩的时候疯玩，训练起来也是真的拼命。

江虞起床的时候，其他人都还在睡梦中。

整个基地静悄悄的，只有打扫卫生的阿姨在收拾前一天晚上人们制造出来的垃圾。

江虞帮着阿姨收拾了客厅，坐在餐桌旁边喝粥。

越星宇边打着哈欠边下楼，揉了揉眼睛，一抬眼就看见了餐厅里的江虞。

越星宇朝着这边走来，和江虞打了个招呼，说：" 江医生，早上好。"

"早上好。"

他也盛了碗粥，在江虞对面的位子上坐下。

"怎么起得这么早？"江虞随口问道，毕竟要这些"熬夜大户"早起，实在是一件难事，就连训练时间都定在下午一点钟。

越星宇单独面对江虞的时候，总是没来由地变得腼腆，但他又很喜欢和江虞相处，说："不知道，到这个点突然就醒了。"

江虞不是会找话题聊天的人，说了两句之后就没话说了。

越星宇大概有心事，也没再说什么。

碗里的粥还剩下大半碗，越星宇拿着勺子在碗里搅来搅去，像是有话想说。可他几次抬头看向江虞，余光中又有保洁阿姨的身影，只好把话给咽了回去。

江虞的注意力放在手机里的早间新闻上，没发现越星宇的不对劲。

保洁阿姨拎着拖把上了二楼，偌大的基地一楼只剩下越星宇和江虞两人。

餐厅采光很好,有一整面的玻璃墙,阳光透过玻璃墙进来,整个室内都亮堂起来。不出意外的话,今天会是一个好天气。

阳光照进室内,在江虞身上跃动,她全身都铺上了一层金色的光芒。

越星宇犹豫着开了口:"江医生,我有话想和你说。"

以这样的话作为开头,江虞有一种不祥的预感。

江虞沉默片刻:"你说。"

越星宇仍在踌躇,最后一咬牙,开口道:"从第一次在基地里见面,我就觉得江医生特别好看,特别有气质。后来我进了队里,我们生活在同一个屋檐下,我与你有了更多的接触。你对我很好,我也总是因为各种原因去麻烦你。本来我昨天就想和你说的,但一直没有找到合适的机会。其实我想说,放假这几天因为见不到面,我每天都会想……"

起初,江虞还以为是越星宇想要退队。听到这里,江虞便明白他接下来要说什么了。

江虞自认为对待基地里的每个人都是一样的,加上职责所在,平时对队员会多关心两句。她没想到会给越星宇造成这样的误会。她开始反省自己,是不是该改变自己和其他人相处的方式,像今天这样的事情还是不要再发生比较好。

至于他现在所说的话,江虞没打算让他说完。如果等到他说完才拒绝……毕竟都在一个队伍里,以后见面会很尴尬。

"每天都想回来训练吗?你们也太热爱这个职业了。"这个话题转得很差劲,却是江虞能想到的最好的方法。

闻言,越星宇苦笑了一下,失落溢于言表:"你知道我要说什么了,对不对?"

江虞没有回答，垂眼看陶瓷碗上的花纹，不知道该回答什么。

"我虽然被拒绝了，但是忽然感觉轻松了许多。可能是因为一直以来，我都知道江医生并不好追。"

她看似好说话，实际上却是很固执的人。如果是一开始就没有感觉的话，应该很难打动她。

越星宇一早就做好了被拒绝的心理准备，所以在被拒绝的时候，不是太难过。

本以为这个话题到这里就结束了，越星宇又问道："我可以知道理由吗？"

"可能是因为我不能接受比我小的男孩子吧。"江虞思考了一会儿，回答他。

她对自己择偶的标准并不明确，但以往交往的人都是比她年纪大一点的，所以想来想去，好像只有这一点可以用来解释原因。

越星宇一愣，他没想到答案居然是这个。

他忽然想起一个人来，表情有些复杂。

他几口扒完碗里剩下的粥，迅速地起身："明白，那江医生，我去睡回笼觉了。"

故作轻松的语调后边藏着浓重的失落，江虞听出来了，却不能安慰他。

既然没有可能，还是果断一点好。

越星宇转身上了楼。因为处于失落中，并没听见二楼某房间的门刚刚合上，发出轻微的、门锁被扣上的声响。

　　刚被合上门的房间内。祁南放任自己重重地倒在床上，睁眼看着天花板，消化着几分钟之前他目睹的内容。

　　分明是越星宇表白被拒，祁南却有种被拒之人是自己的错觉。满脑子都回响着江虞那句"我不能接受比我小的男孩子"。

　　他心情不好，看什么都觉得不顺眼，就连窗外慢慢探出头的阳光都讨人嫌。

　　祁柚怎么也没和他提过这茬，现在打得他措手不及。

　　本以为只要防着越星宇就行，结果越星宇失败了。

　　祁南觉得自己好像也没有胜算。

　　如果是这样的话，他要不要放弃？

第八章

谢谢你,江虞,还好有你。

江虞经过越星宇这件事后,开始注意和其他人相处的方式。

她起初担心这件事情会对越星宇的心态有影响,可通过好几天的观察,越星宇一切如常,每天和"Idxx"打打闹闹,训练反而比平时更加认真,看上去一点问题也没有。

甚至在发现江虞悄悄观察他时,越星宇还有心情揶揄她:"别担心,追不到江医生的人,又不止我一个。"

一听这话,江虞当场就蒙了。

这话什么意思?难道还有人喜欢她?

一瞬间,她的脑海中不禁浮现出一个人的面容……

没过多久,他们就碰到了一场常规赛。这场常规赛对阵的队伍实力不容小觑,OUR 为了这场比赛做了不少准备。

比赛当天,祁南也到了现场,因为没有放出消息,所以他的大部分粉丝并不知道他会来现场。他戴着鸭舌帽和口罩安全地进了后台的休息室里,没有引起观众的注意。

队员们上场了,比赛正式开始。

OUR 的其他工作人员也待在休息室里,江虞和祁南分别坐在两张沙发最靠边的位置,中间相隔了好几个人,两人没有任何交流的可能性。

这几天,两人难得默契地没有和对方谈工作以外的事情。

就在江虞想和祁南保持距离的时候,祁南也不动声色地和她拉开了距离。

江虞叹了一口气,本就不高昂的情绪越发低落下来。

第一局比赛结束后,祁南和整个休息室的人都欢呼起来。江虞跟着大家一块儿笑了笑,借着上厕所的理由出了休息室。

大家都在兴致勃勃地讨论比赛,她却有些压抑。之前,她不小心和祁南对视上,两人各自快速地转移视线。

她站在洗手池前,长长地叹了一口气,忽然镜子里出现了一个熟悉的身影。

江虞一愣,下意识地绷直了后背。

她看着祁南慢条斯理地打开水龙头,那双被她夸过无数次的手凑近水流。

她小心翼翼地看着,见他似乎没有要搭理她的意思。

江虞收回视线,心不在焉地往回走。

她刚迈出去两步,忽然听见身后人的声音:"喂。"

江虞的步子就粘在了地上,一步也挪不动了,等着对方的下文。

"看到人都不打个招呼?"

她侧着身:"'喂'也不是打招呼该有的方式啊。"

"谁让你最近都不和我说话。"

江虞沉默了一会儿才说道:"半斤八两。"

祁南本想好了接下来要说的话,听到江虞的语气时,喉头忽然像是被堵住了一般。

两人站在原地,一言不发,看起来有点傻。

江虞正打算走时,祁南忽然上前一步:"我那天起得早,听见越星宇向你告白了。"

江虞猛地抬头看着他,他继续说:"你放心,我不会追你的,所以你别拿那种奇怪的态度对我,好像我就非得喜欢你似的。"说完,他眼巴巴地看着她,好像在说"我已经把台阶给你铺好了,你快给你好朋友一个面子"。

祁南这副模样实在太可爱了。

她忍不住笑了。性格使然,从小到大,她的朋友并不多,因此她十分珍惜朋友。

她和祁南的相处时间要比其他人多一些,相对来说,他们之间的关系也更好。

江虞自认为没有那么大的魅力,在她看来,祁南喜欢她的可能性并不大。

但因为越星宇,她还是想避免类似的情况发生。毕竟,越星宇能做到若无其事,不代表其他人能做到。

她不想伤害祁南。

"就你这个小屁孩,下次不要偷听大人说话。"江虞边说边俏皮地吐了吐舌头。

祁南跟上来,在她身边啰里吧嗦的,想让她把那句话收回去。

江虞却一溜烟地跑走了。

越星宇今天的状态很好。对手也是个强队,与他们实力相差无几,两队打满了三局。三局比赛中,越星宇只出现了几个小失误。

比赛结束后,祁南把几处失误来回地看,想着如果是自己的话,这样的情况下他会怎么处理。

他正分析着,其他人陆续从台前回来了。

越星宇一边看手机,一边走过来把手搭上祁南的肩膀,说:"今天比赛结束,对方的中单选手还跑来和我们打听,问我们OUR'和尚庙'里什么时候来了个女队医。"

越星宇的喜欢来得快也去得快,他从来都是坦荡荡的。

祁南把他的手拨开,问道:"然后呢?你和他说了?"

"你紧张什么?你不好好追人,还不许别人喜欢江医生啊?"

谁会愿意情敌多呢?祁南没和他说这个事情了,回身看了看江虞,低声说了句:"哪里是我不愿意好好追……"

祁南开始思考到底怎么样才能消除江虞对"姐弟恋"的抗拒,又该怎么样才能从其他方面拉回年龄的差距。

他最终还是没想明白,年龄这个条件有什么可在意的。难不成身份证上的年龄变了个数字,就会更讨人喜欢吗?那为什么不看看他银行账户上的数字呢?

最后他只能感叹一句,女人的心思是实在太难猜了。

从小到大,祁南身边就没几个女性朋友,相处最久的两个女人,一个是他妈,一个是他姐。现在的情况肯定不能让他妈知道,否则她能直接赶来基地。

还剩下一个他姐,喜欢追问他的感情生活……

祁南烦躁地翻了个身,在被嘲笑和一个人独自苦恼中权衡。他把手机屏幕按亮,又眼睁睁地看着它熄灭。反复好几次之后,他终于点开了他姐的微信。

如果讨好祁柚的话,祁柚会和他里应外合的,对吧?

他思索了半天,也没想出一个合适的开头。只好向之前有求于她时一样,发了一个句号给她,等着她好奇地过来询问。

结果,消息发出去好一会儿了,也不见祁柚回复。

祁南也不等她回复了,直接把问题发给她:"江虞为什么介意姐弟恋?"

这回对方回消息的速度倒是挺快的,发来的是两条语音。

"自己未来的女朋友,自己想办法追。"

"不要来问别人的女朋友。"

声音的主人,祁南熟悉得不能再熟悉了。几个小时之前,祁南还和程湛说了话。程湛有全赛区"最面瘫教练"的称号,他的语气和他这个人一样,没有感情,不起波澜。

在教练面前造次,祁南不敢,但在他姐夫跟前撒泼,他还是有点胆子的。

祁南"啧"了一声,翻了个身,接着盯着手机看,吐槽祁柚婚后地位极低,居然连手机都保管不住。

反正面子已经丢出去了,一不做二不休,祁南直接给祁柚拨了一个电话。

接电话的自然还是程湛。程湛不轻易开口,但噎人的本事比起祁南来说,有过之而无不及,老一辈的选手们深有体会。

"听不懂人话?"

祁南也横:"全队就你一个有家室的。姐夫,你还不帮帮忙,你不羞愧吗?"

程湛似乎笑了声,问:"我羞愧什么?"

连续几个回合,祁南都被程湛噎得说不出话来。要不怎么说天道好轮回呢?常年呛别人的祁南,在程湛这儿少有占上风的时候。

祁柚大概是旁听了好一会儿,才过来解救他。

"说吧,怎么了?"

祁南好面子,把此前发生的事情删删减减,说得很模糊。

祁柚听得稀里糊涂的,只抓住了"越星宇表白了"这个关键词。

祁柚恨铁不成钢地道:"你看看小越,勇于表达自己的感情。你连和我说个情况都含含糊糊的。"

别人家的小孩儿,就是比自家小孩儿好。祁南默默地抗议,最后叫

了声"姐"。

祁柚一听,还真是稀罕事,连姐姐都叫了。祁柚也不好再逗他玩,正儿八经地给他分析。

"你当江虞真在乎年龄?她就是在心里头较劲,觉得年纪比她小的人,心理年龄也不成熟。"

祁柚说得在理,祁南在电话这头认真地听着,就差没拿个小本子一条一条地记下来了。

再怎么说,祁柚和江虞也认识那么久了。虽然祁南很不想承认,但从关系上来说,祁柚和江虞更要好一些,祁柚也比他更加了解江虞。听一听祁柚的意见,总归是没错的。

"你想办法好好表现,改变她的想法,让她知道你虽然年纪小,但是很可靠。让她有安全感的话,她应该就不会那么介意了。"

祁南想再问问具体该怎么办时,祁柚不说了,反问道:"这种事情你还问我啊,是我追虞虞还是你追?"

理论听上去都很简单,实践起来就不那么容易了。

祁南挂了电话,直勾勾地瞪着天花板好半天,还是毫无头绪。

祁南晚上辗转反侧,不知何时才迷迷糊糊地睡过去,直到第二天接近训练的时间才醒来。

脑子昏昏沉沉的,他的掌心有些热,自己伸手摸额头,并不能感觉到额头的温度。

他下楼进了医务室找江虞。

江虞正在纳闷今天祁南怎么还没起来训练,平时他对训练很积极的。

一抬头,她就看见祁南一脸苍白地晃进医务室。

江虞心下一沉,皱起了眉头。

还未等祁南开口,她就取了一支温度计,甩了两下之后递给祁南:"把温度计夹着,我看看你是不是发烧了。"

祁南面上的神情也不太好,靠在椅背上,伸手撑着额头。

江虞很少见他这副病恹恹的模样,情绪也跟着沉了下来。

她的心揪着,总觉得放不下来。分明自己生病的时候,都没有这么紧张过。

这不是对待病人的那种紧张感,她非常在意他现在头疼不疼,难不难受……

到了时间,祁南自觉地把温度计递过去。江虞在看到温度之后,眉头皱得更紧了。

他稍微坐直了身体:"没什么,有点起床气而已,不是很难受,你别担心。"

祁南明明是个病人,却反过来安慰她。她稍微调整了一下表情,故作轻松地说其他的话题。

"你的手最近恢复得不错哦。"

祁南嗤笑了一声,倒还真被她转移了话题,说:"恢复得不错,那也没见你给我涨一涨训练时间。"

祁南觉得自己好卑微,每天为了能争取多一些训练时间而操碎了心。从一个骄傲的小霸王,变成了每天唠叨的"小话痨"。

江虞本想透露一点好消息给他,但想了想,又担心他会翘尾巴,于是作罢。

祁南被告知可以回到赛场的那一天,他的高烧已经退了。

那天,他戴着耳机在自定义模式里训练"补兵",大批粉丝驻扎在他的直播间里,弹幕连续不断。

身后训练室的门响了,陈伯川招呼着大家集中一下注意力。

祁南通过桌上的镜子,往陈伯川的方向看了一眼,手下的操作没停,问道:"要不要关直播?"

陈伯川手一挥,说:"没事,反正官方账号迟早也是要发微博通知的。"

祁南只当是俱乐部要组织什么活动,把耳机摘下来,一副漫不经心的表情。

"在这个平淡无奇的日子里,我要郑重地宣布一件事。"陈伯川故作神秘地卖关子,"这件事到底是什么呢……"

他自然没有得到想象中其他人期待的眼神,不甘心地又拍了拍桌子,抱怨道:"喂,到底有没有人听我说话?我这个战队经理怎么一点地位也没有?特别是你,祁南,这件事和你有关。"

陈伯川扫视众人,他待会宣布的消息中的主人公,居然连一个眼神都不给他。

"经过我们的商议,祁南的手现在已经没有太大的问题,即将重回赛场。以后的比赛,对战不同的队伍,教练组会在祁南和越星宇之间挑人上场。"

祁南原本兴味索然,但"重回赛场"这四个字从陈伯川嘴里出来的时候,他的手一抖,漏掉了一个"炮车"。

祁南猛地回头看陈伯川,有点怀疑是不是自己过于想上场了而出现了幻听？

"你再说一遍？"

陈伯川抱着手臂，一副"让你不好好听我说话"的模样，把刚才的话重复了一遍。

这两遍足够祁南反应过来了，也足够让直播间的粉丝们反应过来了。他们心心念念的"宝贝"终于可以回到赛场了！

如果在看直播的话，一定会发现屏幕被弹幕厚厚地铺了几层，连直播的画面都被挡得严严实实的。

"我终于等到了今天！"

"下一场比赛会上吗？"

"抢票！抢票！一定要见到我们'宝贝'啊！"

"有点担心祁南现在的技术还跟不跟得上。"

弹幕上除开小部分的不和谐声音，其他人大多在为这件事情而激动。

祁南保持着回头看陈伯川的姿势好半天，还有点恍惚。

基地里反应最大的是越星宇，消息一出，吓得他直接从位子上站起来，嘴上不停地念叨着："完了，以后每场比赛之前，还要竞争一下谁上场。有没有人关心一下我，我压力真的好大……"

说着，越星宇还伸手捂了捂自己的胸口，做出心口疼的样子。明眼人都看得出来他是故意作怪。

其他人在打各自的排位赛，没办法走开，但也替祁南感到高兴。

祁南感叹他们的嘴也太严实了，居然一点消息都没放出来。

他转回头又接着"补兵"，脸上的笑意收也收不住，他瞥了一眼摄像头，用左手按着嘴角，将笑意勉强压下来。

祁南索性把自定义模式一退，回到游戏首页。之后，整个直播间的粉丝们眼睁睁地看着他们的"宝贝"离开了摄像头拍摄的范围，画面里只剩下一张孤独的电子竞技椅。

粉丝们纷纷发出哀号："这样的大好日子，居然都不和我们说几句吗？"

祁南自然看不到粉丝们对他的谴责，他趁着其他人忙着打游戏，从训练室跑了出去。

越星宇看着祁南跑出训练室的门，撇了撇嘴，对着那个春风得意的背影，嗤之以鼻。

"Idxx"结束一局游戏，想着找祁南带他玩一局，在训练室里没看到人："祁南呢？人突然就不见了？"

越星宇冷哼一声："'开屏'去了吧。"

被越星宇嘲讽为孔雀的祁南，进了医务室找江虞。

轻车熟路地找了位子坐下后，他没忘要维持形象。在江虞面前，他不能对自己可以上场这件事表现得太惊喜。

他自以为掩饰得很好，可他不知道，他的眼角和眉梢都透出了欣喜万分的样子。不论是谁，都能看出他现在的心情很不错。

他清了清嗓子，道："我可以打比赛了。"

"我知道啊，我和大川还有教练一起商量出来的。"江虞并不意外，把手里的东西放下，对着他笑了笑，"恭喜你，之后的比赛也请加油啊。"

他低声说了句什么。

江虞没太听清，一脸疑惑地问："你说什么？"

祁南对上她的视线,她眼底一片清澈。

这回,祁南把声音提高,一字一句说得很郑重,清晰的声音进入江虞的耳朵:"因为手不好使,少打了这么多场比赛,我其实挺遗憾的。"

他慢慢地靠近她,难得露出了一抹温和的笑容:"谢谢你,江虞,还好有你。"

第九章

但没有人知道他悄悄地把她藏在了心里。

祁南的复出赛，每一个人都很重视。

粉丝们口口相传这条消息，有时间和有能力的人都想到现场，看一看数月不见的祁南恢复健康后的第一场比赛。

粉丝们表达出强烈的购票欲望，黄牛们也就有了商机。因此，这场比赛在售票之前，就有无数人在售票的网页上守着。几乎是售票开始的一瞬间，票就被抢购一空了。

很多没有买到票的人，为了能见队员们一眼，跑来赛场外边等着。

工作人员担心会有突发情况，便让江虞和越星宇都随了队。

大巴即将到达目的地的时候，隔着很远的距离，就能看见两支队伍

庞大的粉丝团。

人群里有各种各样的粉丝,很多人都带着应援物。一见到大巴驶来,他们就招呼着身边的人看过来,激动地喊着什么。

椅背被人敲了一下,江虞微微偏过脑袋。身后的人朝前边靠了靠,手臂交叠放在她的椅背上,而后把下巴垫在上边。

"看见外边了吗?"祁南问她。

"看见了,来现场的粉丝比平时要多很多。"

祁南没再说什么,把脸侧过去枕在手臂上,继续看着外头的人。

拥挤的人群里边,有不少人举着有祁南名字或是照片的应援物。

有多久没有见过这样的景象了?祁南记不太清了,没上场的这几个月,好似过了好几年那么久。

有几次,祁南半夜梦见自己正在比赛,醒来的时候发现自己还在基地里,一阵恍惚。

他觉得做这样的梦,像是人在垂垂老矣后回顾自己的年轻时代。

现在,他就在现场,听大家喊着他的名字,感受着粉丝们的热情,仿佛中间的这几个月都消失不见了。

上一回来这里时,他对江虞还有诸多看不惯的地方,说不上事事找碴儿,但关系总归不好。再往前推一段时间,那是他第一次见到江虞。当时他坐在大巴里,"Idxx"指着她,非说她是黄牛,还要和他打赌。

那会儿乍一看,他只觉得她是个长相中等偏上的姑娘。后来他误会她是黄牛,又因为手疾的事情,一度和她关系不好。

对她有了偏见,就好像带了一副有色眼镜,看她哪儿都不顺眼。可谁能想到后来发生了那么多事情,他看江虞是越来越好看,好像过去的二十年里，就她一个人最合他的心意。不仅是长相，就连性格、穿衣风格等，全都让他喜欢。

她笑起来时，似有千万颗星辰齐聚在她的眼底。

他巴不得把世间最好的东西全都放到她面前，只为看她笑着眨眼睛。

命运多奇妙，如果说万物皆有轨迹，那在最开始时，他确实没有想过属于他的轨迹最后会指向江虞。

大巴的门一开，外边的声音便涌了进来。粉丝们都在大声喊着各自所支持的选手的名字。

自己支持的选手都是自家的"宝贝"。粉丝们希望选手们听见他们充满爱意的喊叫声，希望自家的应援物比过其他家的。

粉丝们很激动，江虞即使经历过这么多次，依然觉得很疯狂。

江虞从人群中穿过，听着大家的呼喊声，感受着他们强烈的情绪，又隔着一小段距离看着队员们的背影，她忽然觉得，她仿佛和粉丝们没有什么不同。

她支持的队伍一定要获胜啊！

OUR 的几个队员也是摩拳擦掌，对今天的比赛势在必得。就连进赛场时，他们都走出了一种时装周走秀的气势。

祁南看着粉丝们手上举着的牌子，微微思考了一下，在路过某一个他的粉丝们聚集的位置时，说了声"谢谢"。

谢谢你们一直在等着我。

不论是今天等着我来，或是这么久的时间等着我回来。

当喜欢的人真正靠近的时候,似乎连尖叫声都变得唐突。

周围的粉丝们拼命地按着相机快门,在快门声中听见祁南这一句"谢谢"时,他们都愣了一下,反应过来后都在回应祁南说的话。

"为什么我喜欢的人这么好啊?"

"不要说谢谢!"

"只要看到你回来,一切等待都值得!"

有几个泪点低的姑娘甚至红了眼眶。

气氛渲染下,周围几个女孩子也被带动了,眼看着要收不住眼泪了。

祁南看着她们,颇为无奈,道:"哭什么?我这不是好好的吗?手没事,比赛也不会输,别哭。"

这种情景,也是游戏历史上绝无仅有的场面吧。他重回赛场比赛,却像是要宣布退役似的,一群粉丝围着他哭。

听完他的话,几个姑娘也稳住了情绪,纷纷给他加油。

他朝周围的粉丝们挥了挥手,跟其他队友一块儿往场馆里边走。

今天压力最大的莫过于参加比赛的另一支队伍。如果单说实力,两个队伍的差别并不大。

祁南坐的沙发靠近休息室的门,距离上场的时间越来越近,他频频转头看向江虞,期待江虞和他说点什么。可惜江虞的目光一直没和他对上,她一边听教练和经理说赛前的注意事项,一边看手里的手机。

临上场前,祁南愣是从门口刻意绕到了江虞的位子旁边。

越星宇看出了祁南的企图,本打算捣乱,可还没等他有所行动,祁南就瞪了他一眼。

工作人员都会在队员上场前说一声"加油",祁南心一横,直接站到江虞面前:"我要上场了。"

他的心思很好猜,满脸都写着"快给我加油"这五个字。

江虞刚打算说点什么,被祁南抢先一步开口:"等会儿我赢了,你记得来看我的采访。"

双方选手很快上场,解说员调侃祁南是被上天宠爱的小孩儿,不论是在游戏里的实力还是在现实中的外貌,每一个属性几乎完美。

"这样的男生,可太讨小女生喜欢了。"

另一个解说员的体形偏胖,和祁南的关系不错,说道:"你可别说了,那是我嫉妒不来的容颜。"他一边说着一边叹气,场下一片哄笑。

祁南在自己的机位上坐下,心想:那可不一定,他在江虞那儿,除了"网瘾少年",大概就没有其他的标签了。

他拿什么讨人喜欢?拿他这张脸吗?要真有这么容易就好了。

比赛即将开始,戴上隔音耳机的一瞬间,除了队友以外的所有声音都被阻隔开。

他呼了一口气,手放在鼠标上,开始专注于这场比赛。

祁南从比赛一开始,就打得很凶,利用已有的优势疯狂地压制对手。对方的打野选手看自家 AD 选手被祁南这么欺负,连忙跑来下路支援,却被 OUR 的打野选手逮个正着。

祁南游戏人物的血条虽然已经不太满了,但还是果断地上前。

"Idxx"见状也上前,几人配合着,将对方的人都收拾了。

解说员激动地道:"不愧是被称为'电子竞技小霸王'的祁南!简直是还原了我们赛区的特色,这种一言不合就上去'开团'的风格,最

让人兴奋。"

江虞和其他工作人员一块儿留在休息室里看直播，每当解说员夸赞祁南的时候，江虞都有一种与有荣焉的感觉。

祁南和他的队友两局比赛便"零"封了对手，没拖到第三局。

OUR 的几个队员互相碰了一下拳头，起身朝另一方走去，准备进行赛后的握手环节。

祁南站在舞台的灯光下，把每一名观众都看很清晰。

支持 OUR 战队的粉丝们，欢呼着"OUR"这三个字母。

祁南作为连续两局的 MVP（全场最佳选手），采访的话筒毫不意外地给了他。

祁南上场的时候，底下粉丝们的声音快掀翻了天花板，什么样的表白都有。

主持人很面生，是祁南手疾不上场之后来的。祁南平时只关心比赛，不看采访，因此他对这个主持人并不熟悉。

祁南隐约记得基地里有谁提起过这位主持人，好像因为长相好、性格温柔，粉丝也不少。

曾经不知道哪里传出过祁南和赛区其他女主持人的绯闻，两边粉丝都觉得对方配不上他们喜欢的人，整整半个月吵得不可开交。

那时候陈伯川做公关处理，头发都快愁没了。

从那之后，祁南一直和女主持、女解说等一切女性工作人员保持着距离，避免类似的事情发生。

祁南做过自我介绍之后，主持人问了几个和比赛相关的问题。

场馆内暖气开得很足，祁南连外套都没披上，只穿了一件秋季的长袖队服。他向来喜欢宽松舒适的衣服，所以队服的尺寸也选得大，穿在身上显得身形单薄。

不知道是谁在底下大喊了一声："祁南多吃点，你都瘦了！"

主持人也顺势打趣了几句，说现在的男生看起来比女生都要瘦，便把话题转移到了祁南身上。

"据大家所知，你是因为手疾而无法上场，这几个月来都在做什么呢？"

祁南略微思考了一下，说："和队医讨价还价，争取每天能多训练一会儿，逃开陈伯川的唠叨，顺便还要警告一下越星宇，我才是OUR的主力，让他不要太嚣张。"

主持人笑了笑，说他的回答一如既往地有趣，又问："今天赢了比赛，有没有什么想说的呢？"

终于问到了他最想回答的问题。

采访的小舞台旁边围了不少人，祁南往人群中扫了一眼，最后在一个角落看见了江虞的身影。

江虞为什么会出现在这里，她自己也感到莫名其妙。

赛前，祁南说"记得来看我的采访"。当时她还想着他怎么就那么确信他会获胜，并且会被拉去接受采访？但她总觉得祁南不是提醒她在休息室里看大屏电视里的直播，而是想让她到现场来。

在得知采访对象确实是祁南的时候，江虞从休息室里走了出来。

他站在舞台上，回答着主持人提出的问题，偶尔垂眼看向地上的时候，显得很谦逊。

她站在舞台下看着他。

当主持人问到最后一个问题时,祁南忽然微微一笑,引来台下无数的尖叫声。

"我能回到赛场上,挺不容易的。每天大家一起训练结束后,教练还要单独给我开小灶,和我一起'纸上谈兵'。我的脾气本来就不大好,手疼的时候,就更加暴躁了,大家一直都很忍让我。手伤最严重那会儿,我连睡觉都睡不稳,队医花费了很多心血,才让我的手慢慢地恢复了,她对我真的很好。粉丝们也一直在等着我,虽然只是赢了一场常规赛,发这么多感慨好像有点矫情,但我还是想谢谢大家。"

祁南出于私心,补了那句"她对我真的很好"。

这是出于他想要炫耀的心态,他就是想让大家知道江虞有多好。

他举了这么多的例子,只是为了让大家在不怀疑的情况下,强调她对他的重要性。

但没人知道他悄悄地把她藏在了心里。

江虞远远地看着舞台上的大男孩儿,他正独自面对主持人的提问,以及台下的镜头。他表情依然很酷,外人一点都想象不到他平时在基地里和她讨价还价的样子。

他和主持人中间隔着老远的距离,工作人员让主持人往他那边靠近一些,没一会儿祁南又不动声色地后退一步。

舞台前边是安保和工作人员,他站在聚光灯下,灯光映在他那张英俊的脸上,更显得他遥不可及。江虞就和他的粉丝一样,只能远远地看着他。

这会儿,江虞才意识到他虽然年纪轻轻,但已经是一个明星选手了,拥有数百万的粉丝、惊人的身价和诸多的荣耀。

江虞这么想着,忽然低头笑了。

采访结束,祁南往台下走。

陈伯川走近两步和他并排,说:"不错啊,队长刚才和我说,他那两局比赛像在浑水摸鱼。他还在和对方打上单的彼此试探,你们中下两路就联动起来打架了。"

"那下回换个战术,不能让他太闲了。"

祁南和陈伯川才说了没两句话,旁边的主持人平地打滑了一下,高跟鞋踩不稳,惊呼了一声,朝旁边倒下去。

祁南的位置和她相隔得不远,余光里见有一个人影朝着他的方向倾斜过来。

他下意识地伸手接了一下。可对方几乎是把整个人的重量压在了他的手臂上,他忽然感觉手腕到手臂处一阵疼痛。

他疼得倒吸了一口气,陈伯川被这突如其来的变故震惊到了,好一会儿才反应过来,连忙上前搭了把手。

几个工作人员冲了上来,场下的粉丝们也回过神来,全场一片哗然。

陈伯川扶着女主持人站好之后,直接去掀祁南的袖口。

刚才女主持人走在祁南的右侧,重量正好落在了他有手疾的那只手上。

陈伯川急得不行,只想马上看看祁南手的情况。

祁南及时伸手把陈伯川挡住了,把手放回口袋里,低声道:"下去

再说。"且不说现场还有那么多记者,粉丝们也都还没散,他不能刚回到赛场,又让大家担心。

以前就有过为了蹭选手的热度来碰瓷的人。

祁南就是热度本身,他这儿简直是"重灾区",类似的事情屡见不鲜。

所以,任何活动陈伯川都寸步不离地跟着队员,不让人落单。没想到今天还是发生了这么一出,偏偏还关乎祁南的手。

陈伯川忍着火,真是一口牙都要咬碎了。

女主持人吓蒙了,连声道歉,说自己不是故意的。

陈伯川看她不像在说假话,但联想到祁南的手,还是冷哼了一声:"这谁说得准。"

祁南作为事件的主角,他看得很清楚。按理说,他当时要躲开也是可以的,但下意识伸手扶了一把,而且习惯性地用右手,完全忘记了自己的手才刚恢复这件事。

他对女主持人说了句"没事",接着向陈伯川说道:"先回休息室。"

陈伯川也急着让江虞检查一下祁南手的情况,没再说什么,护着祁南从员工通道回到队伍的休息室。

事情发生的时候,江虞正准备回休息室,才走到一半,就发生了让她胆战心惊的一幕。

她急忙冲回休息室,其他人没在台前,还不知道发生了什么。只从江虞的表情上看出不正常来,纷纷上前询问。

江虞说不清,只说待会儿问陈伯川。

几个工作人员护着祁南从台前回来。

陈伯川喊着江虞的名字,浑身上下都是慌张的样子。不知是不是被陈伯川影响，江虞觉得自己的心跳速度也变得不正常，她调整着呼吸，试图让自己平静下来。

祁南却对她咧嘴笑了笑，看上去满不在意的模样，仿佛手伤的人不是他，反倒是来宽慰她的。

江虞舒了一口气，拿出自己的专业态度，检查他的手。

后台休息室里，没有一个人离开，都在等待江虞检查祁南手的结果。问题不大，江虞正式下了结论，刚才的兵荒马乱才算解除。

等到休息室只剩下OUR的人，陈伯川才把刚才的情况说给其他人听。

几个人你一言我一语，分析那位女主持人到底是不是故意的。

江虞没说话，默默地替祁南缠上绷带。

队友们就在旁边，两人说什么话，其他人都能听见。祁南看着江虞熟练的动作，一直没出声。等到一切都处理好，已经过去了一个多小时。

场馆内清场了，场馆外还有不少人候着，想在现场等消息。

陈伯川和其他工作人员护着队员们走出来，粉丝们顾忌祁南的手，没人敢往前凑。

祁南的队服大，袖子外边只露出了手指，看不出来他的情况到底怎么样。粉丝们都在问现在是什么情况。

"没什么事，本来长时间用手之后，也是要麻烦队医检查的，凑巧了而已。别担心了，都回去吧。"

这时候谁说话都没有祁南有说服力，他甚至举起手朝着大家挥了挥，这才让大部分人相信了他的说辞。

直到坐到大巴的座椅上，祁南往后一靠，才喃喃道："那一下砸的，可疼死我了……"

第十章

他也好想被江虞叫宝贝啊……

回基地的路上,众人终于有心情玩手机了。

而女主持人的微博底下,果然有很多OUR的粉丝跑来骂她,有一部分女主持人的粉丝在替她说话。

网友们的战斗力可不是盖的,只是这么一会儿,消息就上了热搜榜。

连着几个和电子竞技相关的营销号,都发了微博,内容不外乎是几张图,配上添油加醋的几句话,最后再来一句"你怎么看这件事呢"。

车上,陈伯川一直在打电话,和俱乐部高层讨论怎么解决这件事。

祁南作为当事人之一,没有话语权。陈伯川太了解祁南了,如果把这件事交给他处理,他大概会在微博上说出惊人的言论,到时候场面就

越发不可收拾了。

放任粉丝们争吵也不是个办法,用官方账号出来解释这件事好像也不太合适。

最终,陈伯川登上了他的私人账号,打算以个人的身份来发微博。可抓耳挠腮了半天,他也没想出文案来。

祁南不耐烦地看着陈伯川磨磨蹭蹭的样子,几十秒便编辑好微博文案,不等陈伯川看清具体内容,直接点了发送键。

陈伯川尖叫一声,一边说着再也不想管祁南的事情,一边匆忙地点进祁南的微博个人页面,疯狂地刷新,生怕祁南又说出惊人的话。

"OUR·Mast":"确实没有大碍,大家说得我弱不禁风似的,我脸上有点挂不住。"

大部分粉丝为了响应他们的"宝贝",真从女主持人的微博底下撤退了。有些人还留言让祁南平时多发发微博,毕竟他真的很过分,大部分时间都把微博交给陈伯川打理。陈伯川也是一个不爱"营业"的人。因此,祁南的微博个人页面一年到头都没有几条微博动态。

女主持人随后也发了道谢以及道歉的微博。

祁南随意地看了一眼,点了个赞,发现对方关注了他。

他点进对方的微博个人首页,想礼貌性地点一个关注。

身边突然有一个人朝着他探了探身,估摸是打算和他说些什么。他一抬眼,见是江虞,手一抖便把女主持人微博的个人页面上的头像给点开了。

女主持人的自拍照便完全显示了出来,铺满整个手机屏幕。

江虞只是很快地扫了一眼,就把视线移开,说:"我什么都没看到,只是想说你今天打了两局比赛，腕部一直处在高度紧张的状态，你等会儿回去就暂时别训练了。"她说完就直起身，完全没有要对祁南这个行为发表评论的意思。

祁南感觉江虞误会了，连忙靠近江虞的座位和她解释："不是，她和我道个谢而已。"

"嗯，我知道。"

看着江虞一副"我都明白"的样子，祁南一个头两个大："你知道个……"

最后那个字都到了嘴边，生生地被他咽了回去，不知道为什么，他对着江虞是一个脏字也说不出来。

"真的什么都没有，手抖点到了她的微博头像。"

祁南接住差点摔倒的女主持人时，江虞隔得并不远，在台下看得真切。

当时她见到祁南瞬间变了的脸色，其他的都顾不上了，只能想到他的手一定很疼，不然以他的性格不至于当场就表现在脸上。

一直到离开赛场，她都处于一种神经紧张的状态。上了车之后还来不及回想当时的情况，就看见祁南手机屏幕上显示着别人的照片。

她心里顿时涌出一阵酸意，她说不清这种感觉从何而来。接着，她的脑子里就开始一遍遍地回放今天发生的事情。

江虞明知在那样的情况下，祁南伸手扶一下女主持人是再正常不过的反应，可她就觉得心里有块儿地方堵着，难以消散。然而，她也没有资格不高兴。

她尽量调整情绪，呼了一口气，这才说道："听到了。"

祁南似乎还有话要讲，张了张口，但最终还是没有说。

回基地之后，陈伯川不敢大意，赶着祁南去休息，说什么也不让祁南进训练室。

祁南找陈伯川协商，没有结果。无奈，祁南只好往楼上走。江虞正准备从楼上下来，两人在走廊里遇上了。

祁南觑了觑江虞的脸色，有个问题想问她，却欲言又止。

最终，他还是问出口了："你生气了吗？"

江虞不自然地转移了视线，故作不明白，问："我生什么气啊？"仿佛刚才看到祁南点开别人头像之后，不高兴的人不是她。

过了好几分钟，祁南一直没说话。就在江虞觉得祁南刚才说不定是口误的时候，身侧的人轻轻地拉了一下她的手腕。

走廊里的灯光并不是十分明亮，每走几步才会有一盏声控灯亮起。离两人最近的一盏灯已经熄灭了，江虞抬头看了看那盏声控灯，思考着要怎样让它亮起来。

"江虞。"祁南叫了一声她的名字，音量很低，不足以启动声控灯。

在昏暗的环境下，江虞看不清楚祁南的面容。

祁南低头看着她，额前的头发落下来，有点挡着眼睛了。

他烦躁地拨了一下头发，舌尖顶了顶腮帮子。

江虞不知道祁南要说什么，等着他开口。

祁南说道："不行，你得生气。"他竟然在这个话题上钻牛角尖。

江虞心头微微一震，感觉有什么事情被她忽略了，她一时间却也不愿细想。

"为什么?"江虞顺着他的话问道。

"与其你自己暗暗不高兴,还不如直接对我生气,虽然说我也挺委屈的。"

江虞听着他的话反问道:"你还委屈?"

"委屈啊,又不是我让她在我旁边摔倒的,而且刚才点她的头像,确实是我手抖才点到的。"

其实,她只是有些拧巴,很快就会想通。况且,祁南来和她说这些事情时,她心里就已经没剩下多少不舒坦的情绪了。

她正要说她没有不高兴时,忽然又听到祁南说道:"这次是我不对,你就别放在心上了。"

永远高抬下巴的小霸王,却对她低了头。

这种对她不同于其他人的态度,总能让人感受到温暖。她心尖最柔软的一寸地方,像是被羽毛轻轻地扫过,十分熨帖。

在这个狭长的走廊里,任何一点声音都很明显。江虞甚至怀疑自己超速的心跳声,也会被祁南听见。

她的声音有点不太平稳:"也没那么严重,你说没有,我就知道没有了。"

欣喜是憋不住的,即使绷住了嘴角,也会从眼睛里溢出来。

祁南看着她的眼睛,终于舒了一口气。

距离下一场比赛还有四天的时间。

程湛分配了训练任务,让游戏走中下路的两个人和打野队员着重练习新战术。"Idxx"唉声叹气,说他只能孤独地打"单排",一点也不甜蜜。

程湛让"Idxx"少胡扯,便出了训练室接电话。

他回来时匆匆地和陈伯川请了个假,绕到医务室请江虞帮忙。

"我爸生病了,我和祁柚可能要回去一趟。带两个小孩儿一起回去不太方便,祁柚爸妈年纪也大了,不好让他们带小孩儿,你能帮忙吗?"

祁柚也是这个意思。

江虞刚刚收到了祁柚的消息,答应帮忙。

江虞和程湛很快出了门。

基地离程湛家不太远,开车只要二十来分钟。

到程湛家时,祁柚已经收拾好了行李,急忙和江虞交代了两句,祁柚和程湛就出门了。江虞和两个小朋友在儿童房里大眼瞪小眼。

祁晚晚继承了她爸爸的性格,从小就很酷,到哪里都不吵不闹。小小湛却是个小哭包,很黏人,离开祁柚一会儿都不行。

祁柚走得太快,小小湛还没反应过来。过了一会儿,小小湛黏人的劲上来了,摇摇晃晃地想往儿童房外面走。

个子挺小的,移动速度倒不慢。

江虞生怕他磕着碰着了,连忙把他抱住。

小家伙被抱住了仍不老实,使劲挣扎着想要逃开,两只手努力地朝外头伸。

江虞只好抱着他往外走,在他的指引下,绕着整个房子走了一圈。

小小湛终于发现祁柚不在家的事实,努了努嘴,哇的一声就哭了出来。

江虞是独生女,在此之前从没有带小孩儿的经验,更何况还是一个不满一周岁的小宝贝。小孩儿的哭声一起,江虞瞬间就慌了,抱着他手足无措地站在原地。

祁晚晚从儿童房里跑出来，在江虞的面前站定，伸手递出一只小熊玩具。

小女孩的声音软软的，说："他喜欢这个。"

江虞把小熊放进小小湛的怀里。

小小湛抱着小熊，果然慢慢地停下哭声。

江虞拿纸巾给他擦了擦脸，他啜泣了几下，侧着脸枕在小熊身上，用毛茸茸的后脑勺对着江虞。

好歹是不哭了，江虞松了一口气。

在这时候能救她的，都是小天使。江虞揉了揉祁晚晚的脑袋，轻轻说道："谢谢。"

江虞的臂力不足以让她长时间抱着小小湛。她试探着把小小湛放在沙发上，他的身体刚接触到沙发垫，又哭了起来。

毫无防备，说哭就哭，江虞吓得慌忙抱起了小小湛。

这回就不那么好哄了，即使抱着最喜欢的小熊也止不住小小湛的哭声。

小小湛的哭声太大了，哭得江虞耳朵生疼。

江虞真是一点办法也没有。

外边忽地传来门铃声，祁晚晚想跑去开门，被江虞拦下了，小朋友一个人去开门太危险了。小小湛仍在哭，江虞只好抱着他去开门。

可视门铃的屏幕上，显示的是一张熟悉的面容。一个小时前，他们还在基地里见过。

江虞没想到祁南会过来，她还以为她不在基地里管着他，他会肆无

忌惮地打游戏。

她把门打开,祁南从外头进来,听见小小湛夸张的哭声时,没有半点意外。如果带小小湛这个小哭包是一件简单的事情,他也不会出现在这里了。

关上门换了拖鞋,江虞的手里一轻,祁南已经熟练地把小小湛接到他的怀里,抱小孩的姿势比江虞还要标准。

小小湛一只手抱着小熊,另一只手抱着祁南的脖子,小脸皱成一团,上边全是眼泪。

祁南用手拍了拍他的后背,温柔地哄着他,小小湛又哭了一会儿,把眼泪和鼻涕一块儿往祁南的衣服上擦。

大概是因为卫衣的布料柔软,小小湛又蹭了几下。祁南浅灰色的卫衣上,很快就出现了几团深色的区域。

若是基地里的人这么对祁南,以他的洁癖程度肯定会立马生气。但他面对小朋友时,脾气竟意外地好,只是皱了皱眉头,没说什么。

江虞把小小湛的脸擦干净,顺手替小小湛擦了擦衣服。

小小湛的哭声渐渐地停止了,转过脑袋看祁晚晚。

祁晚晚也看着他,酷酷地做评价:"爱哭鬼。"

不知道小小湛到底听懂了没有,他"哼"了一声,满脸委屈,把脸又转了回去。

没了哭声绕耳,两人终于可以正常对话了。

"你不是在训练吗?怎么跑过来了?"

祁南在沙发上坐下,让小小湛坐在他的大腿上。小家伙窝在祁南的怀里,很黏人,祁南轻轻地捏了捏小小湛的脸。

"让你一个人带小孩儿,估计够呛。他闹腾一晚上,能让你崩溃了,你信不信?"

小小湛的眼睛眨啊眨,目光流转于江虞和祁南之间,看上去一副可爱的模样。如果不是刚才江虞见识过小小湛的威力,她都要以为小小湛和祁晚晚是同一个性格。

还好祁南来了,救她于水深火热之中。刚才她还说,救她的都是小天使……

江虞看了祁南一眼,好吧,就算他身高一米八几,表情还很骄傲的样子,也是小天使。

祁南不在基地,训练依然没有落下,看游戏复盘的地点从训练室变成了他姐家的客厅。

江虞从厨房里拿着奶瓶回来时,看到的就是这个画面。

祁晚晚挨着祁南坐着,和他一块儿看着平板电脑。

祁晚晚继承了她爸爸在电子竞技方面的天赋。画面中,"Idxx"操作游戏人物走位失误,导致差点送了一血。祁晚晚指着平板电脑,评论得简洁干脆:"技术好差。"

祁南大为赞同地点了点头,说:"丢人。"

一大一小看得认真,坐在祁南怀里的小小湛,对屏幕里的内容不感兴趣,抱着小熊和不知什么时候拿来的小兔子玩具,自娱自乐。

江虞感叹祁家两个小孩儿性格真是全然不同。

小小湛忽然睁着圆溜溜的眼睛看向她,发现她手里的奶瓶之后,开心得手舞足蹈。

小小湛从江虞手里得到奶瓶之后,嘴里叽里咕噜地说着什么,一个劲地傻乐。

江虞坐在旁边的位子上,小小湛抱着奶瓶喝了几口奶,朝她扑腾着伸手。

祁南把小小湛重新抱起,视线仍落在茶几上的平板电脑屏幕上。他摸了摸小小湛的小脑袋:"你老实一点。"

小小湛蹬了蹬腿,固执地往江虞那边扑。

江虞靠近他,问:"你想做什么呀?"

小小湛给出的回应是在江虞的脸上亲了一下。

江虞怔了一下,随即笑起来,眉眼间满是温柔。

最开始,大家说江虞长得好看,祁南当时只觉得还行,毕竟他自己已经超出"好看"这个范围了。后来不知道从哪一天起,他看江虞越看越顺眼,经常是不经意的一眼,就让他觉得惊艳。

完了,他居然有点羡慕小小湛了,果然会撒娇的小孩儿有糖吃。

江虞觉得小小湛是因为她给他泡了牛奶才亲她,这可能是他表达谢意的一种方式。她摸了摸小孩儿的小脸蛋,夸他可爱。

结果小小湛一转头,抱着祁南的脖子爬起来,又亲在了祁南的脸上。

江虞完全没有想到小小湛会突然亲祁南。她被小小湛这一通操作给惊到了,耳郭上都要冒热气了。皮肤有多白皙,就越能衬得她脸上那两抹红晕有多夸张。

按理说,她不应该不好意思的。只不过小小湛亲过她之后,又去亲了祁南的脸。不管怎么说,横竖都是小小湛亲的,她完全没必要害羞。

可她就是脸红了,心脏狂跳,完全抑制不住。"间接性接吻"这个词在她的脑子里挥散不去。

祁南也并不平静，同样僵在原地发蒙。

柔软的触感印上脸颊，刹那间，祁南似乎有一种千万朵烟花绽放在脑海里的感觉，这种震撼感远远大于他亲眼见过的每一次烟花表演。好一会儿，后劲也没散去，他的脑子还在嗡嗡直响。

和小小湛亲他这件事无关，特别之处就在于小小湛先亲了江虞又来亲他。

那是不是等于江虞亲了他的脸？

祁南这样想着，偷偷地瞄了一眼江虞的嘴唇，红晕就顺着脖颈爬上了脸颊。

显然，这件事只有两个大人在意，小小湛仍抱着奶瓶，两条小短腿晃来晃去。祁晚晚的注意力还在游戏画面上，一言不发，看得认真。

江虞和祁南都沉默着，室内只有游戏的音效声，不过再燃的游戏音效，都没能让诡异的气氛消散半分。

江虞不想让自己显得在意这件事，一岁不到的小小湛只是无心之举，她这时候有什么反应都会让两人更尴尬。她不如假装不知道，反而更好一些。

再说了，一屋子除了她以外，其他都是小孩儿，能有什么呢……

可不知道为什么，她越想冷静下来，心跳反而越快。每一下都在提醒她刚才发生过的事情，让她无法忽略。

她逼着自己看向电视机的屏幕，上边是放给小小湛看的早教动画片。

祁南抱小小湛的姿势都变得僵硬了。

小小湛挣扎了一下，从祁南怀里蹿出来，挨着祁晚晚坐着，口齿不

清地发出几个音节。

祁南和江虞之间的距离不过一臂之长。祁南之前看得津津有味的游戏复盘,忽然变得一点意思都没有了。他小心翼翼地往江虞的方向觑了一眼,确定江虞不会发现后,才放心地打量起她来。

虽然面上一片平和,仿佛没有发生过任何事,但她耳郭上的一抹红晕出卖了她。

祁南悄悄地呼了口气,原来她也在害羞啊……

大部分成年人看早教动画片,都会觉得无聊。

江虞挨过十来分钟,茶几上的小闹钟响起来,那是祁柚给祁晚晚设的闹钟,提醒祁晚晚到睡觉时间了。

祁晚晚从沙发上跳下来,问江虞可不可以带她去洗漱。

江虞稳了稳心神,应了一声"好啊"。

祁晚晚牵着江虞的手去了洗手间。祁晚晚在边上乖巧地站着,任由江虞帮她洗漱,之后还甜甜地说"谢谢"。

洗漱完之后,从洗手间出来,祁南和小小湛已经不在客厅了。

儿童房的门半掩着,路过儿童房时,江虞刻意放慢脚步听里边的动静。

祁南生了一把好嗓子,压低声音说话时,特别温柔。

这会儿他正语速缓慢地哄着小小湛睡觉,从门缝里可以看见祁南背对着门,轻轻地推着小孩儿的摇摇床。

那是基地里的祁南不会有的模样。

江虞觉得他大概很喜欢小孩儿吧。

祁南可能自带"孩子王"的属性，两个小孩儿都格外喜欢他。之前小小湛哭成那副模样，也是他哄好的。

祁晚晚睡前有听故事的习惯，江虞耐心地翻着故事书，问祁晚晚想听哪个故事。

小姑娘白嫩的小手放在目录上，指了某一页的标题。

江虞才念了没两行字，祁晚晚突然问道："小阿姨，你会不会变成我的小舅妈？"

江虞摸了摸祁晚晚披散下来的头发，问："为什么这么问啊？"

祁晚晚眨了眨眼睛，说："因为小阿姨很好看，小舅舅也好看，就像故事里的公主和王子，他们会结婚的。"

"我……我可能不会变成你的小舅妈。"江虞自己也没注意到，她用了一个词——可能。

祁晚晚有点失望，努了努嘴说："那好吧，小舅舅一点也不厉害，都追不到你。"

她嘴巴噘得老高，都可以挂上一个酱油壶了。

江虞刮了刮她的小鼻子，说："没有的事。"

房门突然被敲响，祁南推开门进来，说："我听到你说我坏话了啊，小没良心的。"

祁晚晚缩进被子里，声音从里头传出来，闷闷的："那是实话。"

在睡觉这件事上，程晚晚可比小小湛麻烦多了。

小小湛吃饱喝足，没一会儿就睡着了。

祁晚晚却要缠着人给她讲故事，不讲两三个故事是绝对睡不着的。更何况今晚祁柚不在家，换了个人陪祁晚晚，她不大习惯。

等到祁晚晚彻底睡着的时候,已经将近十点了。

这个时间对祁南来说还早,就是把他按在房间里,他也睡不着。

江虞在房里绕了一圈,最后在书房找到了祁南。他开了程湛的电脑,登上自己的游戏账号,正在打排位赛。

见她走进来,祁南随口问道:"祁晚晚睡着了?"

她应了一声,看他操纵着游戏里的人物躲开敌方的技能,往后退了几步,这时候技能刷新好了,他又果断地操纵着人物上去甩了一套技能,成功击败了对方的游戏人物。

祁南轻轻地笑了一下,操纵着英雄人物回城。他半仰着脑袋问她:"你要去睡了吗?"

他戴着耳机,讲话的音量控制得不大好,声音低下去,每个字便不那么清晰了。个别词听上去有点模糊,反倒多了一丝温柔的味道。

她想起不久前祁南哄小小湛睡觉时,也是同样的语调。

每一句话的停顿,每一个尾音,都显得很温柔。

江虞点了点头。

祁南又说道:"你去客房睡吧,那个房间,祁柚收拾好了。"

祁柚家里只有一间客房,主卧又睡不得。祁南怎么说也算半个主人,江虞不好意思和他抢房间,站在原地有点犹豫。

"我可以睡小小湛房间的床。"

祁南猜到她的想法,说:"你别把房间让给我啊,我不要。"连理由都不找,直接说不,还不耐烦地朝她挥了挥手,做出"我好忙""不想和你扯"的姿态,十分不讲理。

江虞只好退出了书房,离开前朝着祁南的方向撇了撇嘴,心想:这人果然什么时候都很别扭，明明是想把房间让给她，还要说得这么不讲理。

江虞洗漱之后，进了客房。大概是因为祁南经常来祁柚这里住，客房里有不少他的东西。

桌上放着一个拆开的键盘包装盒，江虞刚才还奇怪祁南怎么会用其他人的键盘，原来这儿有他自己的键盘。

江虞不由得多看了两眼，盒子的某一侧上印有生产日期，是几年前生产的了，但包装盒保存得很好。

盒子内侧有一行苍劲有力的字，依稀可以看出是祁南的字体，却和他现在的字略有差别。

"XX年6月，第一个键盘。——祁南"

原来是他的第一个键盘，他是真的很爱惜，所以一直保存到现在。

江虞才把键盘盒放下，祁南就在外边敲门了。得到她的回复后，祁南推门走进来，见她站在桌前，问道："做什么呢？"

江虞穿着祁柚的睡衣，她比祁柚瘦一些，衣服的袖子往下落了一截。

江虞摘了隐形眼镜，这会儿鼻梁上架着一副眼镜。圆边的金丝框很衬脸型，显得她的脸更小了，也把她衬得更多了几分书卷气质。

"看这个盒子，你怎么会有键盘在这儿？"

祁南扫了一眼那个盒子，说："我之前有很长一段时间在祁柚这里蹭房间住。那时候，我还没开始打职业比赛。我和我爸说两三句话就得大吵，我很不耐烦，就跑来这里。这是我第一次打城市联赛后，用拿到的奖金买的键盘，那是我人生中第一笔通过比赛获得的奖金。"

江虞听他讲着键盘的由来，有些不解，问："那你后来怎么不带回

家去?"

"我爸看见这玩意,能马上把它砸了,你信吗?"

江虞了然地点头,祁柚曾经说过当初家里是极力反对祁南成为职业选手的。明明祁父挺喜欢程湛的,怎么会对电子竞技这个行业有这么大的偏见?她提出了自己的疑惑。

祁南把桌子上的东西稍微收了收,从衣柜里翻出一套睡衣,不在意地耸了耸肩:"他哪里是对电子竞技有偏见,他是对我有意见,觉得我干什么都是不务正业。"

"你难过吗?"

"不啊,从小到大都这样,早就习惯了。"

"那你的手为什么攥得这么紧?"

祁南拎着睡衣的那只手,把衣服抓得很紧,因为用力,指节微微泛白。闻言,他下意识地松了手,衣服掉在地上。

他弯腰捡起睡衣,抖了两下,说:"不攥紧,东西就掉了啊。"

他说得理所当然,但有些理由只能骗得了自己。

他表面上满不在意,实际上却躲在角落里怄气,倔强地不肯低头。

其实,这样的人心里很柔软,只要对他好一点点,就能够被他记很久。

江虞看着他的侧颜,忽地觉得外界对他的评价一点都不准确。什么天赋型选手、恃才傲物,全都不能正确地形容他。还有一部分粉丝们对他的诋毁,更是莫名其妙。

就连她也做不出最正确的评价,因为他是人间宝藏,没有哪个词汇能配得上他。

江虞原本想安慰他两句,门外突然传来小小湛的哭声。两人对视一眼就往外冲，先后跑进小小湛所在的儿童房。

江虞慢了一步，祁南已经把小小湛抱了起来。

小孩儿似乎总是有耗不完的精力，重新冲好的奶粉也不喝，又哭又闹，一点消停的趋势都没有。

祁南这会儿也没有"法力"了，无论他说什么做什么，小小湛一律用哭来应对。

江虞怕祁南的脾气会突然上来，接着不耐烦地走掉。

好在他对小孩儿的容忍程度出奇地高。小小湛哭闹时，无意中打到祁南的脸，也没见祁南发火。

祁南只是把小小湛的小手握进他的掌心，再轻轻地放进被子里，继续哄着小小湛。

江虞自愧不如，如果是她面对现在的状况，大概会崩溃得和小小湛一起哭吧。

估摸着是小小湛的哭声太大，吵醒了隔壁房间的祁晚晚，她从自己的房里跑过来。

祁晚晚站在江虞身侧，伸手牵江虞的手。

祁南大感不妙，和江虞交换了一下眼神。

江虞了然，蹲下来和她平视，让她接着回去睡，才开口说了没几个字，就被小小湛的声音给压了下来。

江虞只好凑到祁晚晚的耳边，把那句话重复了一遍。

祁晚晚却摇摇头，说："他一直在哭，我睡不着了。"

江虞摸了摸她的脑袋，说："那也得睡觉了，宝贝。"

祁晚晚不说话了，牵着江虞的手依然没撒开，就这样看着祁南怀里

的小小湛。忽然，祁晚晚的眼泪也落了下来，她伸手快速地抹了一下眼泪。

江虞忙把祁晚晚搂进怀里，两个小朋友都哭了，这可怎么办才好？

"小阿姨，我妈妈什么时候才能回来啊？"她的眼眶里蓄着泪，努力忍着不让它落下来。

再乖巧懂事的小孩儿，毕竟还是个小孩儿。祁晚晚从小极少离开爸妈，本来情绪还不差，可半夜听着小小湛哭，就像被感染了一般，眼泪也收不住了。

江虞捧着祁晚晚的脸，指腹在祁晚晚的眼角上轻轻地蹭了一下，起身领着祁晚晚去客厅。这种情况，让两个小孩儿待在一块，只会越哭越凶。

小姑娘的鼻尖都红了，眼眶也是红红的。

江虞把祁晚晚抱起来放在腿上，温柔地和祁晚晚讲道理："爷爷生病了，爸爸妈妈要去照顾爷爷。爷爷好了后，爸爸妈妈就回来陪你了呀。"

江虞给她擤了鼻涕，小姑娘还是闷闷不乐的。江虞略微思索，给陈伯川发了一条消息，在得到陈伯川的回信之后，说道："我明天带你去基地，好不好？"

江虞记得祁柚说过，祁晚晚经常和祁柚说想去基地玩，祁柚怕打扰大家训练，很少带两个小朋友过去。

果然，小姑娘的眼睛一下子亮了起来，问："真的吗？"

江虞把手机递给祁晚晚看，说："当然是真的啦，大川叔叔已经同意了哦。"

大川知道程湛家里的状况，明天祁南得回基地训练，江虞一个人肯定应付不来两个小孩儿，便很快同意了。

两个小孩儿再闹腾，影响队员训练的可能性也不大。毕竟这几个大老爷们,打起游戏来一个比一个疯,不把小朋友吓到就不错了,怎么可能被影响?

小孩子的注意力很好转移,这个消息很快改变了祁晚晚的心情,她的小脸上终于有了笑意。

江虞松了一口气,要带祁晚晚回房间,祁晚晚却从江虞腿上跳下来,说:"小阿姨,不用啦。我自己去睡,你去哄小哭包吧。"

她又朝江虞挥了挥手,说:"小阿姨晚安,明天见。"

明天去基地这件事让祁晚晚太高兴了,以至爸妈不在家的不开心都被她抛到了脑后。

江虞还是跟着祁晚晚进了房间,替祁晚晚掖好被子,才回到儿童房。

小小湛从一开始的大哭,变成了现在断断续续地哭。他的小脸蛋枕在祁南的肩膀上,挤压出一团软软的肉,他哭一会儿就换一边脸枕着,休息一会儿继续哭。

祁南面上呈现出无可奈何的表情,哄人的语气也稍微僵硬了,声音开始有些沙哑,手掌却还是在小小湛的背上一下一下地轻轻拍着。

江虞朝小小湛伸手,把他从祁南手里接过来,抱在怀里。她几乎没有抱小孩儿的经验,调整了好几次姿势,还是觉得别扭。

祁南的手搭上她的手腕,移动她手的位置,她抱小小湛的姿势终于像样一点了。

祁南看着江虞哄小朋友的模样,内心的羡慕和嫉妒又飘了出来。

他也好想被江虞叫宝贝啊……

如果问他特别羡慕过哪个人吗,答案一定是小小湛。他好卑微,一直在吃小小湛的醋。

看着看着，祁南忽然觉得自己似乎忘了什么事情，一时之间又记不起来。他盯着小小湛看了好半晌，恍然大悟，小小湛哭这么久，可能是因为他的尿不湿该换了。

他在柜子里找到了要用的东西，把小小湛放到儿童房里的小沙发上，给他换尿不湿。

祁南的动作相当熟练，江虞夸赞道："你还挺懂怎么带小孩儿的。"

祁南叹了口气，摇摇头："生活所迫。"

接收到江虞充满疑问的眼神之后，他接着说道："上一届世界赛结束之后，有挺长一段时间都没有比赛。基地里没人住就上了锁，我又不想回家，就跑来这里住。住这里不仅要交房租，还要帮祁柚带小孩儿。"他的语气里尽是无奈。

小小湛大概爱干净，换了新的尿不湿之后，很快就不哭了，但还是黏人，硬是要人抱着才睡得着。小孩儿还是有一定重量的，抱的时间久了，手就开始发麻。

祁南把他放进摇摇床里，他马上就醒了过来，眼泪蓄势待发，祁南只好继续抱着他。

祁南怕吵醒小小湛，用手机给江虞发消息，问她怎么把祁晚晚给哄好的。

两人明明只隔了一臂长的距离，却在用微信沟通。

手机屏幕里散发出来的光，映在各自的脸上。

祁南间或抬眼，可以看见江虞眼睛里的光，即使知道那是手机屏幕的亮度导致的，他仍觉得那是星星落进了她的眼中。

江虞正打着字，祁柚的微信通话弹了出来，江虞比了个手势，离开了房间,轻轻地带上房门。

祁南才把小小湛放下,小小湛就开始哼哼,有要醒来的架势。无奈,祁南抱着小小湛一块儿躺到儿童房里的看护床上,让小小湛窝在他的怀里。

小小湛朝祁南怀里拱了拱,小手紧紧地揪着祁南衣服的前襟。

江虞走到客厅里接听微信通话。

祁柚那边飞机刚落地,现在正要打车去医院,抽空给江虞来了个电话,问问家里的情况。

江虞下意识地朝着儿童房的方向看了一眼,说:"祁南过来了,不然我还真搞不定。"

"祁南?"祁柚有点意外,而后又明白了。试问谁忍心看自己未来的女朋友受苦呢?

想到祁南漫长的追求之路,祁柚忍不住帮自家弟弟说话:"他其实还是挺靠谱的,对吧?"

听到江虞赞同地"嗯"了一声之后,祁柚又说道:"现在对小孩儿有耐心的男生可不多了,对小孩子都有耐心,对女朋友肯定也会很有耐心。"

祁柚说这话时,旁边正好有辆车按了按喇叭,她的话便淹没在杂音里,也不知道江虞听见没有。

祁柚估计江虞只听见了前半句话,江虞回答了一句"是啊",两人又聊了几句,就挂断了微信通话。

江虞回到房间时,发现祁南已经睡着了。他怀里的小小湛也终于安分下来,不再闹腾了。

她坐在床边看了一会儿,发现这间儿童房充满了童趣,就连被子上的图案都很可爱,祁南睡在这里并不显得违和。

他喜欢的颜色都是冷色调的,对外的形象也很难让人把他和"幼稚"这个词联系起来,只要他不蛮横又别扭地说话,就能把他对外的形象维持得很好。

在这儿童房里,这些充满童趣的色彩和图案让他看起来更具少年感。

他五官立体,面部线条明显,下颚的轮廓格外清晰。每一分都恰到好处,让多少人惊羡。

今晚,他在聊天中说到的那些事情,江虞之前并不了解。听他说过之后,她觉得好像意外得知了他的另一面。

她脑子里回想着祁柚刚才说的话,对小孩子都有耐心的男孩子,以后对女朋友也会很有耐心。不知道他以后会把他的那份温柔给什么样的女生……

江虞看得出神,手不自觉地就伸了出去,等到反应过来时,她的指尖已经触碰到他的鼻梁了。

她触电一般,马上缩回手,觉得自己真是鬼迷心窍了。她用左手狠狠地掐了右手一下,以惩罚自己刚才不规矩的举动。可指尖的触感,却久久都未消散。

她不敢再接着看了,从床边站起身。

这张床不太宽敞,江虞帮两人掖了掖被子,又把沙发上的小熊抱过来,搭在床的另一侧,防止小小湛半夜掉下去。

等到做完这一系列事情,江虞退出房间,合上了门。

几乎是关上门的一瞬间,祁南就睁开了眼。那双眼睛里没有半点刚睡醒的惺忪,显然不是才从睡梦中清醒。

他伸手摸了摸江虞触碰过的位置,难以自抑地从喉咙里溢出一声轻笑声。

她刚才是偷偷地看我了,还碰了碰我的鼻梁,对吧?

她对我应该也有一点点喜欢吧?

得出这些结论,如果不是小小湛还睡在他的身边,他几乎就要原地打几个滚,庆祝一下。

第十一章

江虞心里满满的,皆是因为他。

第二天,祁南一早就醒过来了。

害怕翻身会吵醒小小湛,他一晚上都保持着同一个姿势,不敢有大的动作。床本来就不宽敞,他睡得实在太憋屈了。

祁南小心翼翼地起身下床,经过客厅的时候向四周扫了一眼,发现江虞正在厨房里做早餐。

基地里有阿姨准备三餐,这还是祁南第一次看到江虞下厨。她戴着围裙,增加了几分烟火气息,看上去一副贤惠的样子。

祁南多看了两眼,才绕去洗手间洗漱。

洗漱的时候,祁晚晚的房间门被打开,小姑娘像箭一样冲了出来。

祁南边刷着牙，边探头朝外看了一眼。小姑娘靠近厨房的时候，脚步慢了下来，她小步走进厨房，叫了一声"小阿姨"。

江虞半弯下腰来，说："你醒了呀！等弟弟也醒了，我们吃过早餐就出发，好不好？"

"好！"祁晚晚应了一声，转身往洗手间走去。她脸上的笑容很灿烂，走起路来都快跳起来了。

看到祁南之后，祁晚晚冷静地打了个招呼，说："小舅舅早。"

这姑娘小小年纪，"包袱"却不小。

祁南笑了一声，漱了漱口。

老祁家的小孩儿，大概骨子里都自带一种骄傲吧。

祁晚晚穿好外套之后，坐在沙发上，目光一直绕着江虞转。等江虞收拾好小小湛用的东西之后，几人就能出发了，小姑娘面上期待的样子压也压不住。

祁南靠在沙发上，伸手在祁晚晚耳边打了一个响指，说："回神了啊，眼睛就没离开过一刻，这么喜欢小阿姨？"

祁晚晚点了点头，道："喜欢。"

想起昨晚和江虞的对话，祁晚晚的腮帮子鼓了鼓，没忍住，吐槽道："小舅舅，你太菜啦。"

祁南两只手捏着祁晚晚的脸颊，力道不大，但把她的脸扯得很丑："你再说一遍？"

祁晚晚挣扎着，跑开之前说道："都不能把小阿姨变成小舅妈，就是菜，就是！"她嫌一遍不能够表达出自己的意思，还刻意重复了一下，说完就撒腿溜走了。

祁南看着她的背影，有点蒙，现在的小孩儿都这么机灵吗？

他仗着自己腿长，两三步追上去，不顾祁晚晚的挣扎，一把把她拎起来。

"臭小孩儿，你知道什么？这需要一个过程，我告诉你，别给我捣乱啊。不许去小阿姨那里瞎说，不然我把基地的门锁了，你别想进来。"

"小阿姨会给我开门的。"

祁南板着脸吓唬她，说："那我把你锁家里，钥匙在我身上，她开不了。"

迫于祁南的警告，祁晚晚只好答应。

江虞从儿童房里出来，看这一大一小站在那里，问道："闹什么呢？"

祁晚晚下意识就想告状，接收到祁南的眼神之后，委屈地抱着手臂，"哼"了一声，把脸撇开。

前一天晚上，祁南是开车过来的，省了江虞今天打车的麻烦。

祁南车里没有儿童座椅，祁晚晚自己系了安全带，因为个子太小，所以安全带的位置有些奇怪。

江虞怕路况不好，如果有急刹车的话会不安全，就坐在后座上抱着小小湛，另一只手还牵着祁晚晚。

小孩儿的情绪来得快，去得也快。这会儿祁晚晚的心情明显不错，即使一直在维持着自己酷酷的形象，可看上去反而更加可爱了。

到基地后，祁南把车停进车库里，从车上下来，绕到车后座的位置打开门。祁南先把祁晚晚抱下来，再从江虞的手中接过小小湛。

祁南单手抱着小小湛，另一只手向江虞伸过去。

江虞下意识地把手搭上去,借了一下力,从车里下来。动作自然,完全是不过脑子就做出的举动,彼此却配合得很好。

事后她想了一会儿,祁南已经关上车门,朝外边走了几步。

见她没跟上来,祁南回头看了她一眼,疑惑道:"怎么了?"

祁晚晚已经在车库门口等着了,虽然没说话,但眼里的兴奋一点也没掩饰。

这个点还早,队员们大多没醒。整个基地很安静,只有陈伯川打着哈欠,坐在餐桌边上等早餐。

大门的方向传来动静,他懒洋洋地扭过头。见到祁晚晚和小小湛,陈伯川顿时就有精神了,从餐厅跑过来。

"来来来,小小湛快给哥哥抱一下。"

小小湛看陈伯川一眼,转回去把脸重新埋在祁南的颈窝处,用小屁股对着陈伯川,抗拒的意思过于明显。

陈伯川的手僵在原地,被祁南不客气地拍掉。

"多大年纪了,让人叫你哥哥?"

陈伯川辩了一句"我怎么不能是哥哥了",没好气地翻白眼。他转头又不死心地蹲下身和祁晚晚说话,祁晚晚乖巧地说"叔叔好",让陈伯川瞬间僵在原地。

祁南不厚道地笑出声,俯身摸了摸祁晚晚的小脑袋,说:"真乖,来,我带你去逛训练室。"说完,祁南就带着两个小朋友往训练室走去。

陈伯川觉得自己这个战队经理被忽视得很彻底。

话痨如陈伯川,不管旁边是谁,他都有话要说。见江虞还在旁边站着，他又说道："刚才你俩带着两个小孩儿进门的时候，我愣了好半天。感觉像已经过了三四年，你俩连小孩儿都有了。"

陈伯川想了想，又补充道："'夫妻双双把家还'的感觉太强了。"

这群人开玩笑开惯了。

江虞不甚在意，说："扯呢。"

陈伯川摆了摆手，一边念叨，一边走回餐厅继续等早餐。如果江虞用心听，大概能听到他说的话："我看人向来准，当年程湛和祁柚不也是吗？"

这个点还没到训练时间，祁南陪着两个小孩儿在训练室里玩了一会儿，又把两个小孩儿交给了江虞，开了电脑补前一天落下的训练量。

在点击进入组队之前，祁南见祁晚晚在费力地搬一张椅子。

祁南还没来得及起身帮忙，祁晚晚已经在距离电脑屏幕很远的位置停下，爬上了椅子坐好。

祁南这才回过头，专心开始今天的训练。

又过了一个多小时，队员们陆续下楼。

越星宇是第一次见程湛家的两个小孩儿。

"Idxx"特别喜欢小朋友，尤其是祁晚晚穿着漂亮的小裙子，可爱得让大男生都能泛起"少女心"。

于是，越星宇和"Idxx"两人总拉着小公主说话。祁晚晚只想看大家打游戏，她可能是遗传了程湛的性格，喜欢整个团队一块儿合作的感觉。

虽然她有点嫌弃和她说话的两人，但她答应了妈妈要做讲礼貌的小朋友，只得耐着性子听他俩说话。

最终，祁南先不耐烦了。他拿了一杯奶茶把"Idxx"的嘴一堵，让他别说话，这才把祁晚晚解救出来。

祁晚晚大大地松了一口气，这两个怪哥哥也太可怕了。

程湛远程布置了今天的训练任务。等到训练正式开始，祁晚晚凑到这个队员的电脑桌旁边看一会儿，又绕到另一人那里看看。

虽然在她心里爸爸最厉害，小舅舅第二厉害，但这些哥哥打游戏也超级棒！

江虞坐在客厅里，透过玻璃门看着祁晚晚在训练室里绕来绕去的。没过一会儿，小姑娘从里头跑出来，大概是因为开心，小脸红扑扑的。

祁晚晚来到江虞面前，扑进江虞的怀里，和江虞分享开心的事情。

"怎么啦？"

"大家都好厉害，我也想长大以后变得这么厉害。"小姑娘不太好意思，爬上沙发，凑在江虞的耳边小声说话。

陈伯川忍不住笑了笑，问她："那你最喜欢里面的哪一个？"

祁晚晚脱口而出，说是她小舅舅。

于是，陈伯川又补充了一个条件："除了你小舅舅呢？"

祁晚晚认真地思考了好一会儿，小手遥遥指了一下"Idxx"。

祁晚晚偏了偏脑袋看着江虞，说："他打游戏很厉害！虽然是个怪哥哥，但他也不是不好的人。"

这句话让江虞怔了怔。在某些方面，大人想得太多，反而更让自己迷惑了。

小朋友都懂的道理，她却看不清。

一天下来，基地里的几个工作人员轮番哄着小小湛，可谓是用尽了花样。小哭包倒也不怎么哭了，让江虞长长地呼了一口气。

　　等到晚间训练开始的时候，基地的门铃响了。

　　程湛父亲的病情好转，祁柚就先回来了。飞机一落地，她就直接赶过来了。

　　祁晚晚听见祁柚的声音，从沙发上跳下来，一路跑着扑向祁柚。

　　祁柚把人接住抱了起来，问祁晚晚今天在这里玩得开不开心。小姑娘用脆生生的声音，回答说开心。

　　祁柚本想着等祁南打完一局训练赛，和他说几句话。结果几个队员正在兴头上，一连开了几局游戏，压根没有要停下的意思。

　　祁柚和江虞说了一会儿话，时间已经不早了。

　　小小湛玩了一天，这会儿困了，在祁柚怀里睡得香。祁晚晚倒是还挺精神的，但这个点也该睡觉了。

　　几个队员正在打新的一局游戏，陈伯川忙着开电话会议。

　　江虞不放心祁柚一个人带着两个小孩儿打车，知会陈伯川一声后，和祁柚一块儿打车离开。

　　有祁柚在，让两个小朋友睡觉这件事情变得简单起来，祁柚很快就把姐弟俩哄睡了。

　　姐妹俩坐在客厅里聊天，似乎有说不完的话。从时尚到八卦消息，没有什么是不能聊的。

　　话题逐渐转移到感情上，祁柚不动声色地把话头往江虞身上引。祁柚这么做是别有用心的，一个是她的好闺密，一个是她的弟弟，偏偏两人看上去还那么相配。

她不忍心看着祁南单相思,也不忍心看着江虞不愿意承认自己的感情,那就势必要从中推波助澜一把。

"最近有没有让你特别欣赏的人啊,我来给你分析分析?"

祁柚要比江虞大几岁,经常以姐姐自居,江虞每回总是很嫌弃。在这一点上,江虞和祁南一样。

江虞想也不想就说没有。

祁柚仍不死心:"你再想想,真没有吗?"

祁柚这副模样,意图就太明显了。

江虞不用猜也知道祁柚接下来会说哪些话,无非是让她多注意身边的优质男青年等。

江虞很给面子,顺着祁柚的话往下说:"真没有,要不你给我介绍一个?"这句话正是祁柚所需要的话引子。

她弟的名字,她都快说出口了,一对上江虞的眼睛,刚才要说的话便忘了。

不得不说,她这个闺密的眼神仿佛能看到她心底去,连她这个认识多年的小姐妹都顶不住,更不要说其他人了。

祁柚感叹祁南有眼光,还是选择一步步引导,说:"有是有,年纪稍微小一点,不过你不觉得年纪小一点的,特别可爱吗?"

"你儿子?"江虞指了指儿童房的方向,开玩笑道。

祁柚白了她一眼,说:"这能一样吗?"

江虞笑了起来。

"那你看我弟咋样?我弟也可爱啊。"

"说这句话,你不违心吗?祁南浑身上下,哪点能和'可爱'这两个字挂钩？"

祁柚无法反驳，因为江虞说的是实话，就连祁柚自己都不得不承认。

祁柚大脑飞速地运转，寻找着祁南的优点，她说："可是他执着又专一，而且在游戏里打 AD 位置的男生很帅。"

江虞轻飘飘地瞥她，问："哪个位置不帅？你家打野那位？"

程湛退役转进教练组之前，在游戏里的位置就是打野。祁柚和程湛谈恋爱前，祁柚不止一次和江虞感叹程湛有多帅。

祁柚："这不一样，打野要掌控大片野区，但 AD 位置不一样啊。AD 选手好，比赛优势才会大，那可是全队的宝贝。其他队友全都宠着他，得到他就等于收获了一个宝贝。"

这个逻辑思维能力满分，江虞默默地竖起大拇指给祁柚点赞："你就这么推销你弟的吗？"

"如果是别人的话，我才不说。"祁柚小声地说，"你仔细想想，他对你好不好？我这个姐姐都羡慕。"

对她好吗？

这个问题，江虞没办法违心说不好。在她被前男友骚扰时，祁南帮她解围；在得知她除夕当天一个人在外边时，祁南大老远跑来找她；前一天晚上，祁南猜到江虞可能搞不定两个小朋友，请了假过来帮忙。

虽然祁南嘴巴坏，脾气也不大好，但这些事情都是真实存在的。

一瞬间，忽然涌至心底的甜，让她内心变得分外柔软。

"谁会无条件地对别人好呢？不要说他对你好是因为你为他的手花了很多心思。那是你的工作，俱乐部给你发了工资，他又何必多此一举？"

"而你一向不喜欢欠其他人的人情,别人给你点个外卖,你下次都要还回去。为什么会一再接受祁南对你的好呢?你现在还觉得你们只是同事或医患的关系吗?"

祁柚一连串地发问,让江虞愣了愣,她没有细想过这些问题。

她曾经担心过发生这种事情,所以刻意疏远祁南。可当她发现两人真的没有交集时,她又有些坐不住。

她一直以为是因为个人原因而不想弄丢一个好朋友,却从来没有考虑过是因为她对祁南的感情发生了变化。

"你知道我对工作的氛围很挑剔,基地里每个人都对我很好,不然我也不会到现在还留在那里工作。"江虞强行给自己找理由。

祁柚见好就收,不再说什么,让江虞自我消化。

江虞看上去没有半点异样。

但祁柚和她认识这么久了,不可能分辨不出她心里有事没事。

其他人心里有事,可能情绪会变得低落。江虞却恰恰相反,她会为了让自己看上去一切如常,而刻意说很多话,做很多无关紧要的事情。越是这样,越显得她不正常。

祁柚放在桌面上的手机振了振,屏幕亮起。来电的人,她们几分钟前还提起过。

江虞扫了祁柚的手机屏幕一眼,看见来电人的备注之后,又轻飘飘地把视线移开了。

祁柚暗自吐槽一句"说曹操,曹操到",便把电话接起来。

祁柚没有把声音外放,听筒的音量也小。江虞压根听不到电话里的人说了些什么。

江虞自认为没有偷听别人讲电话的癖好,她此刻摆出一副不在意的姿态,心里却是实打实的好奇。

接听电话的人忽地抬头看向江虞,表情有点复杂。最后祁柚应了一声,对方就挂断了电话。

祁柚骂了声"臭小子",说:"就知道使唤我,一句别的话都没有,是我亲弟弟吗?"

等抱怨完这一句,祁柚才扭过头对江虞说道:"祁南在底下等你。"

"什么?"

"说是大晚上你一个人打车不安全,刚好其他人在吃夜宵,他闲着没事就跑过来了。"

基地里训练得晚,经常会有夜宵时间,这点江虞是知道的。但她没想到,祁南会趁着这个时间来接她。

江虞小跑到窗边,果然看见祁南的车停在楼下,白色的车身在夜里很扎眼。

她的心跳忽然乱了,愣在原地,不知该如何反应。

江虞回到沙发边上的时候,面上的表情已经不再平静了。她眉头轻蹙,欲言又止,一看就是一副想下楼,又碍于脸面不知道该怎么和祁柚说的模样。

祁柚太了解她的小姐妹了。

她把手机重新放回桌面上,手机和桌面接触时发出一声响,犹如有什么东西往江虞心上撞了一下。

"走吧,他接完你,还要赶回去训练。"

江虞沉默了一会儿,便拎起包作势往外走:"那我先走了,有什事的话,你给我打电话,我就过来。"

祁柚摆摆手,说:"我能有什么事?"

江虞从楼下的门出去时,祁南正坐在驾驶座里。通过降下的车窗,江虞看见他靠在椅背上玩手机,手机屏幕的光映在他的脸上。

只是这么一点时间,他完全可以休息放松一下,再继续后边的训练,没必要特意赶过来。

可他放弃休息时间,跑这么一趟就是为了接她回去。

江虞心里满满的,皆是因为他。

她推门出去,祁南听见了动静,侧过脸来看她。

祁南长得是真的好,即使每天见面,江虞还是忍不住感叹。即使放在 OUR 这个公认的电子竞技男模队中,他依然很突出。

难怪网友们总说,祁南退役了还可以进军娱乐圈。

江虞暗自呼了一口气,绕过车头走到副驾驶座边上。这个过程中,有一道视线始终落在她的身上。

祁南抬手打开了车内的灯,等江虞上车系好安全带之后,为了行车安全,又伸手把灯给关了。

打了方向盘把车拐进小区的主干道,祁南用余光瞥了一眼江虞,见她心事重重,问道:"你和祁柚吵架了?"

江虞顿了顿,随后反应过来祁南为什么会这么问。可能是她从上车之后就一言不发,让祁南看出了异常。

"怎么可能?"

祁南若有所思地点点头,没接着往下问。

回基地的路上,祁南的车每到一个红绿灯路口,信号灯就转为红色,祁南只好每次停下来等绿灯。

车窗紧闭,外头的噪音很难进来。车里没放音乐,两人也不说话,安静得可听见针落下的声音。

旁边某辆飞驰而过的跑车,持续地拍着喇叭,车窗大开着,里边的几个人也就二十出头的模样。他们兴奋地尖叫,两人在车里就能听见他们的叫嚷声。

祁南侧头看了一眼,冷哼一声,说:"现在这么开心,等会儿被交警拦下来,就该疯狂地道歉说'我错了'。"

江虞没忍住笑了,比起那辆车里的人,祁南现在看起来倒是沉稳不少,简直像个"老干部"。果然,同年纪的人之间也存在着很大的不同。

她这么想着,却忽然想到了另一个方面。

她不止一次表示过她介意"姐弟恋",就是因为她觉得年纪小的人幼稚、不成熟。

祁南有时候虽然也挺幼稚的,但在重要的事情上他总是能冷静地做出判断,展现出超出年纪的成熟与果断。

他这么优秀,难道她要因为年龄而排斥祁南吗?

连祁晚晚都明白的道理,她怎么想不明白?

她坚持了多年的想法,因为一个人而悄然改变。

路过某条商业街时,祁南把方向盘一打,拐进一条与基地方向相反的路。

江虞把手机放下,发现路不对,觉得很奇怪,朝窗外多看了两眼,

问道:"我们去哪里?"

"买个东西。"

车驶进商业街旁边的小巷子里,再往里头开路就窄了,车开进不去。

祁南停下车,解了安全带拉开车门。江虞也要跟着下车,被祁南按住了,说:"不用,我很快回来。"

小巷子里有许多岔道,江虞的视线跟着祁南的背影。祁南绕进一个拐角,之后就消失在江虞的视野里。

江虞觉得这个地方很熟悉,似乎在哪里见过,一时间又想不起来。

过去了五六分钟,祁南重新出现在江虞的视线里。他一只手拿了个袋子,另一只手在按手机。他生了一双大长腿,走路速度却出奇地慢。

从拐角处到这边,也就不到二十米的距离,他好一会儿也没走到车边。

靠近时,祁南抬头看了一眼,隔着车前挡风玻璃和江虞对视。忽然他停下了脚步,举起拿着手机的那只手,摄像头对着江虞。

小巷子里的路灯年久失修,亮一会儿就闪一下,会发出嗞的声音。小飞虫围绕在灯泡周围,光线实在算不上好。车里也没开灯,大概是拍得不太清晰,祁南在屏幕上点了几下。再拍时,手机的闪光灯接连亮了几下。

江虞愣了一下,反应过来祁南正在拍她。

祁南把手放下,看了一眼屏幕,笑了一下,把手机收回口袋里,不徐不疾地拉开车门。

车门刚打开,江虞的声音就传了出来,问:"你刚才拍我了,对不对?"

祁南挑挑眉，不置可否，把手里的袋子递过去。

"太丑了，你快删掉。"江虞接过袋子，没在意，放在了一边，她更在意的是刚才的照片。很少有女性可以接受自己在毫无防备的状态下被拍照，江虞就不能接受。

祁南闻言，也不着急启动车。他拿出手机，打开相册翻看刚才连拍的几张照片。看的时候还侧过身去，手机背对着江虞。

他面上表情讳莫如深，神神秘秘的。

江虞朝他伸手，他反应迅速地躲避开来，把手机换到了另一只手上。

江虞早就解开了安全带，估量了两人之间的距离，才伸手去够他的手机。

职业选手的反应速度有多快呢？可以精确到毫秒。

江虞刚有动作，祁南就躲开了，江虞完全没有机会得手。

即使江虞出其不意，也没能碰到手机半分。

江虞少有气急败坏的时候，见几次没能成功，就索性放弃了。

祁南觑了觑江虞的脸色，说得真诚："我拍照技术还可以，真挺好看的。"

说着，祁南就把手机拿出来解了锁屏。

江虞的手刚探出去，才接触到手机的边缘，祁南突然反悔，往反方向撤。

江虞也和他较劲，捏着手机的一角不放。姑娘的力气哪能和男人比呢？她反而被祁南的力气一带，往他身上栽过去。

她的脑袋即将撞到祁南的肩膀时，额头被一只手给护住了。

大概是临时决定出来买东西，所以他车里没有放外套，他不喜欢穿

厚衣服，外边只穿了件卫衣，看上去并不是那么保暖。

江虞此刻感觉额头有些发凉，是他刚才下车在室外沾染上的温度。

不知道他在哪里走了一遭，身上有甜甜的味道，和他的形象不符。

江虞下意识地眨了眨眼睛，前额隐隐发麻，思维有点转不过来。

两人之间隔了一个汽车变速器，姿势别扭。又过了两三秒，江虞撑着祁南的手臂坐好。

近期这段时间发生的尴尬事件，比前几个月加起来的次数还要多。主要的原因是两人相处的时间越来越多。

江虞火速地拽过安全带系上，背挺得笔直，双手放在膝盖上，看上去十分端庄。她表面上看起来冷静，心却快从嗓子眼里蹦出来了，暗暗骂自己怎么变得这么幼稚，不就是照片嘛，有什么好在意的呢？

祁南轻轻地咳了一声，把手机放回车里的中控台上，江虞没再伸手去拿。

脑海里回放着刚才的一幕画面，一瞬间，江虞认为祁南是故意的，但一抬头见他同样也在发蒙，又觉得只是凑巧而已。

她总能闻到此前在祁南身上闻到的味道，隐隐地飘散在车内。江虞往四处扫了一眼，看见刚才被她随手放到一边的袋子，味道就是从那里飘散出来的。

江虞把袋子拿起来，那个袋子上没有标签，只能通过散发出来的香味判断里边大概是食物。

"我能打开……"江虞的声音有点低，她还在因为刚才那个插曲，而感到浑身不自在。

她的问题还没说完，祁南就回应："可以。"

祁南把车子倒出了小巷子。

江虞打开袋子，里边的香味扑鼻而来，通过透明的食盒盖子，她看见了里边的蛋挞。

江虞终于想起来，她为什么会觉得这条小巷子眼熟了。

她确实没来过这里，可她之前看见过某位美食博主的一条微博，上边就有这条小巷子的照片。

那是前一天，江虞闲来无事刷微博时看到的。当时祁南凑过来看了两眼，他正好看见她点了赞还把图片保存下来。

他也没说过要带她来这里之类的话，似乎就是刚好路过这里，就顺道来了，并不是因为她喜欢。

其他人的好意，她往往会找借口婉拒。可当对方是祁南时，她又觉得没有理由拒绝。

甜品对她的诱惑力大吗？答案是大。

她不是不能扛住诱惑，她可能只是拒绝不了祁南这个人。

这个发现让江虞有些错愕。

祁南看江虞好半晌没有说话，以为她不喜欢，解释道："我随便买的，你要是不喜欢就算了。"

他说完这话的时候，表面上看像在专心致志地开车，心里却在期待江虞的回答。

他希望她能反驳他。

祁南没等到江虞说话。

江虞却悄悄地在心底说了句"当然喜欢"。

  这种感觉有点像碳酸饮料里的气泡正在不断地向上升,结果他一说话,那些小气泡就挨个地炸开了。

  江虞不动声色地按了按胸口,希望她的心脏能够老实一点,不要跳得那样欢快。

第十二章

喜欢一个人到底是什么样的感觉?

基地里的夜宵时间结束了。

祁南一回到基地就进了训练室。

"Idxx"一边找纸巾擦嘴,一边跟在祁南身后喊:"你是机器人吗?从外头回来,就直接开始训练吗?"

祁南轻轻地嗤笑了一声,嘲讽模式再次开启:"吃得多,睡得早,起得还最晚,你再不多训练训练,和猪有什么区别?"

"Idxx"委屈,摸了摸自己的肚子,说:"能吃是福。"

祁南点点头,十分赞同:"是了,'福如东海'都不足以形容你了。"

"Pure"闻言不厚道地笑了。

"ldxx"听见后,怒道:"我骂不过祁南,难道还骂不过你吗?快闭嘴!不许笑!"

于是,整个训练室里的人都笑得更大声了。

OUR的训练室,不愧是出了名的吵。

医务室里,江虞隔了两道门都能听见训练室里的声音,祁南的声音被淹没在里边。

偶尔,祁南也会嚷嚷,但他向来不会用拔高音量来显示自己的气势,他哪怕不说话,只用一个眼神,都足够把人气得跳脚。

江虞想象了一下祁南可能会出现的表情,没忍住笑了笑。

其实,祁柚有一句话没说错,祁南确实很可爱。这个形容词和他的外表挂不上钩,但江虞突然觉得用这个词来形容祁南很合适。

她把手机拿出来,给祁柚发消息,说他们已经回到基地了。她随手划了一下屏幕,这才发现不知从什么时候起,她俩的聊天记录里,"祁南"这个名字频频出现。

江虞顿了一下,转头看向桌面上的那盒蛋挞。

祁南向来是除了训练勤奋以外,其他什么事情都比较懒的人。有时候让他帮忙递一个东西,起身走两步的事,他硬是不肯。更别提让他拎点什么东西了,好像柔弱得手无缚鸡之力似的。

但他偏偏在休息时间特意跑来接她,甚至记下她无意间的一个举动,只因为她可能喜欢。

江虞摇了摇脑袋,低下头,把前额抵在桌面上。木质桌面一片冰凉,她忽然就想起了祁南用掌心护住她额头的画面。

祁南这个人仿佛在她脑子里住下了一般,怎么也挥之不去。

不一会儿,她的脸就开始隐隐发热,好像这桌面也不是那么凉了。

训练结束后,祁南回到自己的房间,拿出手机看他拍的照片。

这些照片的正中央是祁南白色的车,他没有贴防窥膜,手机清晰地记录下江虞坐在车里的模样。

当时,他拍第一张照片时,她没有看向镜头。拍第二张照片时,她发现了,不过看上去呆呆的。大概是因为车内暖气开得很足,她的脸红扑扑的。

祁南是不会使用滤镜或开美颜模式照相的人,其中一张照片还有点模糊。这样一张算不上完美的照片,祁南却觉得很好看。他悄悄地把这张照片设为了手机锁屏壁纸,并在之后的很多年一直没有更换过。

他的锁屏和桌面壁纸是手机自带的图片,随机变换,这么久以来都没有设置过固定的壁纸。现在他的锁屏壁纸依然没变,只是这些壁纸里藏了一张照片。

照片里,是他喜欢的人。

之后两天的训练,程湛都是通过电话和教练组以及队员们沟通,了解情况之后布置训练任务。队员们照常根据教练的建议训练,看起来似乎和往常没有差别。谁也没多想,都觉得程湛不在的这两天,对他们的练习并没有影响。直到比赛那天,问题才暴露出来。

比赛的 BP 环节,需要教练参与,从客观的角度禁用和选用游戏里的英雄人物。

由于程湛没赶回来,OUR 换了教练组的另一位教练上场。

不知是不是因为 OUR 的几个队员对程湛的依赖性太强，程湛不在场，第一局比赛从一开始就显得有些弱势。

对方不停地滚雪球，双方在游戏里的经济差距越拉越大，后期的几次团战中，OUR 都没能反击成功。第一局比赛很快结束了，下场的时候，几个人的表情都很凝重。

回到休息室后，陈伯川怕前一局的失利会影响到大家后续的比赛，便安慰大家，说："这一局比赛已经过去了，下一局加油！"

其他几个人很给面子地应了一声，勉强打起点精神来，讨论着下一局比赛应该选什么样的阵容。

祁南始终沉默着。

陈伯川和江虞对视一眼，刚想着要不要说点什么，祁南忽然开口道："上一局比赛的主要责任在我，我前期没有把优势打出来，大家不要有压力，我调整一下，下一局，我们……"接着，祁南开始和教练分析下一局比赛禁用和可以选用的英雄人物。

谁也没想到祁南会说这样一番话，就连江虞这样的游戏菜鸟都看得出来，刚才那一局比赛，祁南虽说没能带着队伍赢，可他表现一直不错，也几乎没有失误，主要责任怎么也落不到他的身上。

可他却这么说了，还让大家不要有压力。

虽然祁南平时嘲讽技能疯狂"输出"，但大家都很清楚他刚才说的话不是反话，他是确实想担下大部分的责任，让大家不会因为心态问题影响下一局比赛。

祁南不会说漂亮话，这个方法很一般，但效果出奇地好。

"Idxx"第一个号叫起来："我们小霸王什么时候受过这委屈？

不行,都给我冲!今天必须赢!"

越星宇抹了抹眼角上并不存在的眼泪,配合"Idxx"演戏,说:"必须赢!把 Pure 换下来,让我上,我用命保护祁南。"

"Pure"憋红了脸,大声地冲越星宇喊:"你想都不要想。赢的时候,一定得是我站在祁南边上!"

玩笑之间,沉重的气氛逐渐散了,大家都重新变得活跃起来。

大概是祁南的话让大家恢复了元气,五人重整旗鼓。接下来两局比赛,大家超常发挥,控制了游戏节奏,拿下了这场比赛的最终胜利。

回去的路上,队长和"Idxx"一个劲地感慨,祁南今天说的一番话带给他们的震撼太大了,就是拼了命也得赢。

江虞今天也是大感意外。程湛不在现场,几个首发队员的状态都不是特别好。祁南的年纪最小,在这时却主动挑起大梁,安定大家的心。能赢下这场比赛,他功不可没。

可祁南在比赛时是一个贴心好队友,赛后就不是了。

赛场和基地之间有很长一段路。上了回程的大巴车后,祁南就闭着眼补觉。今天比赛开始的时间早,他一大早就起来了,睡眠不足。任其他几个人怎么夸张地吹捧他,他仍是无动于衷。

江虞和祁南的位子只隔了一条过道,她看了看祁南的脸色,他没睁眼,眉间微微蹙着,看上去很不耐烦。

江虞猜他一会儿说不定会发飙,果然还没过几分钟,祁南忽然皮笑肉不笑地道:"我会煽情?说那些话还不是为了赢,是权宜之计。我这么说,你们还满意吗?能不能闭嘴了?"

"Idxx"向后咧了咧嘴,把脑袋缩了回去。

"Idxx"念叨："我们队是没有感情的比赛机器，其中祁南最能作为代表，就连输了比赛的安慰都是有目的的。"

说完，"Idxx"长叹了一口气，打算接着抱怨，被祁南在后面踹了一脚椅背，瞬间噤声。

江虞看着他俩互动，笑着摇了摇头。

祁南的脑袋靠在椅背上，半抬着下巴，眼皮垂下来，看上去懒洋洋的。见她在笑，他挑了挑眉毛，意思是问她在笑什么。

江虞侧过身面对着他，用口形说了两个字："骗子。"

因为他刚才说的那几句话都是假的。

祁南就着这个姿势看她，看了好一会儿，才把脑袋转了回去，没说是也没说不是。

程湛在比赛结束之后才赶回来，他是在车上看的比赛。看比赛的过程中，他一度看不下去，不知道有些操作是怎么出现的。

因此，比赛虽然赢了，但程湛还是抓着队员们一遍一遍地研究比赛中的操作，连越星宇这个没上场的替补选手都没有放过。

祁南的失误少一些，却是被程湛骂得最凶的那一个。

大家知道这是因为程湛对他们要求严格，便老老实实地听他骂。

程湛一直是有一说一，直来直往，说话从来不会拐弯。一群人被骂得蔫了下去，基地里突然安静下来，江虞和陈伯川反而不习惯。

陈伯川"啧啧"两声，觉得他这个战队经理没有地位，说："我完全被忽视了，你看看这基地里有哪个人听我的？前两年'Idxx'还好骗一些，现在和祁南待久了，也跟着学坏了。"他唉声叹气地道，"我真

该学学程湛,一凶起来,这些小鬼一句话也没有了。"

江虞不厚道地说实话:"你要是凶,他们能比你更凶,你信吗?"

陈伯川想想那个画面,更沮丧了。

江虞笑了笑,他明明是整个队伍的"活宝"才对。

训练室的门没关,程湛的声音从里边传出来,每句话都说得很严厉,其他人挨着骂,一句反驳的话也没有。

江虞在训练室外,不动声色地往里望了望。

祁南面上没有什么表情,一边听程湛的训话,一边记录今天比赛时的几个失误点,分析下回遇到类似的局面,应该怎么样处理。

祁南提出问题虚心请教,和程湛一块儿分析问题。一番分析下来,程湛完全忘了骂人这件事。

等到程湛记起来时,其他几人已经纷纷开始训练,乖巧得不得了。程湛把训练的任务布置下去,没再说什么。程湛从训练室出去的时候,战队众人只觉得逃过一劫。

祁南甩了甩手,和队伍的陪练沟通等会儿训练的模式。

江虞这会儿闲着没事,随手登上微博,刷新了首页。

自从她进入OUR之后,关注列表里和电子竞技有关的博主数量一直在增长,以爱发与祁南相关的微博的博主居多。

之前闲时,她常看的内容无非是护肤、穿搭和美食,现在多加了一个电子竞技。江虞都没注意自己是从什么时候开始这样的,等到注意时,这已经变成一个习惯。

江虞觉得某个视频的标题有趣,点进去看了一会儿。是祁南的一个采访视频合集,每次的采访都截取一小部分。

他打联赛的时间并不长，但因为在比赛中操作优秀，所以经常被选为采访对象。资历深的一些主持人，祁南和他们的交流基本上仅是台上采访以及下台后的几句寒暄。即使这样，他也和他们混熟了，可见祁南有多受欢迎。

　　每次采访就像朋友相见，偏偏还要规规矩矩地你问我答。偶尔几次看到祁南碍于镜头在前，话到了嘴边又生生咽了回去的模样，主持人的笑都快憋不住了。

　　采访合集视频里面就有不少这样的画面，视频的制作者还用特效放大祁南和主持人的面部表情，旁边配上几个字，让看视频的人都跟着忍俊不禁。

　　江虞点进原博主的个人微博首页，接连点赞和收藏了好几个视频。

　　谁能想到几个月前看到游戏就觉得头疼的人，居然会加入电子竞技粉丝大军。

　　江虞随意地看了看前边的几条热评，被有才的网友们逗得笑到肚子疼。

　　江虞退出这条微博，换另一条，看视频、点赞、收藏以及看评论，一通操作十分熟练。

　　她又点进一条微博的评论区，这里的画风和之前看到的却不尽相同。

　　有人连发了一连串哭泣的表情，后边加上一句：" '宝贝'的眼神也太温柔了！"感叹号也跟了好几个。类似的句型，江虞经常能看见，不是夸奖祁南的技术，就是赞美他的外表。

　　让江虞觉得不一样的是这条评论里边的评论，其中一个人说道："自从回到赛场之后，就这两次比赛，他接受采访前总会在台上往下扫视一

圈,而后笑一笑。我一开始还以为是看到了哪个应援手牌,后来越想越觉得有蹊跷,看应援手牌也不至于看出一套流程来吧?这也太固定了。"这条评论被很多人点赞。

江虞看完这条评论,又去看了近期的几段采访,发现这位粉丝果然完美地描述了祁南当时的样子,几乎毫无偏差。

之前的采访,祁南上台完全是一副懒得参与的模样,现在他依然不想花时间接受采访,可他脸上的不耐烦似乎不太能看得出来了。反而在刚上台的时候,还会隐隐期待什么。

可能祁南本人都没有注意到这些变化。

有人在底下发表自己的观点,大意是不希望祁南谈恋爱。也有反驳的人贴了好几张图,以表示祁南的目光是在看粉丝们,让大家不要瞎猜。

如果不是每次下台后,祁南总能精准地说出她站的位置,并且问她为什么离得那么远,有没有看见他刚才朝她笑了,江虞可能也会觉得祁南在台上对着笑的人不是她。

但事实确实是这样,没有办法改变。

好在她的位置站得偏,是一般人不会注意到的角落。

第一次是祁南让她来看他的采访;而第二次,江虞也不知道为什么会到前面去。知道采访对象是祁南的时候,她就觉得她该看看,好像一切都是这么理所当然。

不得不承认的是,每次他站在台上朝着她笑时,江虞就能体会到网上大家所说的"心脏被狙击"的感觉。

微博超话里不允许讨论选手的私人生活,所以里边还是一片和睦,看来影响的范围不大。

江虞把那几条评论重复看了好几遍，感慨这些粉丝简直像侦探似的。难道和祁南相关的事情，他们都是用放大镜来看的吗？

同时，她也明白祁南的粉丝们火力有多猛了。如果祁南被发现谈恋爱了，祁南和他女朋友大概都会被骂吧。

到时候不仅是祁南的个人微博，甚至是俱乐部的官方微博、队友的个人微博底下都会是一番腥风血雨。

江虞下意识地抖了抖，网友们的战斗力，她可太清楚了。

她关掉微博，坐着发了一会儿呆。脑子里想着，就算对方是祁南喜欢的人，也会被这些言论吓到不敢谈恋爱吧。

她忽地又想起祁柚那天说的话，江虞从中提取出来的意思是祁南喜欢她。

可是是什么样的喜欢呢？为什么喜欢她呢？

她甚至有些想不明白，她对祁南到底是一种什么感觉？

祁柚那句"你现在还觉得你们只是同事或医患的关系吗？"，反复在她脑子里出现。

她越发觉得迷茫，喜欢一个人到底是什么样的感觉？

以前前男友追得紧，她没什么特别的感觉，只是觉得他人还不错，便在一起了。

好半晌，江虞叹了口气，暂时放弃思考。

其实她忽略了一个地方，在一个人发问"喜欢一个人到底是什么样的感觉"的时候，她本身就已经对对方有了不同于其他人的感觉。

越是逆风的局面，祁南的斗志反而被激发得越彻底。尤其是今天最

后一局的比赛,祁南的几个操作堪称"教科书"级别,网上有不少截下来的视频或动图。后两局比赛打得热血沸腾。回来之后,祁南也一直在看复盘视频,跟进练习。

其他几个人都开始中场休息的时候,只剩下祁南一个人在训练室里,在自定义模式里不断地练习。

祁南手部恢复得不错,近期检查的频率逐渐降低。

江虞考虑到祁南最近的训练强度,觉得很有必要仔细检查一下他手部的情况,调整训练时长。

他这段时间的训练越来越随心所欲,江虞拦都拦不住。今晚实在看不过他连轴转,扬言要藏他的键盘。

这个威胁其实一点用都没有,整个基地翻过来倒过去,她能藏的地方不多,他随便一找就能找着。

祁南撇了撇嘴,配合她故意做出害怕的姿态,退出了游戏。

江虞看出他是在演戏,又好气又好笑地瞪他。

外边"Idxx"嚷嚷着怎么还不开始吃夜宵,问:"大家吃夜宵都这么不积极吗?"

祁南从椅子上起身,手掌轻轻地拍了拍江虞的后背,说:"走了。"他的动作自然熟练,显示出亲密感来。

想想两人的关系从冷漠到逐渐缓和,再到现在这个状态,还真是不容易。

"Idxx"一点人数,发现全员到齐,快乐地抓起筷子蓄势待发。大家日常嘲笑"Idxx"干啥啥不行,吃饭第一名。"Idxx"满不在意地咧嘴一笑。

祁南的位子从某一天起就搬到了江虞旁边。

江虞每餐讨论"哪个菜最好吃"的对象，也就理所当然地变成了祁南。

基地阿姨的做菜水平很高，每天总有一两个菜格外好吃，一般就是"Idxx"夹的最多的那道菜。全基地的人都致力于从"Idxx"的筷子下夺食，就连吃饭都变得很闹腾。

祁南贪懒，连伸手夹远处的菜都不愿意，只就近吃面前的两盘菜。偶尔，江虞随口提起哪道菜味道不错，他才会提筷子尝一口。

江虞的手机置于桌面上，忽然闪了一下，发出一条消息提示音。

祁南无意间瞥见上边显示的微博图标，想到了什么，默不作声地把自己的手机拿出来，登上了微博小号。

他本来只有一个微博账号，为了特别关注江虞，特意申请了一个微博小号。这个微博小号"就连陈伯川和"Idxx"都不知道。

这个小号唯一特别关注的就是江虞。

他抬头随意地扫视四周，见没人注意他，便轻轻地点了几下屏幕，进入江虞的微博个人页面。

江虞很少说她喜欢什么，祁南对她喜好的了解，有很大一部分来自她的微博。

江虞点赞或转发的微博，祁南基本上都会看一遍。看江虞的微博比看他自己微博的时间还多，收藏夹里基本上全是江虞点赞过的内容。

有时候连粉丝们编排他的一些段子，他都是从江虞的点赞里看见的。

页面上显示出江虞十几分钟之前点赞的微博，最近的几条都和他有关，都来自一个经常为他制作视频的粉丝。

祁南微微地弯了一下嘴角，为江虞关注和他有关的内容而欣喜。

他快速地浏览一遍,没有发现特别的内容,正打算关闭软件,却在评论区里看见了一条评论,正是说他近期采访的状态和以往不太一样的那条评论。

祁南知道江虞有看评论区的习惯,这条评论的位置很靠前,她不可能没看见。

祁南顿了一下,抬头看向江虞,她正在听其他人说话。

他的目光很直接,江虞很难不注意到,侧过脸看着他:"怎么了?"

他摇了摇头说没什么,慢慢地收回视线,若有所思。

她应该是看到那条评论了。

她知道他在采访前是在看她吗?这很明显,她不会不知道吧?

有些人的言论很偏激,扬言反正不允许他谈恋爱,也不知道她看到了会怎么想……

下一场比赛的对手不是容易对付的。

祁南在训练时间之外,花了很多时间看对手之前的比赛视频,把对方 AD 选手的习惯和常用的套路整理了一下。

对手的实力不容小觑,以往交手的几次比赛,他们队虽说是赢多败少,但打得很艰难。

讨论下场比赛战术的那个晚上,教练进了训练室之后,让队员们关了直播,战术不能泄露。

训练室的门紧闭着,里边的声音传不出来,听不见里边的人在商讨什么。其实,陈伯川和江虞都不是打游戏的那块料,所以他们听也听不懂。

陈伯川在安排俱乐部 STL 游戏分部的周年活动,他向来话多,方案写了没两行就开始和江虞聊天：

"过两天要打的比赛队伍，不太好打。上回和这个队伍比赛的时候，越星宇还没转过来。对方 AD 选手专门克制祁南，打法很'脏'，而祁南是天赋型选手，两个人都占不到什么好处。偏偏这俩人天生骨子里都有着争强好胜的基因，两个人在对线（指游戏前期双方玩家通过击杀小兵、野怪或英雄等方式来获取经济进而转入游戏后期的一种过渡行为）上一点亏也不肯吃，很较真。这回也不知道他俩憋什么大招呢，这场比赛有得看了。"

江虞知道祁南的脾气，这样的宿敌自然是要磕到底。

讨论结束，队员们开始各自训练。

程湛从训练室里出来，一边翻着记事本，一边通知陈伯川下场比赛的首发阵容。

江虞和陈伯川都没太在意，对手实力强劲的情况下，祁南是一定会上场的，这是不需要说也知道的结果……

"这场越星宇上。"

"好，我等会儿编辑一下文案发微博。"陈伯川习惯性地答应着，过了几秒钟才反应过来程湛说了谁的名字，他猛地回头看着程湛，一脸惊诧，"谁？你说谁？"

下一场比赛居然不是祁南上场？

程湛懒得重复，直接把本子拍在陈伯川的脸上。

陈伯川瞪着眼睛看了好几遍，才确定上边写的名字是越星宇，而不是祁南。陈伯川难以置信地喃喃自语："要命了，宿敌在前，却让小越上场，这该受多大的刺激？"

程湛抽回本子就走,对他这样的反应似乎并不觉得奇怪。

陈伯川把手一拍,觉得自己作为经理,很有必要照顾一下选手的情绪。于是他大义凛然地走进训练室,没过两分钟,又板着脸出来。

见到江虞,陈伯川主动说道:"我听他那个'滚'字铿锵有力,应该问题不大。"

江虞闻言朝训练室里看了两眼,电子竞技椅的椅背很高,挡住了祁南的身影。

大概是很看重下一场比赛,队员们都在积极地做着准备,比平时更加上心。就连吃夜宵的时候,"Idxx"都只是端着外卖盒匆匆地扒了几口,又继续训练。

一晚上,江虞都没有找到和祁南说话的机会,不知道他是不是真像陈伯川说的那样"问题不大"。

她有点担心,不知从什么时候起,她越来越见不得祁南难过。仿佛只要他不开心,她的情绪也会跟着一块儿低落,心情很容易被他影响。

她这是怎么了?为什么会被他牵着鼻子走……

快到十二点的时候,祁南才拔了键盘和鼠标走出来,往江虞面前一递:"都这会儿了还不睡?"

江虞的作息比起这些队员来说,实在是正常太多,很少会有到了这个点还没去睡觉的情况。

她接过东西,听了祁南的话,才后知后觉地发现原来现在已经是晚上十二点了。

得知后天上场的阵容里没有祁南之后,她就在担心祁南心里会不会难受。祁南向来喜欢把情绪藏着，表现出什么都不在意的模样。

"后天比赛的阵容……"

祁南回身望了她一眼，说："大川没和你说吗？后天我不上，越星宇上。"

和设想的别无二致，他的确是一副无所谓的样子。

江虞在脑子里想着以哪句话作为安慰他的开头。祁南估摸她应该是误会了什么，解释道："今晚是我提的，让越星宇上场。"

她酝酿了一晚上安慰人的话，突然就没了作用，一句也用不上。

江虞直愣愣地问道："为什么？"

"以他为 AD 选手的阵容更适合那天的比赛。"

适合不适合，江虞并不清楚，在她看来每个选手都很强。

看她脸上茫然的神情，祁南就知道她不明白，于是解释道："对方的打法和风格太克制我了，也不是说我上场就会输，我不会输，只不过让越星宇上的话，应该优势更明显，可以更快结束比赛。而且我今年是要拿世界赛冠军的，怎么能让他浑水摸鱼地跟着我抱奖杯，他肯定得出点力啊。"

他当然有上场的资格，他在技术和意识上都不输越星宇。即使是在比赛中大秀操作，和那个对手一较高低，打得热火朝天也不是难事。

可比赛不是为了个人出风头，而是为了他们整支队伍的荣誉。

其实他也有其他计划，也可以压制对方。但赛场上的不确定因素太多，那样风险太大了。明明有更合适的选择，为什么要冒那个风险呢？

江虞知道他在比赛上向来不会开玩笑，做出这样的决定肯定是经过深思熟虑的。更何况教练和其他人也赞同，想来不会有什么问题。

但他嘴上依然不饶人,非要损两句才开心。

江虞想到今晚陈伯川被他骂走的画面,问:"可是大川进去找你的时候,你不是让他滚吗?"

"他上来就问我疯了没有,我不说'滚'说什么?谢谢他的关心吗?"祁南扯了一下嘴角。

江虞低声笑起来,陈伯川说这话,也难怪小少爷祁南要骂他。

她笑的时候,祁南就站在一旁看着她,眉眼间也隐隐藏了笑意。

江虞忽地抬头,恰好对上他的视线。祁南一怔,轻轻地咳了一声,不自然地把脑袋转过去。不知为什么,他始终感觉江虞的目光落在他的脸上。

祁南快速地瞥了她一眼,见她确实在一眨不眨地看着他,他的眼神忽闪了一下,问道:"怎……怎么了?"

"我一点都没想到,是你提出来让越星宇上场。"

"那你以为是怎么样的?"

江虞实话实说:"我以为是教练说的,我还在想你会不会不高兴,会不会又一个人惆怅?"

祁南嗤笑了一下,说:"你就想想吧,反正都是不可能的。"

"怎么不可能了?之前是谁在不能上场的时候……"

剩下的话江虞没能说出来,那些小悲伤、小情绪在祁南看来太丢人了,祁南不可能让她说出那些事情来。也许是平时和"Idxx"闹惯了,他下意识地伸手就去捂江虞的嘴。

但"Idxx"一般都会闪躲,他也不会这么和"Idxx"直接接触,基地里的人都知道祁南有洁癖。

温热的呼吸和柔软的唇一并印在掌心里，祁南习惯性地收拢手指，指尖触碰到了她的脸颊。

这完全是不经过大脑的行为，祁南自己也没想到。

手掌上方，江虞的一双眼睛露在外边，不知是不是灯光的原因，显得尤为明亮。

他还在发愣，江虞忽然揪了揪他的袖子，他一下就松了手。

"没大没小的，过分了。"她的语气听上去似乎没有异样，就像在开玩笑一般。

祁南觑了觑她的脸色，也瞧不出什么来。

江虞晃了晃手上的键盘，说："我等会儿去藏了，别偷偷地找啊。"她说完就转身，没人发现她鼓了鼓腮帮子，又呼了一口气，连高领毛衣里边藏着的脖颈都红透了。

祁南心不在焉地应了句"知道了"，转身进了训练室，在自己的位子上坐下。

他这时候才抬手，掌心有一个很浅的口红印。

看着这个口红印，他就能想起江虞的唇落在上头的感觉。

祁南的脸一下子红了起来。

程湛不知道什么时候从后边路过，祁南吓了一跳，握着拳把手收回来。他做贼心虚地往四处看了看，见其他队友都戴着耳机在打游戏，才稍微松了一口气。

这口气没能松得彻底，因为程湛更难对付。

程湛作为目睹全过程的人，抬起下巴指了指祁南的手："别攥着了，等会儿就蹭花了。"

祁南又一下子把手松开，这样的反应看起来傻乎乎的。

程湛哼笑了一声，轻飘飘地丢下一句："想把口红印留下来，所以一个晚上都不洗手，你应该不会干这样幼稚的事情吧？"

祁南郁结，话都给你说了，我还能这么干吗？

祁南当然不会一直保留这个口红印，他也觉得这样很蠢、很幼稚。因为明明就有更好的办法，拍照纪念不行吗？

祁南不知道江虞有多么手足无措。在他没有看到的时候，江虞就连上楼都快同手同脚了。

她拿手背贴在脸颊上，试图让双颊降温，可是越发感觉自己的脸在冒着热气。心也是扑通直跳，完全没有要回归正常的趋势。

祁南忽然靠近她的画面，在她脑海里反复出现，一帧一帧的，挥之不去。

为什么这个人总是有这样的能力，让她心绪不宁？

江虞在闹铃响完第二遍之后才醒来，这样的情况实在很少出现，她通常在闹铃响第一遍的时候就会把它掐掉。

昨晚，江虞睁着眼睛看天花板，一直到凌晨都毫无困意。

大概归功于睡前的那个意外。

她脑子一片混沌地下楼，习惯性地去取被她藏起来的键盘。

她把东西藏在冰箱顶上，那是江虞自以为的完美位置，以普通人的身高是不会发现冰箱的顶上有东西藏着的。

但取放也不那么容易，尤其是江虞这样的身高，只能摸到冰箱的边缘。

如果是普通的东西，大部分人都会选择直接伸手扯下来。但那是祁南的键盘，被他放在心尖上的宝贝。

　　江虞每回取放时都格外小心翼翼，藏之前还要把它妥当地放进盒子里。幸亏保洁阿姨卫生做得好，哪儿都没灰尘，江虞敢藏的地方才稍微多了些。

　　她搬了张椅子踩着上去，却意外地发现位置有点不对劲。

　　她依稀记得她放之前往中间推了不少距离，因为她怕有意外让键盘从上边掉下来。可现在它却和冰箱的边缘挨得很近，怎么看都有些奇怪。

　　基地的阿姨正要开冰箱，见她在取东西，打趣道："又把东西给藏这儿了啊。"

　　"是啊，不藏不行。"江虞把键盘取下来，顺便问道，"阿姨，你今天看到谁来这里拿东西了吗？"

　　"没人来过，其他人都没醒呢。"

　　江虞也是这样想的，距离这群队员起床还有一段时间。

　　她把椅子搬回原位，越想越觉得奇怪。

　　"Idxx"参与过藏键盘这个环节，江虞打算找个时间问问他。可惜他也是一整天溺在游戏里的人，除了吃以及和其他人打闹以外，大部分时间都在训练室。

　　江虞卡着吃饭时间，逮到"Idxx"落单。

　　祁南手上的一局游戏正打到一半，人还在训练室里待着。

　　"Idxx"凑近餐桌看今天的菜色，江虞不动声色地走近几步，问道："'Idxx'啊，祁南的键盘，你昨晚动过吗？"

　　"Idxx"扭过头看她一眼，又把目光移了回去，答道："那可是他

的宝贝,除了你,基地里哪还有胆子大的人敢去碰啊?"

这几个队员,用的装备一个比一个贵。每个人的喜好不同,选用的装备也不同,不至于跑来用祁南的。

基地里睡觉晚的人里头,"Idxx"能排上名号。连他也这么说,那大概是她记错了,估摸着是因为昨天的那场意外让她有些不清醒。

话是这么说,当天晚上江虞还是多了个心眼,放东西的时候特意摆放得整整齐齐。第二天,键盘依然被改变了位置。

这回总不是她记错了。

键盘被摆回祁南专属的座位上,江虞抱着手臂站在那里,对着空位子看了好一会儿。

他怎么突然又开始不老实了呢?

键盘被人拿走,第二天又放回原位。这件事,江虞已经发现却没说出来。

祁南差不多到一个时间点就把键盘交给了江虞,回训练室之前还和她说了句"晚安"。每次参加粉丝活动的互动环节时,经常有粉丝希望祁南能说一句"晚安",祁南总是糊弄过去,说太肉麻等,什么理由都能用上,总之就是不说。

结果到了她这儿,说起来倒是顺口。

她收一次键盘,他就有一句"晚安"。

她依然在睡前把键盘藏在冰箱上边,今天她没特意摆得端正,放下就走,径自上了楼。

没过几分钟,祁南从训练室里出来,朝楼上瞄了一眼,往餐厅的方向走。

祁南的个子高，伸手就能够得到，不像江虞，得努力踮起脚尖，才能摸得到冰箱顶部的边缘。

他把装着键盘的盒子取下来，刚一转身，正好和站在餐厅里的人对视上。

江虞将保温杯放到玻璃桌面上，发出一声轻轻的响声，祁南却觉得那是一道警铃，整个人都紧张起来。

几分钟前道了晚安的人，此时正双手放在上衣兜里，好整以暇地看着他。祁南看到江虞的一瞬间，差点失手把他的宝贝键盘甩出去。

祁南万万没想到江虞会来这一招。

灯光落在她的发顶上，有一层浅浅的光晕。她这时没戴眼镜，眼睛微微眯了眯。

这样的神情看起来并不如平时那样温柔，仔细看一下，似乎又没有生气的神色。

祁南抓着键盘的那只手，下意识地往后撤，将键盘藏于背后，不至于让她看得那么清楚。

他对着她故作傻笑，江虞一向对他这个样子没办法，谁让他生了一副好五官，叫人生不起气来。

她弯了弯嘴角，回应这个傻笑。

而后扫了一眼他的手，他刻意把手放在背后，反倒欲盖弥彰，可惜这个小傻子不知道。

祁南注意到江虞的视线，连忙开口说道："还没睡啊？"

江虞努了努嘴巴，指向桌上的保温杯："突然想洗个杯子。"

江虞本来大冬天里也喜欢喝矿泉水，后来这个习惯竟慢慢地变了，

时常能看见她抱着祁南买给她的保温杯。

不知道是谁给"Idxx"送了一盒枸杞,"Idxx"自诩年轻气盛不需要养生,转身就送给了陈伯川。陈伯川当时气得不行,追着"Idxx"骂了半天,强调自己的年纪并没有多老。

后来也不知道出于什么原因,那盒枸杞辗转落到江虞手里。

祁南喜欢从江虞手底下夺食,蹭江虞泡的枸杞茶喝。最后整个基地里都流行起喝各种养生茶来,倒是一点没糟蹋。

想到这儿,祁南还觉得心窝暖暖的。

下一秒,江虞相当不给面子的问话,给祁南泼了一大盆冷水:"所以,你背后藏了什么?"

祁南哽了一下,实话卡在嗓子里不上不下的。说吧,又不知道怎么开口;不说吧,江虞多半是已经猜到了。

怎么看,他都像一个被老师叫到办公室问"你知道你错在哪儿了吗"的学生。

江虞就这么隔着几步的距离,直勾勾地望着他。

祁南最怕这样诡异的气氛,索性破罐破摔,承认道:"我拿键盘了。"

要么怎么说是小霸王呢?就连承认错误都显得理直气壮。脸上明明白白地写着:我是错了,怎么还不允许别人犯错啊?

最开始,江虞总觉得祁南的性格不太好,人也很难接近的样子。可是相处久了,就觉得他可爱。

这很奇怪,"可爱"这两个字,明明和他一点都不搭边,到底她是从哪里感觉到的?

江虞看着他的表情,差点没绷住被他逗笑,费了好大的劲,才勉强忍住笑意。

她微微抿了抿嘴，问："我能不能问问这是第几回？"

祁南稍微支吾了一下，说是第一次，眼神闪闪躲躲，一点说服力也没有。他撒谎经验严重不足，不像队长和越星宇，他俩每次偷偷抽烟，被陈伯川抓到之后说"没有"这两个字，说得比谁都坚定。

"撒谎，小骗子。"

祁南沉默了一会儿，忽地回身，把键盘往原处一放，语气凶狠："我放回去了！"

也不是真的凶，那种硬装出来的不耐烦，一眼就能识破，特别可爱。

祁南的训练开始得比较早，加上他的训练量比其他人要少一些，这个时间一般已经结束了。

江虞没让他溜走，问道："要不要聊一会儿？"

近来他的手没大问题，需要来医务室的次数少了，两人说话的机会也少了许多。通常是一个在医务室，一个在训练室，各忙各的。

动脑子想一想，也知道这样的情况下会聊些什么。可祁南没办法拒绝，"不了"这两个字在舌尖上打了个转，吐出来时就变成了"行"。

训练室里的队员们，这个点刚刚开始他们的夜生活，在排位赛里大杀四方。

"Idxx"和越星宇的声音尤为响亮，在游戏里拿了"人头"要叫，输了要叫，赢了也要叫，就没个消停的时候。

整个一楼都充斥着各种噪音，显然不适合聊天。

两人坐在院子里，小长椅并不宽敞，两人之间留了二三十厘米的

距离。

M市的天气变化得快,这个季节气温回暖,已经不需要穿特别厚的衣服了。

江虞披了件薄外套,祁南就穿了件单衣,还把袖子给撸了上去,夸张得巴不得穿短袖。

江虞看着他就觉得冷,伸手把他的袖子给捋下来。

大概是被江虞念叨惯了,她现在不说点什么,祁南反而不习惯,隐隐觉得她在憋大招。

"你现在真是过分了,骂我还要把我单独拎出来骂,从基地里骂到基地外。"

江虞失笑,说:"摸摸你的良心,我什么时候骂过你?我唠叨两句都不乐意了?"这要是放在之前,江虞准要拉着陈伯川或是教练一块儿骂他。

但他最近的状况还不错,而且事情已经发生了,再去追究也没有意义。

"你说什么时候能过个小长假?"

祁南向来不太会聊天,稍微顿了顿,一本正经地回答:"清明?"

江虞无奈,看着他:"那是我们过的吗?是不是傻了?"

"那就得等到春季赛之后了,到时候俱乐部会组织出去旅游,可以和大川提建议。"

两人随意地聊了几句,江虞忽然问道:"还是那么想赢吗?"

祁南有一段时间没说话,搭在长椅上的那只手,无意识地收紧。

要放在以前,他说话怎会需要斟酌呢?他一向不在意其他人对他的看法,有一说一。但他现在总担心自己一个不注意,就变成下一个越星宇,被她直接拒绝。

在感情方面,他没有越星宇那么强的承受能力,他怕这段感情最后没有一个好的结果。所以他要考虑很多事情,连表达最真实的内心想法都要斟酌。

"想赢,一直想赢……"他把话说了一半,还有半截放在心里说了一遍。

永远都不会放弃这个目标,但现在更多了一个渴望赢的理由,是你。

"那等到世界赛的时候,我也混到你粉丝堆里边给你加油啊。我经常在微博上刷到他们给你喊应援口号的视频,还挺好玩的。"

院子外边有几个小孩儿跑跑跳跳地路过,留下一串清脆的笑声。

江虞看着他们,轻轻地笑了笑。

祁南摇摇头,说:"你就算了,没人拽着你,你都混不到前排来。"

江虞小声地说:"那可不一定。"

她以前并不能体会到他们对于这个职业的热爱,也不知道每一次输赢于他们而言有多重要。

现在她依然不懂游戏,但还是希望OUR每一场比赛都能赢。

她想看到祁南每次赢了比赛从选手席上摘下耳机站起来,面上尽是笑意的模样;她想在采访前,站在台下与台上的他遥遥对视。

他努力赢,而她在台下看着他,有着无尽的欢喜。

长椅的高度不低,江虞也算不得矮,却可以把两条腿悬空着晃来晃去,充满童趣。

祁南两条大长腿搭在地上,瞥了她一眼,尝试了几次也没成功,而

后嘲笑江虞腿短。

江虞马上把脚踩在地上，证明自己的腿长。

祁南有意要逗她，腿一伸直，就形成了鲜明的对比。被祁南这么一衬托，她看起来当真像个短腿矮子。

江虞不满地收回腿，不乐意和他比，就差没把脚踩在椅子上，抱着腿坐了。

祁南看着她的模样，说道："你倒是越来越有我们战队的特点了。"

江虞不想搭他的话。

见话题逐渐跑远了，祁南又把话题给扯回来。想到之前看江虞微博时发现的事情，试探着说道："有一部分粉丝挺反对我发展恋情的。"

听到这个话题出现在祁南的口中，江虞不自觉地集中了注意力。或许她还不知道，她自己有多么在意祁南对这件事的态度。

"是啊，可能担心会影响你的状态吧，他们都是真的喜欢你。"江虞不用想都知道祁南若是公布恋情，粉丝们会有多崩溃。

"那我可能要对不起他们了。"

不知道为什么，江虞有一种感觉，祁南这话实际上是说给她听的。

她有些恍惚，后知后觉地反应过来这个"对不起"是什么意思，问："应该会有很多女孩子伤心，不担心她们不关注你了吗？"

"我又不是靠脸吃饭，技术在线的话，还是会有喜欢我游戏技术的粉丝的。"

确实是这样，在比赛现场也能看见不少关注选手操作的粉丝，他们同样支持着祁南。

"不用担心网上的言论，只要我的成绩不下滑，那些人就不会再说什么。"

江虞了然地点点头,脱口而出:"所以你已经有情况了吗?"说完,江虞自己都愣了一下,不明白她本来只是在心里想想,没想到居然说出口了。

祁南原本是想就微博上的情况解释一下,为以后做铺垫,没料到江虞会这么问。

他不想撒谎,更不想在这件事情上撒谎。

他视线落在鞋尖上,应了一声,即使察觉到江虞的目光落在他的脸上,他仍是没有扭过头去。

这个"情况",现在就坐在他的身边。祁南有话不能说,心里痒痒的。

江虞没接着往下问,她没有刨根问底的习惯,可实际上她确实想知道。

她曾经刻意和祁南拉开距离,不希望祁南对她有特殊感情。可是到了现在,得知祁南确实有"情况"时,她又不希望这个"情况"与别人有关。

她常说祁南别扭,事实上她也不遑多让。

她矫情地想等祁南先说,却不知祁南的心里同样复杂。

祁南抽出手机看了一眼时间。明明没聊多久,时间却已经过了一个多小时。

他把手机收回去,身后的门忽然被人拉开,两人不约而同地回身望了一眼。陈伯川只是打算出来抽一根烟,没想到这俩人在说话。

他茫然地举着烟,不知道要不要加入他们的谈话,眨了眨眼,又举着烟缩回屋内。

祁南感到有些意外，陈伯川居然一句话都没说，一偏脑袋，却发现江虞垂着脑袋，不知道在想什么。

这会儿时间已经不早了，两人又说了几句话，各自起身准备回去。

才走了没两步，祁南忽然开口说道："我告诉你实话，先说好不许生气。"不说，总觉得他对江虞隐瞒的事情又多了一件。

"你说，我考虑考虑。"其实以这个开头的话，江虞多半生不起气来，但还是端着架子，大概也是跟着祁南学坏了。

"其实，我不是第一次背着你拿键盘了。"似乎有些不好意思，他的声音并不大，说到最后两个字的时候，几乎听不清。

江虞挑了挑眉，说："那我也说实话吧，洗杯子也是我瞎扯的，我就是下来抓你的。"她就是发现了端倪，才在那里守株待兔，结果这只"兔子"真就一脑袋撞上来。

两个人相视一笑，原来彼此都藏了小心思。

江虞的一只脚快踏上门前的台阶时，祁南忽然有一种错觉，从这个门进去之后，很多话就难以找到机会提起。

他喊住了江虞，她恰好上了一层台阶。

隔着一层台阶，两人的身高便差不了多少了。这会儿起了风，她把一只手揣进口袋里，另一只手拿着保温杯。

她低头看自己的衣裳口袋宽敞，妄想把保温杯一块儿塞进去。

祁南看不过眼，从她手里把保温杯接过来拿着。

江虞这会儿称心了，笑意从眼睛里漫出来。风把头发吹乱了，几缕散落的发丝飞舞起来，贴在脸颊上。她懒洋洋地吹了几口气，让它们不要阻挡视线，这才转过来问他想说什么。

"我……"祁南迎着她的目光，才说了一个字，倏地就不打算往下说了。

心意表露之后会有很多种可能，或是成功，或是失败，之后每天可能会生活在一种尴尬的气氛里。

等到了那个时候，就见不到她这样肆意的模样了，他俩都会端着。

眼下这个状况只有秘而不说，才是最保险的选择。

再等等吧，总会有更好的时机。

在游戏里，他一向擅长在逆风局里翻盘，最后一举击溃敌人。在感情方面，也许会复杂很多，但祁南仍有这个自信心。

不到最后一刻，总有翻盘的可能。

况且，现在是不是逆风还不一定。

好一会儿没等来祁南的回答，江虞又问了一遍："你想说什么？"

"没什么，想让你猜猜明天的天气怎么样？"

江虞愣了愣，觉得这个问题无厘头，一丝失望浮在脸上。

江虞说不清她在失望什么，她甚至不知道自己在期待什么。

她抬头看了一眼，天空中的云层很薄，几颗星子嵌在空中，遥远却清晰可见。

"应该会天晴吧。"

第十三章

大冠军,可以做我的男朋友吗?

门前的灯很亮，门外一片光明。

祁南身上的单衣被灯光一照，白得扎眼，肤色也显得越发白皙。他抬头，眼皮一掀，下颌线分明。

他噙着笑，说："那如果明天是晴天，要不要出去逛逛？我请你喝奶茶。"

"才不去，我忙着呢。"

祁南轻轻地笑出声，摇了摇头。

江虞两三步踏上最高的那层台阶，抬手关上门旁的电灯开关。灯光瞬间消失，只有从门缝里漏出来的一束光线。

"晚安。"祁南看着她,眉眼温柔,"祝你梦里什么都有。"

"你也是。"江虞顿了一下,又补充道,"对了,键盘放回去,不许偷偷拿走了啊。"

祁南点点头,慢悠悠地跟在江虞身后。没承想,门刚被她推开,露出门后藏着的一群人。以陈伯川为首的 OUR 众人做鸟兽散状,仿佛恰好路过而已。

江虞的表情有些一言难尽,脚步停了好一会儿,才继续往里边走。

祁南不用想也能猜到偷听的发起者是谁。

进门之后,祁南顺手捞起陈伯川放在玄关上的烟盒,一连扯了陈伯川几根烟,把陈伯川心疼得直扑上来和祁南抢。

第二天果然是个晴天。江虞醒来时,明晃晃的光从窗纱里透进来,落在窗前的地上,以及床的一角。

天气好的早晨,容易让人生出一种懒洋洋的感觉,赖在暖和的被窝里不愿意挪动。

闹钟才振了一下就被江虞掐掉。

江虞伸手揉了揉脸,想到了和祁南的奶茶之约。

那人像住在她脑子里一样,她随便看见什么都能联想到他。江虞没想明白她的思维怎么就变得这么发散了。不管是多不相关的事,最后似乎都能变得相关。

她从床上坐起来,试图让自己清醒一点。结果脑子越清醒,反倒想得越多了。

最开始,是那张被硬塞进她手里的应援手幅,上边的人比当红男团成员还要长得好看。后来是别扭的小朋友，一不高兴就要耍性子，很娇气。慢慢地，她发现他并不像想象中那样，他也有沉稳的一面，不仅是玩游戏，而且许多方面都很优秀。

祁柚曾问过江虞，有没有发现身边对她特别好的人。

怎么会没发现？那么多让她感动的事情都和他相关。每一个画面都被她妥善保存，她却刻意给这些感动找许多理由来解释。

原来，最别扭的人不是祁南，是她。

有些明摆在眼前的事实，她却不愿意承认。

她也不是没有相亲过，有些人沉稳，她觉得刻板无趣；有些人幽默，她又觉得幼稚。横竖都有毛病，怪不得祁柚说她看起来柔和，一副万般皆可的模样，实际上最难搞定。

江虞长叹了一口气，又把自己陷进被窝里，用柔软的被子包裹住自己。

她懊恼地拍了拍脑门，她是最怕麻烦的人，却把一件简单的事情弄得这样复杂。

早在她不知道的时候，他就把感情一天一点地放进她的心里，就这么一天一天地放，极其耐心。等到她发现时，这感情已经把她的心填得满满的，仿佛就要溢出来了。

于是，满心满意的喜欢全部归他一个人。

这算盘打得着实好。

怪不得网上有一篇文章是这么评价祁南的——

"'电子竞技小霸王'，这一称号体现在他确保在游戏里获得一定经济的情况下，还会阻断对手的优势增长，引诱对手往他的圈套里钻，

最后目的就达到了。"

他要算计一个人,就没有不成功的时候。

只要他笑一笑,她就会自发地往圈子里走。

说来好笑,就在这么一个平淡无奇的清晨,甚至两人都还没见一面,江虞居然得出了这个结论。

不过喜欢他,好像也没有什么不好的。

江虞不善于藏东西,这里边包括实物,却不包括感情。

她吃过早餐,见祁南从楼上下来,一切如常地和他打招呼。

祁南似乎也没有表白心迹的打算,两人都稳得住,相处起来倒是和以前没有区别。

如果硬要找出点不同来,大概是只要江虞和祁南出现在一块儿,其他人就能嗅出一股若有若无的暧昧。

毫无理由,但确实存在。

如果不是陈伯川以死相逼让祁南说实话,却依然得到祁南的否定答案,其他人都要以为这两人悄悄确定了关系。

祁南对此很不屑,嘲讽道:"越是万年单身的人,越是喜欢操心别人的感情状况。"

其余几人对视一眼,扬言威胁:"那我们可就要搞点破坏了。"

祁南假笑:"试试看。"

搞破坏自是没人真有这个胆子,抖机灵撮合,一个个倒是来得顺手。

下一场比赛之后,距离俱乐部的周年庆也就近了。

历年俱乐部办周年庆,各个分部的全体成员都会到场,算是一个很正式的场合了。

前一天晚上,陈伯川就赶着让众人早点睡。第二天要早起,一个也不许迟到。

作息哪是那么容易调整的?陈伯川硬是把几个人按着头塞回各自的房间,几个人仍是没有睡意。以"Idxx"和越星宇为首,他们悄悄地拉着其他人组队打手游。

结果是,陈伯川第二天不得不挨个去敲这群人的房间门。

九点对大部分人来说不算早,可这个点要这几个人起床,可真是要了他们的命。

陈伯川敲隔壁房间门的时候,祁南已经醒了,洗漱后随意套上外套就往外走。

仍站在队员房间门口的陈伯川和祁南道了声"早"。祁南目不斜视地路过,随口应了一句,看上去心情不差的样子。

祁南起床气一贯大,陈伯川惊讶于祁南今天居然破天荒地没发脾气,赶紧探头往走廊的窗外望了望,确定太阳升起的方向。

只有祁南知道,他是收到江虞的微信消息才醒来的,开启一天的好心情。

陈伯川执着地把其他几个人喊起来,一层楼都能听见他的大嗓门,偏偏几个人赖在床上,怎么也不肯起。

江虞坐在客厅里摆弄手机,抬头见祁南下楼,和他打了个招呼。

这还是江虞第一次见他着正装,很规矩的白衬衫、黑西装,却生生被他穿出一种别样的味道来。

大概是因为懒得系,领带被他随意地绕在手上,领口的第一颗扣子

没有扣上,多了分不羁。

都说正装考验长相,显然,祁南完美地扛住了考验。

祁南同样也在打量江虞。

因为出席这样大型的场合,她打扮了一番,妆容似乎和平时不大一样,祁南不禁多看了两眼。

祁南觉得江虞怎么样都好看。可说出去谁信啊,拥有数百万粉丝的人,居然是江虞一个人的头号粉丝。

祁南看着看着,忽地觉得自己和江虞的着装风格很搭,和衣服本身的关系不大,就是他俩很搭。

祁南从餐厅拿了两片面包出来,坐在沙发上边和江虞聊天,边凑合着吃早餐。

陈伯川花了重金请来明星化妆师,势必要让他们队成为俱乐部最靓丽的一道风景线。

化妆师在基地一楼候着,选手来一个就被抓走一个,折腾造型,堪比参加选秀节目。

俱乐部 STL 游戏分部的成绩一向不错,加上祁南这长相,他今天定会被重点点名。

化妆师揪着他折腾了半天,如果不是江虞搬了椅子坐在一旁,兴致勃勃地看他,他大约早就不耐烦了。

背景音是陈伯川持续启动的暴力叫醒服务,一些人哀号着,抱怨睡眠不足。

江虞就在这么一片兵荒马乱中,用手支着脸看化妆师在祁南脸上、头发上捣鼓，时不时提个问题，一来二去居然和化妆师聊起来了。

祁南成功地被忽略，惨遭冷落，终于没忍住抬眼给了江虞一个眼神。

换作其他人接收到这个眼神，大概会理解为"闭嘴"，他总是这样凉飕飕地瞟人。

江虞却觉得他这个眼神里蕴含着委屈和无奈。她颇感好笑地抿了抿嘴，和他说了几句话。

等到一行人坐在保姆车里，已经是半个小时之后了。几个队员都是一副没睡醒的模样，闭着眼睛趁机补觉。

位子分配得奇妙，祁南上车时，只剩下后排江虞旁边还有空位。

陈伯川冲他挤眉弄眼，他一度以为陈伯川面部抽搐，疑似中风。

祁南拍了拍他的椅背，说："酒少喝一点，病也得早点治。"

陈伯川回了他一个白眼，祁南坐下后给陈伯川发消息，答应今天上台时多说两句正经话。陈伯川暗自比了个"剪刀手"，这个马屁算是拍对了。

距离会场还有十来分钟车程，陈伯川的视线在几个男生身上扫了一圈，检查大家的着装。

除了队长，没哪个人合格。

坐在陈伯川身边的"Idxx"被抓，拎出来"杀鸡儆猴"，而后他催促着其他人都把领带系好。

祁南从口袋里翻出那条被他绕成一团的领带，不徐不疾地放在手里抚了抚，不着急系的样子。

江虞看着他慢悠悠的样子，问他是不是不会系。

祁南闻言，挑了挑眉毛，反问道："你会吗？"他语调平平，实际

上隐隐含了期待。只要她说会,他就顺理成章地说自己不会,让江虞替他打领带。

"红领巾算吗?"江虞并不具备打领带这个技能。

祁南遗憾地撇了撇嘴,转念又想到了什么。

他看着江虞,说:"我教你。"

话音刚落,他伸手把领带从她颈后绕过,

祁南大概有点紧张,目光垂在自己手上,睫毛也半垂着,还不经意地颤了一下。

领带在他指尖相互缠绕着,江虞只低头看一眼,就很快把视线移开。

后排只有他们两人,离得也近,像是彼此的呼吸都会交错一般。她不好意思地把脑袋微偏,却没有躲开。

不知道他要打出什么花来,几分钟过去也不见他收手。

江虞不自在地轻轻咳一声,而后祁南放下手,打量了一会儿。

大概是对自己的手笔感到满意,他抚着掌,煞有介事地点了点头。

她穿着白色小礼服,颈间却是用男士领带系成的蝴蝶结,项链被蝴蝶结压在底下,不见踪影。这个搭配,看起来有点不伦不类的,却又多了些别样的韵味。

江虞反身凑在玻璃上,在上面照了照。好好的一条领带,被他如此糟蹋,系成了蝴蝶结的形状,待会儿不知道要多多少褶皱。

她笑着骂他:"这什么啊?乱七八糟的。"语气是她不自知的娇嗔。

祁南斜靠在座位上看着她,唇边也满是笑意。

陈伯川不懂他俩之间的趣味,回头看着他俩,被祁南无情的一个"滚"字给赶走了。

最后,江虞还是拆了那个祁南精心系好的蝴蝶结,将领带还回到他的手上,让他自己打领带。

整个系领带的过程不过几秒钟,可见他对自己有多么敷衍。

不知道为什么,祁南觉得领带上沾着江虞身上淡香水的味道,香味隐隐地飘在鼻尖。

保姆车拐进某条路,路边的人越发多了起来,为了行车安全,车速慢了下来。

陈伯川带队伍出去比赛或参加活动,通常是坐队里的大巴车,今天出动两辆保姆车比较少见。外面有人指着保姆车议论纷纷,大约是在猜车里坐了谁。

车停稳之后,几人下车。

祁南想着江虞今天的细跟高跟鞋看起来很吓唬人,于是先她一步下车,回身伸手借力给她搭了一下,还低声提醒道:"小心。"

其他人是不可能拥有这个待遇的,"Idxx"在江虞后面等着下车,那两只手就在他面前接触,着实让他酸了一把,努了努嘴,一脸没眼看的表情。

今天会有各个分部的队员、工作人员到场。除此之外,俱乐部还邀请了不少游戏主播、比赛主持人、解说员以及媒体等。

只有部分粉丝受邀参加,其他守在场外的各家粉丝数量很壮观,警戒线内站了一整排的安保人员维持现场秩序。

每从车里下来一个人,都引得一阵尖叫声。

祁南扶江虞那一下,前排的粉丝们看得真切,不知道哪里的粉丝突

然号了一嗓子,在人群中特别突出:"宝贝,你松手!不许牵别的女人的手!"

这话引得前面的粉丝都笑起来,祁南也笑了。待到江虞双脚踏在地上,祁南才收回手。

进场也就几步路,祁南走在江虞的左侧,突然想起前一年的事。

"上一次周年庆,我和教练并肩进场。之后的一周里,网上我俩的高清近照底下,全在争论我和教练哪个更好看。那段时间,我连镜子都不想照。因为一照镜子,连我自己都想评价一下,我脸上哪里长得好,哪里长得不好。"

现场嘈杂,祁南怕江虞听不清,稍稍朝她的方向偏了偏脑袋。

他是有意为之,因为他看见了人群里举起的摄像机。他在刻意地对外宣告主权,真是幼稚又霸道的行为。

江虞故作惊讶,问:"你还嫌你长得不够好啊?"

祁南对她这话十分满意,矜持地点了点头:"做人留三分,长得太好了招人嫉妒,差不多就可以了,虽说现在也够让人嫉妒了。"

这番话惹得江虞笑着说他自恋。

会场布置得很隆重,显然花了不少心思。

白天,各个分部的教练带领自己的队员聚集在会议室里,分别对自己分部今年取得的成果进行分析总结。晚上,周年庆典才算正式开始。

俱乐部财大气粗,开场就是一个名气不小的乐队表演。而后主持人上台,回顾俱乐部这么多年来的历程,大屏幕中放着相应内容的图片。

这些话祁南每年都要听一遍,他觉得无趣便四处张望了一下,发现江虞居然看得很认真。他盯着她看了半晌，她才后知后觉地注意到。

"那么好看？"

江虞说："还行，我在等我们分部的内容。"

祁南朝大屏幕看了一眼，主持人讲到哪个分部，镜头就给到哪里。又过了一会儿，画面一切，给到 STL 游戏分部特写。

镜头从队长依次往右，掠过祁南时，现场的尖叫声陡然大了起来，祁南弯着嘴角笑了一下。

镜头摇过去之后，祁南旁边的越星宇气急败坏地抱怨："俱乐部是不是偏心，把邀请函全给你的粉丝了？凭什么你出现的时候，尖叫声那么大？"

祁南懒得搭理越星宇，他只想知道微博上有没有他和江虞在大屏幕上同框的画面。碍于在会场里，他没有马上打开微博。

祁南想到什么，问道："刚才说我们分部的时候，你听了没有？"

江虞摇头，倒是老实："没有。"因为光顾着看大屏幕上的你了。

周年庆的其中一个环节是成绩较好的分部成员上台接受采访。

这是江虞上次看过祁南的采访合集视频之后，他第一次上台。

江虞还记得粉丝分析的那段话，便留了个心眼，特别注意了一下祁南上台后的模样。

他在台上刚一站定，果然就朝着她的方向看了过来。他一笑，现场便沸腾了，不管是粉丝还是其他人，都在尖叫或议论纷纷。

江虞小声地说了一句"是对我的"。

采访形式类似访谈，台上摆了椅子。祁南跷着二郎腿坐在上边，懒散的模样和在基地时没太大区别。

主持人要场上的队员们分别做自我介绍,他说的不过是那些套话。

主持人没提起他时,他几乎一个字都不说。主持人点名提问轮到他时,他也没有语出惊人。

原因可能没人想得到。他看见江虞举着手机在拍照,担心江虞拍到他正在说话,会被她弄成表情包。

大概是为了制造现场效果,主持人提的问题有些刁钻,后来还问祁南理想的女友是什么样的。

祁南耐着性子,尽量正常回答:"我喜欢的样子。"

"那是什么样呢?能具体一点吗?"

祁南往台下某个位子扫了一眼,不知道该不该把江虞的优点现场描述一遍。

队长看他那个眼神,就知道他想干什么,插了句话,把话题转移了。

祁南无趣地叹气摇头,采访结束后,他立即下了台。后边的环节更加没有意思了,尤其是对江虞这种不了解电子竞技的人来说。

见江虞听得无聊,祁南对她说:"我带你去个地方。"说完,他就准备开溜。

江虞扫视一周,问道:"就这么走,真的没有问题吗?"

"就跑掉一会儿而已,能有什么问题?"祁南怂恿江虞和他一块儿溜,江虞思忖一番,最后还是跟着他悄悄出了会场。

在会场外边,祁南遇见一个熟识的人,是和程湛同一批的职业选手。对方现在已经退役做了游戏主播,算是长辈,两人寒暄了两句。

对方是跑出来抽烟的,便顺手递过来一支烟给祁南。

以往,祁南会礼貌性地接过来。今天他刚一伸手,却如芒在背,一回头果然对上了江虞的视线。

江虞又轻飘飘地把视线移开，似乎并不在意。

祁南把烟推回去，道了句谢。

对方了然，指尖夹着烟，遥遥指了指江虞的方向，问："女朋友？"

祁南说不是，对方吃惊地问道："还有你搞不定的人？"顺带嘲笑了两句。祁南无奈，有些人就是那么难搞定。

他对这片区域很熟了，每次有什么活动，来这里一待就是大半天。他待得不耐烦了就往外跑，各种小道都被他摸得很清楚。

祁南打算和江虞在附近逛逛打发时间。

他们沿着小路往外走，M市的夜景不错，光是看看江边的灯光，就足以让人的心情好起来。

他们在江边走了一会儿，到了一个红绿灯前。

祁南向四周张望了一圈，最后目光锁定在对面路边的一家便利店。此时恰好是绿灯，他说去买瓶水，不等江虞跟上就急匆匆地走了。

其实，他是来换现金的。这周围没有自助取款机，提现有些麻烦。

祁南跑去路边的商店里，问能不能通过转账换现金。收银员是个小女生，冲着祁南那张脸就答应了，一百块钱很快就换到手。

祁南不好意思白白承人家的情，又随便买了两瓶水。

结算的时候，收银员多问了一句，问："你换现金做什么？"

祁南回身朝远处望了望，他的眉眼倏地就柔和了下来，说："买花。"

只这一句，收银员就明白了，说："那你女朋友一定会很开心。"

祁南也希望江虞开心，他说了声"谢谢"，快步往回走。

江虞站在原地等得无聊，心想祁南果真是个直白的男生，把女生丢

下自己走开的事也干得出来。

她靠在护栏上,用手机回了几条消息,往周围看了看。

有一个拎着小篮子的老婆婆,坐在路边的小板凳上卖鲜花。花不是什么名贵的品种,就是很常见的花而已。

江虞走近了和她搭话,问她花怎么卖,她却说只收现金。

江虞不好意思地笑了笑,她身上没带现金。

老婆婆毫不在意地挥了挥手,说:"没关系,现在哪还有小年轻随身带着钱,都流行什么手机付款了。"

祁南回来时,看到的就是这样一幅画面。

江虞踩着高跟鞋,身上是小礼服,站在马路边和一个卖花的老婆婆说话。

她是那么瘦,风把她今天精心打理的头发吹乱了,她也不在意,依旧一脸笑意地和老婆婆聊着天,问老婆婆为什么在这儿卖花,为什么这一带的人少。

"老话说'今生卖花,来世漂亮',我就图个漂亮。"老婆婆说。

江虞一句"我看您已经很漂亮啦,老了还是大美人",把老婆婆哄得合不拢嘴。

一瞬间,祁南觉得世界都温柔了。

他蹲下身把钱递给老婆婆,麻烦她包一束花。

江虞没想到,他离开是去换现金来买花。也许祁南单纯是为了帮助老人家,也许就是想给她买一束花。

但这都不重要,重要的是,祁南买的花在她手里。

老婆婆找了五十块钱给祁南。

五十块钱，在这个寸土寸金的城市里，也许只够吃一顿简餐，在花店里只能买到一枝花，在这里却能拥有篮子里的所有花。

　　老婆婆笑了笑，把所有的花包扎起来，放进江虞的手里。

　　江虞仰着脑袋望祁南，把手里的花向上举起来，给他看。她眼底亮晶晶的，尽是笑意，想法全表现在脸上。

　　你看，这花是我的了哦。

　　这天夜里被云层挡住的星星，全都出现在她眼里。

　　老婆婆拎起那只空篮子，也一并拎起小马扎。

　　见祁南走远几步打电话，她对江虞说道："我在这儿卖花有一些年头了，这几年早就没几个人出门带现金了。很多男的听见只收现金，就对女朋友说算了，下回再买也是一样的。哪有那么多一样呢？就是懒。

　　"我老太婆看人准，这男孩儿疼女朋友。"

　　祁南回来时，江虞还站在那里发呆。

　　他把手伸到她的面前，她才回过神。

　　祁南说："大川喊我们回去了。"

　　江虞应了一声说"好"。

　　那束花被江虞抱在怀里，她走在马路的内侧，祁南就在她身旁。他走路一贯慢悠悠的，两人的步伐倒也配合。

　　祁南问她刚才和老婆婆聊了些什么，江虞摇摇头，一脸不可说的样子。

　　祁南还要再问，她突然掩着口鼻打了一个喷嚏。祁南把自己的西装外套脱下来，给她披着。

西装上还带着未退去的体温,江虞身上暖和起来,向他道了谢。

祁南轻轻地嗤笑了一声:"哪来那么多谢谢?"

江虞低头看看怀里的花,问道:"你居然知道老婆婆只收现金,这么了解,来买过啊?"

祁南给了她一个意味深长的眼神,让她自己想想,她这话有多可笑。他买花给谁?给基地里那群万年单身汉吗?

江虞鼓了鼓腮帮子,知道可能性确实不大。

又走了一段路,江虞忽地开口叫他。

祁南侧过脸看她,问:"怎么?"

"为什么送我花?"

祁南没有说,好几次他从祁家回基地,路过这里,都想买花给江虞。但是名不正言不顺,总觉得不合适。

有一回路过的时候,正巧有对小情侣在买花。

那对小情侣看上去还是大学生,听见老婆婆说只收现金,男生变戏法似的从口袋里摸出一张纸币,买了一束花给女生。女生惊喜地抱着男生,问他怎么会带现金。

男生摸了摸女生的发顶,说:"你怎么这么笨啊?好几次都说好要来买了啊。"

当时他就在想,他什么时候才能带着江虞来这里,买束花给她。她的少女情怀比谁都足,看到这花一定很高兴。

今天两个人正好走到这里,送花倒是合适。

祁南当然不会说出这些,只说:"没什么,因为我想。"

"我想",这两个字包含了很多意思,我想送你,我想你开心……

我想别人拥有的你也有。

看着祁南的侧颜，江虞想起老婆婆说的话。

卖花的老婆婆和她说话时，远远看见祁南向这边走过来，便问她是不是和祁南一块儿来的。

得到江虞肯定的回答，老婆婆说道："那个小伙子，我偶尔见过几次，我问他买花吗，他说暂时没有送花的人。你瞧，现在这不是找着了吗？"

绕过两个弯就能看到会场的小门，祁南放缓了脚步。

江虞注意到他慢下来的步子，以为他在拖延时间，不想回去。

她打趣他，念书的时候是不是也像这样逃课。祁南回答说才没有。

江虞点点头，说："也对。高中时，你应该没机会；大学时，你又已经来打职业赛了。"

她大学的时候又在干什么呢？按部就班，三点一线，每天就是读书。

两个完全不同的人生轨迹，居然有了交集，他们相遇了，缘分真的很奇妙。

江虞刚想感慨一句，祁南忽地停了脚步。

"如果我捧回冠军奖杯，我能不能追你？"没头没尾的，祁南来了这么一句。但配着江虞怀中的鲜花，还算应景。

祁南心思跳跃，江虞想不明白，他为什么会在这个时候说这句话？不过这句话她确实等了很久，她以为在送花时他就会说了。

祁南大概也觉得这句话唐突，伸手抹了一把脸，让自己尽量显得镇定一些。

"之后的赛程都安排得很满,很难有假期。而且再过几场比赛,就到春季总决赛了,我觉得现在说应该比较合适……"

祁南本来只是想送束花,那是他很久以来都想做的一件事。在看到江虞的反应之后,他忽地觉得,还等什么最佳时机啊,不就是眼下吗?

江虞看着他,打量他的神情。

号称"电子竞技小霸王""OUR 小少爷"的祁南,对喜欢的人表白时,同样会紧张无措。

"现在就能。"

祁南很早就做好了被拒绝的准备,也做好了她同意的准备。可是听见这句话时,他还是猛地抬头,大感意外,连续问了两遍"真的吗"。

江虞被他的模样逗笑了,故意说是假的。

祁南耍赖皮也是一把好手,说:"我听不见。"横竖他已经得到江虞的回答了。

祁南比她一个姑娘还要计较,说她说得不正式。

江虞无奈,正式地点头答应。

回去的时候,遇见了几个祁南的女粉丝,她们害羞地问能不能要合影签名,祁南没多想就同意了。

江虞在旁边等他,看他神情淡淡地和粉丝说话。他对外人的时候和对熟人时完全不一样。

两种形象随意切换,江虞不得不佩服。

她正思索时,粉丝中有人朝她的方向看了一眼,而后祁南也回头看向她。他又说了些什么,江虞听不清他的声音。

其实,粉丝在问祁南,旁边等他的人是不是他的女朋友。她们问得比较隐晦，大概是怕祁南不高兴。

祁南回身看了她一眼，低声说还不是。

粉丝的瞳孔瞬间放大了，想想这用词——还不是。

居然是她们的宝贝在倒追？这姑娘该有多好啊，祁南才会那么喜欢她。

其中一个粉丝的眼泪都快出来了，努力眨眨眼睛说道："我们不会说出去的！等你好消息！"

祁南看得好笑，谁说他的粉丝个个战斗力十足，明明也很善解人意。

两人空着手出去，回来时江虞手上多了束花。

"Idxx"看到江虞手上的那束花，羡慕得哭天抢地，说这么多年的队友情太微薄了，他连一枝花都不配拥有。

不过话又说回来，如果祁南真给他送花，他大概也会觉得对方不怀好意。

他会想自己可能要被驱逐出队，可能要退役……想想就觉得可怖。

祁南咧嘴，笑得不怀好意："想要吗？"

"Idxx"慌张摆手，说："我不要！"

祁南的仪式感过强，导致他又开始头痛如何正式告白。他闲时偶尔想起这件事，也毫无头绪。

不过之后的时间里，祁南不是在比赛，就是在准备比赛，倒也没时间儿女情长。

春季赛很快到了尾声，只剩下最后一场比赛——春季总决赛。

比赛正式开始前,大屏幕上播放着每位选手在这个赛季的精彩时刻。

画面突然暗了下来,这是短片里属于祁南的那一部分。

这个赛季,因祁南的手出了些问题,OUR 在最初不得不弃赛。之后,祁重回赛场,比赛时打出比之前更加优秀的成绩,每一场比赛的操作都让人惊艳。

视频的画外音是解说员的一段点评:"你可能每次都会觉得,这是祁南打得最好的一场比赛,实际上不是的。他的下一场比赛一定会给你更大的惊喜。"

"听过一句话吗?人生没有白走的路,每一步都算数。"

这么一步一步,迎来更好的祁南,更好的"Mast"。

最后一次视频的转场,暗下来的画面停顿了几秒钟。伴着令人热血沸腾的背景音乐,OUR 的六名队员出现在画面里。OUR 的两个 AD 选手并肩站在最中间,是这个赛季中最光彩夺目的两人。

越星宇面上满是笑意,乍一看是挺阳光的大男孩儿,多看两眼又让人觉得城府颇深——"筹谋运算,我可是很在行哦。"

祁南半抬下巴睨着镜头,一贯的倨傲矜持,似乎没有能被他放在眼里的人——"怎么?打得过我吗?"

这场比赛的对手是 OUR 的宿敌。两边为了这一场比赛早已摩拳擦掌,都做了不少准备,也藏了好些招。

比赛是五局三胜制,双方足足打了四局,中间对手曾扳回一局,不过又很快被 OUR 压制。

江虞担心祁南的手扛不住,每一局结束便及时奔回后台。最终,OUR 拿下第四局比赛,三比一获得胜利。

祁南摘下耳机,从选手席位上站起来,抬眼习惯性地往观众席上一扫。

这习惯是从他伤愈回到赛场之后才有的。每次采访,他都想看看江虞在不在台下。

江虞今天所在的位置很靠前,她的旁边是给祁南应援的粉丝们,他们都在为OUR夺冠而激动。

祁南突然记起来,江虞曾提过,要和他的粉丝们一块儿给他应援,当时他还以为她是说着玩的。

她面上的笑意和激动不输在场的任何一个人,甚至和其他人一块儿把手凑到嘴边做喇叭状,喊他的名字。

忽地,观众席里的那个人双臂向上一伸,在头顶比了一个大大的爱心。

祁南愣了一会儿,而后脸上绽开更大的笑容。

江虞一向在意形象,最开始的时候,祁南还觉得她举手投足之间是不是都有固定的模式。他怎么也想象不到,她今天会做出这样的行为。

按照惯例,比赛赢的一方要走去和输的一方握手。可祁南一直站在原地对着某个方向,嘴角高高地扬起,收也收不住。

OUR以前不是没赢过比赛,但从没见过祁南乐成这样。

"Idxx"看不下去了,问:"祁南,能别怀春了吗?那边手都快握完了。"

闻言,祁南才走过去,准备和对方选手握手。走过去时,他的目光中带着恋恋不舍。

见此情景,"Idxx"的脸突然就麻木了。原来赢了比赛也逃不开被虐,而且这样的日子以后只会越来越多。

等到领奖、采访等一系列事情结束,已经是一个小时之后了。

回休息室的路上,其他几人抱着奖杯又唱又跳,没个消停。

陈伯川生怕这群小崽子失手把奖杯给摔了,一路跟在边上护着。

祁南嘲笑了一句:"瞧你们这没见过世面的样子。"面上的表情却实打实地把他给出卖了,他也是压不住的一脸笑意。

"那个位置是陈伯川帮你要到的?"祁南问江虞。陈伯川作为战队经理,去要一张前排的票并不难。

江虞摇头:"没有,是我自己抢的。"

两支队伍的粉丝加起来不少,再算上那些黄牛和专门代抢票的,想抢到这场比赛的门票可不简单。前排的票就更难抢到了,祁南不知道江虞是怎么抢到的。

祁南闻言挑了挑眉毛,问:"这么厉害?"

江虞面上浮着得意的神色,说:"没有利用大川的职务之便要票,但我用职务之便蹭你电脑了。"

基地的网快,祁南的电脑更是高级配置。

难怪有一天中午江虞说要借他电脑用。换作别人,祁南肯定不答应,但那是江虞,万事皆可。

当时,他被拽着去开了电脑。之后,江虞又相当无情地赶人。神神秘秘的,原来是为了抢票。

话虽如此,对江虞这种玩游戏反应迟钝的人来说,抢票还是有一定难度的。

"基地里六个职业选手,随便拉一个出来都是手速过人。我厉害一点,目前队里的反应速度,我排行第一。真正的用职务之便应该是让我帮你抢。"江虞听出来了,祁南是在不动声色地炫耀自己,但经他这么一分析，好像确实有点道理。

江虞点头赞同道："那下次抢票就拜托你了。"

这像什么话，他自己参加的比赛，还得亲自抢票。但他还是应下来，温柔地说了一声"好"。

江虞小算盘打得响，下次的位置说不定能更往前一点，拍到的图也会更清晰一些。

陈伯川订了酒店，庆祝春季赛夺冠。因为不确定这群队员要闹到几点，大巴车把人送到目的地之后，陈伯川就让司机先回去了。

赢了比赛之后，陈伯川根据自己对他们的了解，订了一个大包间，任他们在里边闹腾。

"Idxx"和越星宇有多闹腾呢？他们把装着酒的碗往祁南面前一拍，说："祁南，你要是爱我就一口闷。"

祁南"哼"了一声，说："要么说，我还真不能喝这酒。"他嘴硬，这是不争的事实，基地的人都知道。

"Idxx"和越星宇对视一眼，默契地把祁南的脑袋一摁，逼着祁南喝。

队长见了，吓得眼睛都瞪大了，生怕祁南手起刀落，明天他睡醒的时候，队里就没有"Idxx"和越星宇这两个人了。

这两个人到底是真醉还是假醉，没人知道。

除了江虞之外，其他几个人玩疯了，剩下滴酒未沾的陈伯川，在勉强控制着局面。

比赛结束后，祁南和江虞一直没有找到单独说话的机会。

祁南出去打电话的时候，江虞掐着时间一块儿跟着出去了。

祁南打完电话看到她,问她怎么出来了。

江虞走近他,朝祁南伸手。祁南以为江虞要给他什么东西,下意识地想接过来。他刚把手掌翻转向上,江虞就把自己的手往他的手上一放,十指稍稍错开,交扣在一起。

这段感情似乎一直都是祁南在向她靠近,让两人之间的距离越缩越短,关系也逐渐变得亲密。可是她好像一直待在原地,没有为他做过什么。

说不清是何时何地,因为他做的哪件事或他说的哪句话,在她心底藏进了一颗感情的种子。等到她发现时,种子早已生根发芽、破土而出了。

江虞也想一步一步地走向祁南。感情应该是双向的,祁南为她做了那么多事,她也不应该只停留在原地,等着祁南来找她。

有那么几秒钟,祁南似乎听不见外界的任何声音,只能感觉到心脏有力地跳动着,一下一下的,他甚至怀疑江虞也能听见他的心跳声。

他还没消化江虞的前一个举动,她又向他伸出另一只手。这回,她把手掌打开,横着对着他,白净的掌心里写着一行字。

字体和她平时开医嘱时写的并无差别,她写得一手端正的小楷。

这次祁南反应很快,他在江虞写着字的掌心擦了擦。不知道她用什么笔写的,上边的字迹不能被擦掉。他索性把她的手一拢,一块儿牵起来。

江虞似乎还想说什么,被祁南抢先一步开口:"我们在一起吧。"

江虞那双眼睛倏地就弯了下来,灿烂的笑意胜过这座城市所有美好的景象。祁南听到她说"好"。

她的声音好听,祁南是知道的。她应这一声的时候,祁南先是在心里夸赞了一会儿她的嗓音,然后才意识到她是在回答他刚才的话。

即使知道江虞的回答,听见这个字时,他还是有一丝茫然。

他们真的在一起了啊……

这是意外之喜,和获得冠军奖杯不相上下的荣誉。

她掌心里写的那行字是:"大冠军,可以做我的男朋友吗?"

今晚的冠军不止一个,可是别人做不了江虞的男朋友,只有他可以。

他可是比冠军还要厉害。

但告白这种事情,得交给男生。因为喜欢,所以连表白这样的事情都想抢着做。

他还听见江虞说:"我喜欢你。"

她是害羞和紧张的,眼睫毛都在轻轻地颤抖,嘴唇紧抿着。但她的目光很坚定,未有一丝退缩。她和他对视着,只为告诉他,她喜欢他。

"我也是。"

他的掌心里是江虞的手,这么手牵着手站着说话,虽然有点腻歪,但谁也没有要松开手的意思。

第十四章

你我便是彼此今生最珍贵的礼物。

陈伯川最后还是撑不住几个人的折腾，给祁南打了电话。两人回到了包间。

喝了酒的人疯起来是不分人的。

"Idxx"起初还老实了一会儿，等到祁南坐下一段时间后，又闹腾了起来。

一晚上，除了陈伯川和江虞，其他人都喝了不少。

祁南和队长酒量好，出酒店的时候意识还清醒。

陈伯川怕打车时看不住这群醉鬼，又找了一个代驾把大巴车开了过来。

赶着这群疯子上车后,陈伯川挨个用安全带把人拴上。打又打不得,骂吧,他们一个劲地傻乐,偶尔还不得不和他们搭话,陈伯川觉得自己真是如老父亲一般操碎了心。

祁南也被灌了不少,但他不乐意和这群臭烘烘的醉鬼待在一起。他霸占了江虞旁边的位子,他俩之前总是隔着一个走道,今天终于能光明正大地坐在一起了。

在酒精的作用下,祁南从脖颈到耳郭再到脸颊,都染上了红色,偏偏那双眼睛尤其亮,此时他正睁着眼看"Idxx"等人发酒疯。

从酒店的包间出来时,"Idxx"和越星宇就一路拉着手做好兄弟状,毫无顾忌地嚎着歌,生怕周围的人听不见。

陈伯川怕丢人,和队长一起捂住他们的嘴巴,终于把人拖上了车。

这会儿,他俩在车上也肆无忌惮,整个车厢里,都是他俩闹着说要去唱歌的声音。

祁南扭过头凑近江虞,吐槽起队友来毫不心软:"酒品即人品,看来这俩人品都极差。"

前排,嘴里正唱着"爱的魔力转圈圈"的"Idxx"忽然回头,想站起来却被安全带给拦住,弹回座位。

"我听到你骂我了!"都醉成这样了,"Idxx"的耳朵依旧好使。

祁南仍保持着原来的坐姿,用充满了不屑的眼神看着"Idxx":"我说错了?"

"Idxx"眼睛瞪了半天,憋出一句:"没错!"声音不小,震得祁南耳朵生疼。

不知道是不是酒壮尿人胆,"Idxx"突然来了一句:"女生不喜欢凶巴巴的男人。祁南,你完了,你注定要和我们一起单身到底。小江姐,你要理智,不能被美色欺骗哦。"

两人往对方的肺上捅,谁也落不得好。江虞习惯了看他俩斗嘴,在一旁听着没搭话。

祁南最听不得别人说这个,憋了一口气,转过头问江虞:"你听到他说什么了吗?"

整个车厢都听得见,更不要说江虞还离得这么近。

祁南大概也反应过来这个问题有点傻,他重新靠回椅背,嘴里小声地说着什么。

他的眼睫毛半垂着,努了努嘴,把脑袋转向了另一边,看上去可怜巴巴的。

平时,祁南偶像包袱极重,定然做不出这样的事来。江虞基本上可以断定,祁南并不如他之前表现得那样清醒。

江虞往他那边挪了挪。祁南瞥她一眼,又别扭地把脸别开,仔细听还能听到他轻轻地"哼"了一声。

她的心里都乐得不行了,这个男朋友怎么这么可爱呀!但为了配合他,她硬是忍着没让自己笑出来。

"怎么不高兴了?"

祁南想再别扭一会儿,但又怕自己端得太久,江虞索性不管他了。思来想去,他最后绷着脸说了实话:"刚才Idxx说我,你怎么不反驳呢?"

如果她的小男朋友明天醒来,得知自己恋爱的第一天就酒醉撒娇,可能要恼羞成怒、别扭半天吧。

平时祁南和"Idxx"都是这么互呛的,哪知道祁南喝了酒之后竟忽

然变得娇气。

江虞知道和半醉不醒的人讲不了道理,只好顺着他的话说:"那我下回帮你说回去,好不好?"

祁南其实心里清楚,如果因为两人的关系改变,就让江虞以另一种模式和其他人相处,这样不好。祁南当然不会让她这么做,不过是说说而已。

于是,他低声回答道:"倒也不用……"

祁南这副样子太可爱了,江虞实在没憋住,轻轻地笑了起来。

祁南的神情看上去不太好,语气听上去也是冷冰冰的,但脖子和耳郭都泛着红,看起来一点威慑力也没有:"别笑了,哪有那么好笑。"

江虞整个人转过来对着他,在他的脸上认真打量一番,一本正经地答道:"也不是好笑,就是觉得你好看,还很可爱。"

蓦地,祁南的脸更红了,嘴巴张了又张,最后一个字也没说。估摸是江虞这突如其来的一通夸奖,让他有点不知所措。

终于回到基地,把人从大巴车上拖下来也是一个大工程。

越星宇和"Idxx"一起抱着大巴车的椅背,不撒手,哭天喊地地说那是他们的"王位"。最后,几个人生拖硬拽才把他俩给扯下车。

"Idxx"和越星宇在楼下接着发酒疯,陈伯川跟在后边收拾他俩制造的垃圾。其他人起哄看戏,祁南和江虞也倚在楼梯旁看着他们闹。

陈伯川光是应付这两个酒疯子就够心力交瘁的了,何况边上还围了这么一圈看热闹的人。他直接把人全都赶上楼,让他们别在这儿凑热闹。

祁南一想到回房间就不能和江虞说话,连上楼的步子都迈得小了。

一个一米八几的大高个,像个孩子似的,一个台阶分成两步走。

江虞看得哭笑不得,看了看他的腿,问:"你干吗呢?不想走,想看他俩闹?"江虞话里的"他俩"指的是"Idxx"和越星宇。

哪能是因为这个呢?祁南索性站定不走了,决定好好和江虞说一下。祁南抱着手臂,一副准备说教的模样,开口前听见江虞说了一句"有点困",他准备说的话就哽在了嗓子里,忽然一个字也说不出来了。

今晚是在外边玩得晚了,平时这个点,江虞早就睡着了。祁南把其他的话咽下去,说道:"去睡吧。"

祁南喝完酒,脑子依然活络,思考着今天该怎么自然地说晚安,甚至在想两人的关系不一样了,彼此间的称呼是不是也该随之变化一下。

于是,他又有了新的问题,情侣之间该管对方叫什么呢?

他将他所能想到的称呼在脑子里过了一遍,挨个代入自己,衡量哪个称呼比较合适。刚想到某一个词时,江虞突然出声和他说话。

他下意识就把脑子里想的词给说了出来,说:"宝贝晚安……不是!"

祁南还没想好最后应该用哪个昵称,意识到自己说的话后,又开口反驳自己。

他刚刚还在想这个词会不会太轻浮,结果就脱口而出。他下意识说"不是",是不想让江虞觉得他轻浮。

说完也觉得不对,好像他在否认什么似的。

他从上自下抹了一把脸,觉得自己解释不清了。

江虞看着他自我纠结,略感好笑地说:"我知道你的意思。"

其他人相继回了自己的房间,走廊上只剩下江虞和祁南。两人的房间隔得不远,他们站在江虞房间门口说着话。

楼下的人不消停,在这儿还能听见他们的声音。不知道"Idxx"干了什么坏事,陈伯川哀号一声,还伴随着两个酒疯子做坏事得逞的笑声。

祁南分心去听楼下的动静,正在疑惑楼下的情况时,忽然听见江虞拿宿舍门卡刷开门的声音。

他回过头来,听见江虞的声音:"你也是我的宝贝,晚安。"

祁南怎么也没想到江虞会说这么一句话。他蒙了几秒钟,江虞已经迅速地回了自己的房间,并且合上了门。

祁南对着那扇房门,停了好一会儿,像一副静止的画面。而后,他突然反应过来,激动地拍了一下掌。回房间时,他还跳起来碰了一下门框的顶部。

江虞说完那句话,事实上并不平静,躲在门后边调节自己的呼吸,想让心跳归于正常。

门外的人却很高调,生怕别人不知道他高兴似的,又蹦又跳。

江虞忍不住笑了,祁南还嘲笑"Idxx"和越星宇发酒疯,也不看看他自己那样,不也像喝醉了吗?

就在两人恋情逐渐升温的时候,一件谁也没想到的事情却在几天后爆发了。

OUR因为拿了冠军,最近风头正盛。当江虞和祁南晚上一同出门的照片和亲昵视频被爆出来时,有关两人的话题很快上了热搜榜。

拍摄视频的人显然是个老手,处在一个不会被当事人发现却又能清楚地拍到两人的位置。

"Idxx"看到视频的时候愣了很久,虽然早发现两人有暧昧迹象,但他们一直没有个准话，其他人也不敢瞎说。如今这消息一出，大部分粉丝起先是不知情的，网上自然一片哗然。

部分粉丝还算理智，认为祁南这个年纪谈恋爱是一件很正常的事情，剩下一部分粉丝却觉得无法接受。

陈伯川是直接被消息给惊醒的，圈子里的好友都发来消息，想求证这件事情，可他哪里还顾得上满足别人的八卦心理？

很快有人通过视频发现了新的问题。

之前某场活动的现场，有人拍下了一段视频。有个黄牛挤到了前排，要队员的签名，却在和祁南对话时一问三不知，被祁南拆穿是黄牛。

两段视频放在一起，一眼就能看出来是同一个人。

这个新发现很快就被传开了，OUR的队医、祁南的现女友竟然还是个黄牛！

视频在手，证据确凿，祁南居然和这种人在一起，原先理智看待祁南恋情的粉丝们，瞬间就不淡定了。他们纷纷开始轰炸祁南的个人微博页面，战队的官方微博也没放过。

祁南都要被气笑了，摸出手机就要发一条微博澄清，却被江虞拦住了。

祁南说："这种带节奏的话他们也信？"

江虞笑了笑，很不给面子："可是那个时候你也觉得我是黄牛啊。"

"我那是……"祁南哽了一下，一时想不出解释的话来。

江虞给他铺台阶下："我知道当时情况特殊，所以大家看到视频会误会很正常。只是你现在去解释，没人会相信的，还是等着大川他们来处理吧。"

祁南一刻也不想等,却想不出最有效的解决办法,只好等着陈伯川和管理层商量。

下午的训练照常进行,祁南当职业选手这么多年,不用看也猜测得到网上现在大概是什么状况,去训练之前,他嘱咐江虞:"微博、贴吧和论坛都不要登,没必要看。"

江虞嘴上答应着,可在祁南去训练时,她还是没忍住登上了微博。她想看看网上现在闹成了什么样,她觉得自己的承受能力强,看看应该没关系。

她以前作为旁观者,看过粉丝闹过那么多次,她以为自己应该有了心理准备。可是,当那些铺天盖地的言论对象是她时,她还是不可避免地感觉难过。

如果只是一些"黑粉",说得再难听她或许都不会放在心上。可是她看到她的关注列表里,很多支持祁南的粉丝,同样不接受祁南的这段感情。

祁南走进医务室时,她没来得及退出微博的界面。他很快地扫了一眼,说:"不是说好不看的吗?"

江虞不想他在训练之余还担心她,若无其事地对着他笑了笑:"习惯了平时闲来无事看一眼,哪有你这样的,连微博也不让看。"

她的演技不是很好,当祁南一言不发地看着她时,她开始心虚,不自在地别开了脸。

"我发微博。"祁南说着,伸手拿出了手机,大有要发条微博承认两人恋情的架势。

江虞一惊,连忙去够他的手机,反被他捉住了手。

他的手掌可以完全把她的手包裹住,紧紧地攥着,她一点也反抗不了。

"你疯了?网上怎么说的,你不知道吗?"

"我不管。"

"那些从你打职业赛开始就支持你的人,即使她们会失望,你也不管吗?那你的队友呢,你知道有多少人去围攻了他们的微博吗?这些也不管了吗?"

她一下子抛出了好几个问题,祁南闻言愣了一下。

江虞趁着这个时候抽出了手,把祁南编辑到一半的微博文案一个字一个字地删掉,最后退出微博,把手机还给他。

祁南皱着眉头,满脸不悦。

休息时间不长,下一场训练赛要开始了。

江虞想让他安心,在他的手背上轻轻地拍了拍,说:"你好好训练,等会儿我和大川商量完再告诉你好吗?"

平时,江虞看起来万事好商量的模样,实际上一旦做了决定,不论谁说什么,都很难再更改。祁南无奈,走之前仍是不放心地交代道:"不要自己做决定。"得到江虞的再三保证之后,他才离开。

江虞在医务室里坐了很久,想了很多,最后起身去找陈伯川商量。

江虞在会议室找到了陈伯川,他一边戴着耳机接电话,一边用电脑回消息,手边还摆了本子和笔,时不时还要往上记一些内容。她在旁边等了好一会儿,陈伯川才暂时抽出空来。

陈伯川看着自己的记事本，和她说了几条他跟俱乐部管理层商量出来的应对方案。

她认真听着，心里预想的那一条并没有被他提起。

陈伯川说完之后又安慰她："这样的事情很正常，你看看STL这些粉丝多的选手，哪个被发现恋情时粉丝是不闹的？闹得比这更狠的都有。我一个战队经理就是来处理队里事情的，不然我凭什么赚这份工资？你别想太多，交给我来处理。"

两人的位子相隔不算远，江虞可以隐约看见陈伯川本子上的内容。

摊开的那一面纸上，密密麻麻的都是字，字迹潦草，通篇下来只有一行被划了好几道，看上去格外显眼。

江虞稍微想了一下，说道："被你划掉的那一条，应该是让我暂时离开基地吧。这应该是目前最好的解决办法，为什么划掉？"

陈伯川打着马虎眼，把本子合上塞到了一边，说："办法多得是，没必要选这一条。"

他正要转移话题，江虞忽然说道："是不是祁南和你说了什么？"

"不只是他，我们每个人都不想因为这样的事情而放弃一个朋友。"

最后两个字，让江虞的鼻子有些酸。她虽然只和他们相处了几个月，平时斗嘴没个正经，但每个人都把她视为重要的朋友。

"我只是离开基地，我们依然是朋友。后面还有那么多的比赛，没必要因为我而给队伍增加这么多的压力。"

"你知道祁南一定会发火的。"

"我来和他说。"

其实，江虞也没想好怎么和祁南说，以他的性子，不难猜到他会发多大的脾气。

　　一行人从训练室出来的时候,已经过了凌晨两点钟。

　　江虞想了一晚上该怎么和祁南说这件事,可到了这个时候,她却突然有些不想推门出去和他说这些了。

　　房间的隔音效果不佳,江虞可以听见其他几个房间关门的声音。

　　江虞等了几分钟才推门出去,果然看见祁南正在慢悠悠地上楼。

　　祁南看到她时,显然有些意外,平时这个点她早就睡着了,现在却等在这里。

　　他问:"怎么还没睡?"

　　他似乎想到了什么,皱了皱眉头:"是不是又看网上的那些话了?你怎么老是不听我的……"

　　江虞摇摇头,打断他的话:"没有,我是有些事情想和你说。"

　　春末,基地里的暖气已经断了,但气温仍不高。祁南推开房间门,顺手从里面拿出一件外套给她,说:"去阳台上说。"

　　可室外的风有点大,祁南推开门感受了一下,就推着江虞退回室内。

　　"没关系,就在阳台上说吧,不冷。"

　　祁南闻言往边上让了一步,替她整了整衣领:"好,你说。"他动作自然地牵起她的手,拢在他的手心里。

　　一瞬间,江虞一点也不想说那些话了,她不想看到他眼底的笑意消散。

　　可是事情闹到现在这个地步,不处理也不行。

　　"我下午和大川商量了一下,我暂时搬出基地,好不好?"

　　她的话才说到一半,祁南的脸色就已经沉了下来。等她说完,他直

接转身就走。

江虞连忙拉住他:"你去哪儿?"

"我去和大川商量。"他大概以为是管理层的决定。

江虞解释道:"是我和大川提的。"

闻言,祁南的脚步停了,转身眼睛一眨不眨地看着她。他的眉头皱得很紧,问:"不是说好不自己做决定的吗?那我呢?你走了,我怎么办?"

"队里会安排新的队医来。"

"我是缺一个队医吗?你到底有没有想过我?"祁南不想对江虞发火,强压着脾气在说话。

他的视线始终定在江虞的脸上,希望她能改口。

那双眼睛里藏着他的情绪,像要望进她的眼底,试图找到他想听到的答案。

目光对上,她的喉咙也堵住了,好一会儿才说出话来:

"我只是暂时离开基地,又不是要离开这个世界,你怎么这个语气?你不训练的时候,我们就出来约会啊。"她故作轻松地揪着祁南的衣角,轻轻地摇了摇,像在撒娇。

祁南低下头看着她的手,沉默了一会儿,把那一块布料从她手里扯出来,他的声音很低,语气里尽是自嘲:"然后偷偷摸摸地谈这段感情,是吗?"

他转身离开,阳台上只剩下江虞一人。她看着空空如也的手心,突然感觉到了春天的冷,她吸了吸鼻子。

明明刚才祁南在的时候,还不觉得冷……

两人不欢而散，没有互道晚安。

江虞心里压着事情，毫无睡意，一直躺着。直到天边渐渐地泛白，她才爬起来收拾房间里的东西。

来的时候，她只拎了一个行李箱来，现在这个行李箱却装不下她的东西了。

她叠着衣服，脑子里不受控制地开始想祁南。他昨天那么生气，也不知道现在气消了没有。这个时间他估计还没醒来，要是她偷偷地走了，估计会把他气得肝疼。

门被敲响，江虞顿了一下，走去开门。

向来在乎形象的人，这会儿还穿着前一天的衣服，可能是一夜没睡，脸色很差。祁南张了张口，正要说什么，却看见她摆在地上的打开了的行李箱。

他的眉头仍旧皱着，大概从昨天开始就没有松开过。他愣在原地，抬手指了指行李箱的方向，声音沙哑地问："你真的要走？"

"昨天不是说好了吗？"

"我没有说好。"最开始认识的时候，祁南也凶，两三句话不对就要发脾气。之后他虽然总是很别扭，但几乎没有发过脾气。

这两天他也一直压着脾气，这会儿大概确实刺激到他了。他说话的语气很凶，有点咄咄逼人。

他反手把门摔得很响，门重重地弹开，没能关上。

她一件一件地把衣服放进行李箱里，他却一叠一叠地往外丢，弄得一团乱。好像只要她整理不好东西，她就没办法走。

她越收拾，祁南就越较劲。到最后，她看见祁南的眼底红了。

一米八几的男生,即使在手最疼的时候,也没有红过眼。

江虞轻轻地按住祁南的手,说:"我们不是分手,我只是放个假而已。我的合同还没有到期,我也没有被解约。我从过年后就没有假期了,我回家一趟,你也拦着我?"

祁南不等她说完话,就把她拉入怀里,问:"你又想骗我,是不是?"

换作任何人,都不会想走的。可是生活里不只有"我想",很多的外部因素都让人身不由己。

江虞窝在他的怀里,伸手在他背上轻轻地拍了拍:"就几天,等到这件事过去,我就回来。要是再这么闹下去,下周的比赛还怎么比?到时候你们在现场可能会被人围起来质问。"

祁南沉默着,把她抱得很紧,没有回答她的话,让人不知道他在想什么。

不知道过了多久,江虞耳边传来一句很轻的话:"我会解决的。"声音很轻,江虞反应过来时,话音已落,她甚至怀疑是不是自己出现了幻听?

江虞选择在队里训练的时候离开,她不想再因为这件事情和祁南起争执,也不想因为她而连累到其他人。

她始终相信,距离并不会影响两人的感情,只是眼下需要一些时间,等着风平浪静。

江虞回家了,江妈妈看她拖着行李箱,上下打量她一番,似乎并不惊讶:"你这是辞职了?"

"休个长假。"

江妈妈若有所思地点点头，喃喃一句："估计是休不了几天。"

江虞没听清，换了鞋走过来，问江妈妈说什么，江妈妈却又不说了，任江虞站在原地。

江虞本要把行李箱里的东西收拾出来，妈妈拦住了她，叫她不要急。

江虞闲着没事，百无聊赖地坐在沙发上发呆。

基地里向来吵闹，这会儿耳边突然安静下来，倒让江虞觉得不习惯。她在家里转了几圈，最后又回到沙发上，点开微博。

战队官方微博到现在也没有正式地发出声明，微博首页最新的那条微博是两天之前的。江虞随手翻了翻底下的评论，那些带有攻击性的言论，似乎看着看着就麻木了。

"在等小祁啊？"江虞回过神，是江妈妈的声音。

江虞顿了一下："没有。"

江妈妈摆了摆手，说："你用不着骗我，我还不了解你吗？从回来之后，什么也不干，几分钟内能看好几次手机，这不是在等人是什么？"

从她决定回来之后，就没有了祁南的消息。她给祁南发去的消息像石沉大海，没有回信。他大概还在气头上，压根不想看她的消息。

江虞不自觉地叹了口气，没反驳。

"你到家之前，小祁给我打过电话，他说他没有保护好你。"

"不是……"

"和我说没用的，你要对他表达。你从小就很少说你喜欢什么，感情可不能这样。"江妈妈拍了拍江虞的手，语重心长地道。

江妈妈没再多说，让江虞自己消化。

江虞没注意，手划到了屏幕，页面刷新，最新评论里的画风却完全

变了样。有不少人指路让大家看祁南的个人微博页面,说有最新的消息。

江虞连忙点进祁南的微博,见他转发了一条微博。不知道他怎么找到了"小籽"的微博,"小籽"说明了当时的情况。

如果换作别人,或许大家还会怀疑这条说明的微博里掺了水分,可能是OUR找来的演员。

可是"小籽"是祁南多年的铁杆粉丝,从祁南一开始打比赛就在支持他,大大小小的比赛几乎一场不落,做应援物,去现场拍图,少有人能向她这样费心费力又费钱。

更何况祁南的粉丝群里,有很多都和"小籽"认识,对她的为人也有一定的了解,知道她不可能去帮俱乐部造这样的假新闻。

很多粉丝看到"小籽"发的微博之后,开始冷静下来,重新分析这件事情。渐渐地,有人发现自己从最开始就被舆论引导,认定江虞就是黄牛,所以才不能接受这件事情。

再一刷新,祁南又发了一条新的微博。前半部分澄清了江虞并不是黄牛的事情,后半部分却是……

"说出来你们可能不信,我自己都没想过我会谈一场恋爱。"

"我跟她在一起,不是你们口中说的那样。她是我的医生,陪伴我度过了最艰难的时期……我如今承认喜欢她,只因为她是她,不知从何时起,她成了我人生中不可或缺的一部分。

"我自认为脾气差,外界看不到的缺点一大堆,一开始和她还闹过很多不愉快。但渐渐地,我发现她和我想象中的不一样。她不会纵容我的坏脾气,却在悄悄地守护着我。她总是能轻易地看穿我隐藏的那些秘密,然后一点点抹去那些陈年的伤痕。

"别看我在舞台上光鲜亮丽,在游戏之外我就是一个再普通不过的人。

"曾经的我,心怀荣耀,心念OUR,但现在的我,心里还有她。

"我想谈一段普普通通的恋爱,保护我喜欢的人。她真的很好,希望你们也能喜欢她。"

江虞不是擅于表达感情的人,祁南更加不是,他俩之间就连情话都很少有,可是他现在却在公众平台上说出对自己的爱意。

这样明目张胆的表白,让江虞的心开始发热,开始狂跳,让她无法忽视它的存在。

祁南这条微博底下的热评,第一条就是"小籽"的留言:"我作为一个'妈妈粉','宝贝'找到我,问我能不能出来说这件事的时候,看到他那样急切的话语,我就明白了,他也找到了他的'宝贝'。"

祁南一向懒得去打理自己的微博,即使是铁杆粉丝的微博昵称,他也不太眼熟。

江虞很难想象他花了多少功夫,才在那么多人里找到"小籽"的微博。

她还以为祁南可能在生气、在发火,谁知他却在她不知道的时候,做了这么多的事情。

她分明都已经离开基地了,可他仍愿意为了她大费周章。

江虞从沙发上站起来,她满脑子里只有一个想法——去找祁南。

忽地,江虞听见江妈妈说:"你看那辆车眼熟吗?"

江妈妈伸手遥遥指了指窗外某个方向。

江妈妈只是说了车,不知为什么,江虞下意识地就觉得江妈妈说的是祁南。

她跑到窗边往下望,江家所处的位置开阔,在二楼可以清晰地看见

那辆车在马路对面停下。江虞一眼就认出，开车门下车的人正是祁南。

他下车之后，直朝这个方向跑来。

一瞬间，江虞眼前的一切似乎都消失了，只剩下那个正在奔跑的身影。

她有些恍惚，祁南似乎总是这样一遍又一遍地向着她的位置赶来。他似乎没期望过她朝他跑去，好像她所要做的，只是在原地等着他而已。

可她不想等了，她也想为了他迈出去。他热烈地表达，而她热烈地回应。

江虞跑着出门，她有多少年没有跑着去迎接一个人了？

她听见自己喘气的声音，感受着心跳速度的攀升。

她抬眼，看着那个人朝着她的方向飞奔而来。

两个人之间的距离逐渐缩短。最后，祁南朝着她展开双臂，江虞扑进他的怀里。

他身上带着春天午后的暖意，跑得头发都乱了，有几撮翘了起来。他气喘吁吁的，一口气说不出一句完整的话："我说过的……会处理好一切，我再也不会松手了。"

这个人是很多人心上的"月亮"。

虽然真实的他私下霸道无理，却愿意对她用上温柔的小心思。

原来，喜欢和被喜欢都是那么温暖的事。

你我便是彼此今生最珍贵的礼物。

▼ 番外一

这是我女朋友,你们抢什么?

  祁南在吃醋这方面造诣颇高，从还没和江虞在一起之前就有了不小的势头，在一起之后更是吃醋不断。

  江虞对此很无奈，偏偏还说不得。

  她记得祁南有次甚至还为此装病，后来她知道真相后，哭笑不得。

  那时候，两人还没确定关系，祁南的手还没有完全恢复，每天只能训练几个小时。

  他不被允许上手操作，但是可以纸上谈兵。他不厌其烦地看游戏复盘视频，但心里觉得用眼睛看远比不上实际训练来得有效。

  那天，感冒的江虞和前男友见面后很不愉快，最终和祁南等人一起回了俱乐部。

祁南回到俱乐部开始纸上谈兵,他记录完最后一局训练赛的失误点,环视四周放松眼睛,视线扫过越星宇的位子时,发现是空的。

越星宇在队里算不上最积极训练的选手,但也绝不会偷懒。自由训练时间,居然看不见人,实在是奇怪。

但祁南没多想,打算找程湛讨论一下训练赛的问题。祁南路过医务室时,意外地发现门是半掩着的,里边传来对话声。

祁南原以为是江虞在和陈伯川说自己的恢复情况,正打算听一听,却听见了迟迟不来训练的越星宇的声音。

越星宇的声音里含着内疚:"不好意思啊,江医生,因为我总是来找你,所以才让你被传染了。"

江虞的感冒原来是被越星宇传染的,他低声骂了越星宇一句"害人精"。

江虞的鼻音浓重,似乎病得还不轻。她咳了两声,却和越星宇说没关系。

越星宇欲言又止,"我"了几次,也没说出个所以然来。再开口时,只絮絮叨叨地说了一些感冒的注意事项。

见越星宇没有离开的意思,祁南低低地"啧"了一声,有点不耐烦了。

这人总是缠着江虞做什么?难道不嫌自己烦吗?

祁南心里那点小火苗,突然蹿起来,火气更大了。他想冲进去,又不知道自己进去之后该说什么。

难道问越星宇怎么不好好训练?

可他好端端地去管别人的事情做什么呢?他越想就越觉得自己这火

气来得莫名其妙。

索性眼不见心不烦。他回了训练室,看了两眼数据分析师给的资料,思绪却不知道飘到哪儿去了,满脑子都是越星宇凑在江虞面前叽叽喳喳的样子。

祁南觉得自己必须解决这个问题,简单来说,就是把越星宇从医务室里赶出来。他独自思考了一会儿,忽地,脑子里闪过一个好主意。

"Idxx"走过来,问祁南要不要打一局双排游戏。

祁南头也不抬地说"等等",然后拿了手机打算给江虞发送微信消息。

他聪明的小脑瓜子想着该怎么把这条消息编辑得看不出破绽,删删减减后,最终只留下了两个字——手疼。

"Idxx"看见他在输入框里一顿折腾,最后只剩这两个字时,满脑子都是问号。这大少爷打字时,手挺稳的,哪里手疼了?

消息发送成功后,不一会儿,祁南就听到了医务室那边传来了动静。

他忙收了手机,然后微微皱着眉头,面上尽是因为"手疼"而产生的不耐烦神色。他把手放在上衣口袋里揣着,和之前手疼时的反应一模一样。

如果要颁发"电竞界最佳男演员"奖,祁南绝对当之无愧。

江虞匆匆地走进训练室,越星宇也跟在身后。

她一见祁南难受的表情,脸上还冷汗涔涔的,就紧张得不行。她忙走过去,检查他的手,边检查边说:"手又疼了?严不严重?"

祁南瞄了一眼她着急的脸色,点了点头说:"很疼。"脸不红心不跳,"心虚"这两个字在他脸上一点也看不出来。

江虞没有怀疑他,让祁南跟她去医务室,做详细检查。

只留越星宇和目睹了全过程的"Idxx"在身后。

越星宇小声地说:"手又没断,晚点找江医生不行吗?我好不容易才有机会和江医生多说几句。"

"Idxx"听了,再联想之前的情况,便一下子都明白了。他给祁南发消息,说:"心机男!越星宇不就是找了下江医生吗?你演什么戏?江医生又不是你的!"

祁南看了信息后心想:怎么不是他的?天天嘱咐他这不许,那不许的,不是他的医生是什么?

祁南继续装着疼,单手给他回复:"什么戏?我真的疼。"

"呵呵!戏精!"

"Idxx"在心里呐喊:快来人看看啊,祁南现在信口胡诌的技术真是越来越强了!

检查和上药的过程烦琐又漫长。祁南放下手机,趁江虞转身在柜子里找新绷带的时候,呼了一口气。

看着江虞为自己忙里忙外,祁南突然觉得自己做得有些过分了。可想想越星宇在江虞身边绕来绕去,烦躁的感觉又冒了出来。

这又没什么,他又不像越星宇那样揪着人说话,他有正当理由的!

江虞拆开他的绷带,发现他的腕部毫无红肿的情况,仔细检查一番,也不见其他情况。可再看祁南的表情,又好像是那么一回事。

"你真的手疼吗?"

突然被提问,祁南咽了一下,含糊地道:"不管疼不疼,今天也该换个药了……"

江虞笑了笑,说:"你最近倒是对自己的手挺上心。"

江虞大概是怕自己的感冒传染给其他人,戴起了口罩。她因为感冒而一脸倦容,这么看起来,更有忙碌医生的模样了。

她笑起来的时候,眼睛会有一个弯弯的弧度,即便被口罩遮住了半张脸,祁南也知道她在笑。祁南轻轻地咳了咳,掩饰自己的不自然。

有人给江虞发了微信,她手机的灯闪了闪。她点开信息,想起什么似的,轻轻地"啊"了一声。

"怎么了?"

江虞侧着身在柜子里翻了翻,拿出几盒药来,说:"刚才越星宇来找我拿药,因为你的事就耽搁了。"

祁南对此嗤之以鼻,越星宇哪里是来拿药的,他刚才和江虞在医务室说那么一大堆话,简直可以当一个开药的。

看了一眼江虞拿出来的药,确定不是他买的那盒,才放下心来,撇了撇嘴,不说话。

江虞回了微信消息,让越星宇直接进来。

祁南努了努嘴,感觉很没劲。

越星宇进来后,朝祁南摆摆手,算是打招呼。

祁南点了点头,不知道心里憋着什么坏事。

越星宇拿过药之后,没有马上走,似乎还有话想说。

"江医生……"

他才开了个头,另一个声音打断了他的话,说:"嘶,我这个手,怎么忽然又疼了?你快看看,我太担心了。"

越星宇气急败坏:"你再装!"

祁南仗着脸皮厚，毫不在意："你这话就不对了，我疼得真真实实，别乱说啊。"

眼看两人又要吵起来，江虞叹口气，妥协道："不是很重要的事情，有空再说吧，我先处理一下他的手。"

江虞都这么说了，越星宇也不好再说什么。

祁南飘过去一个眼神，笑意怎么也收不住，气得越星宇牙痒痒。越星宇走出去时，医务室的门被他摔得很响。

祁南没忍住笑出声，笑声很低，像是从胸腔里溢出来的。

"还想和我争？"

江虞感到又好气又好笑，想板着脸说他幼稚。不过，大概是被他的情绪感染，她没绷住，也跟着笑起来。

自从不能上场比赛之后，他好像已经很久没有这么开心过了。他的脸上应始终挂着明朗的笑意才对。

江虞把他手腕上缠着的绷带调整好，开玩笑一般地下逐客令："你现在倒是得意了，那你能自己去忙了吗？"

祁南这会儿心情好得很，乐得和她斗嘴："我现在就愿意在这儿待着。"

"你这小孩儿还真是……"江虞叹气，找不到一个合适的词来形容他。

不知道为什么，祁南就喜欢看她无可奈何的样子，她对他总是要比对别人更宽容一些。他扬了扬眉毛，摆起了"我就是霸占位子不走了"的架势。

江虞拿他没办法，只得任由他把平板电脑、记事板，以及其他各种

东西一一摆出来，占据她的大半张桌子。

祁南看着桌上的东西，终于满意了，不再折腾。

还有一次吃醋事件，也让江虞印象深刻。

那时，他们刚在一起。待网络风波过去后，江虞也搬回了基地。

从那之后，每一场比赛她跟着众人抵达现场后，也能吸引一部分粉丝的注意力，甚至可以在微博上看到许多关于江虞的照片。

祁南有时候打趣说，江虞现在的粉丝可不少。但江虞知道，其实他们是因为祁南才关注她的。

没过多久，有一场赛事活动，主办方邀请了好几支国内的战队参加，提前列出了活动时会有的项目。江虞看得心动，准备抢一张观众席的票。

因为不是正式的职业比赛，气氛相对会轻松一些，选手们和粉丝们的互动也会多一些。活动现场人满为患，都是冲着喜欢的选手去的。

坐在现场观众席里看比赛，和看网上直播或是在后台的感觉都不一样，能够最直接地感受到现场观众的热情和兴奋。江虞喜欢这样的氛围，偶尔会买现场的票，坐在观众席看比赛。

抢票开始前，江虞早早地坐在了训练室的空位子上，眼睛一眨不眨地盯着还未开放购票的页面，整个人显得格外紧张。

祁南就在她旁边的座位，看着她紧张的模样，没忍住笑出声。

他边打游戏边调侃她："倒是少见工作人员兼家属还自己抢票的。"

江虞满心都是抢票这件事，坐都坐得不踏实，压根不想搭理他。

祁南挑了挑眉，快速地结束了手上的一局游戏。他松开鼠标，摘下耳机往后一靠，懒散地看着江虞。其实，他不用看也能猜得到，她这会儿有多紧张。

江虞被他看得更紧张了，问："你不是打游戏吗？别看我行不行？"

"我乐意。"

江虞有正事要干，没工夫和他斗嘴，祁南偏要闹她。她盯着页面上的倒计时，神经高度紧绷。

忽地，她听见身边的人一阵喊："到点了！快抢快抢！"

江虞条件反射，对着某个键一阵狂点，不知误点到哪里，直接把页面给点到闪退，她僵在原地。

祁南目睹了全过程，看她真的被骗到，伏在桌上，笑得难以自抑，笑声尤为放肆。

"你怎么……真的信，哈哈哈……"他乐得不行，话都说不下去。

江虞被他气得要命，哪有这样的男朋友，欺负人。横竖这会儿其他人都在午休，训练室里只有她和祁南在。

她直接扑过去，把人按在椅子的靠背上，捂着他的嘴。

她威胁道："不许笑了。"看起来强势又霸道。

祁南看着她，又不知扫了哪儿一眼，笑声止住了，笑意却更甚。

他老实地被按着，没反抗，任由"纸老虎"发威。她说什么，他都点点头，应一声"好"，声音从她掌心下传出来。

"明知道我在抢票，你还吓我。"

"我错了。"

"警告你不许再吓我了。"

"好。"

江虞纳闷，祁南这会儿怎么这么老实？真是奇怪了，也不见太阳从

西边升起啊?

"你是不是又憋着什么坏?怎么突然这么老实?"

祁南那有着光的眼睛,笑得都弯了下来,整个人看起来温柔又随和。

江虞看着他,觉得着实有点诡异。

果然,下一秒她听到祁南说:"我还在直播哦,开了摄像头的那种。"

祁南话音刚落,明显感觉到江虞整个人都僵了。

她卡在原地,完全不敢回头。回想一下她刚才做了什么:把人按在椅子里,还气势汹汹地说话。这场面全都被直播间里的粉丝看到了!她光是想想就觉得尴尬。

可是,总不能待在原地任人观赏,江虞像螃蟹一般横着移动,试图移出摄像头可拍到的区域。

偏偏祁南还问她:"不再玩一会儿?"听听,这是什么"虎狼之词"!

江虞瞪着他,一口牙快被她咬碎了。

祁南像看不懂她意思似的:"什么啊,为什么瞪着我不说话?"

江虞回到了原来的座位上,在摄像头拍不到的地方,狠狠地用口形骂他。

祁南"啧"了一声:"还挺凶,看来是不乐意玩了。那行吧,下回再来啊。"

江虞脸颊上的红晕一路蔓延到脖颈,她觉得自己整个人都在冒热气。她的注意力再也集中不了,她满脑子都是刚才的尴尬场面。

祁南明明知道在直播,还完全不提醒,装出乖巧的模样。她就说,事有蹊跷必有诈!

江虞在脑子里把祁南骂了千百遍,却不能出声说一句话。

这时,祁南却忽然道:"哈哈哈,队医姐姐也太可爱了吧!再可爱也是我的,和你有什么关系?再说了,瞎喊什么?这是你们小嫂子。

"那个叫弟妹的,'房管'出来把人封了,管谁叫弟弟?

"还有这个,什么叫录了视频?微博见!

江虞听他在那儿念弹幕,还带着回复,整个人巴不得在地上扒开一条缝钻进去。江虞觉得自己的脸面碎了一地。

祁南把弹幕调了出来,江虞隔得老远,都能看见上面成片的弹幕,密密麻麻的,最多的是"哈哈哈哈哈"。

祁南还在继续念弹幕,江虞忍无可忍:"祁南!"

"好好好,不许发弹幕了啊!谁再笑,我就全封了啊!"他故作严肃的模样,让整个直播间里的人笑得更欢了。

江虞趴在座位上一句话也不想说,祁南又凑过来:"真的一句都不让念了吗?刚才有人夸我俩甜……"

"滚。"

"好嘞。"

除了曝光恋情的时候闹得有点大以外,其余时间里祁南和江虞十分低调。

两人这还是第一次公然"撒狗粮",虽然是这种充满了"诙谐幽默"的场面,但还是让一群粉丝激动得不行。且不说微博现在什么样,光是直播间里,就足以看出他们的甜蜜。

江虞原来的紧张感一丝没有了。祁南看着她颓丧的模样,最后用"帮她抢票"这个条件,才把她给哄好。

有谁知道,看起来蛮横矜持的祁南,居然要蹲在电脑前卑微地抢自

己活动的票。

然而,风水轮流转,祁南万万没想到,他在直播间里欺负江虞,到了现实里,他反而要被粉丝欺负。

举办活动的那一天,战队的一众人坐着大巴车到了现场。

活动即将开始,江虞在观众席里找到了自己的位子。她刚一坐下,就感觉到了来自周围的目光。那种毫不掩饰的打量加上交头接耳的议论,让人脑袋发麻。

江虞有点不适应,甚至有点想回后台待着,可是想着好不容易才买到票,就坐着没动。她抿嘴笑了笑,目光放在台上,等着活动开始。

现场的设备没调试好,活动时间只好往后移。

忽然,有个祁南的小粉丝,鼓着勇气过来,问江虞能不能合影。

江虞想,这大约是爱屋及乌,找不到祁南合影,找她也勉强可以。

江虞向来心软,就和对方合了影。没想到这只是一个开始,大家见活动还没正式开始,便纷纷跑过来要和她合影,问她要签名,还有问能不能帮忙带东西给队员的。

江虞几乎要淹没在人群里,所幸周围座位上的几个姑娘帮她挡了挡。

江虞完全没想到自己也会有这么一天,估计以后想到现场看比赛也很难了,她有些欲哭无泪。

又过去了几分钟,人群忽然更加躁动起来,江虞还搞不清楚发生了什么,就被人拽进怀里。

江虞愣了一下,在熟悉的气味里渐渐安下心来。

周围都沸腾了,因为祁南来了。

离得最近的几个粉丝假装不满,开玩笑说她们只要江虞的签名,不要祁南的。

祁南估计是一路跑过来的,气都没喘匀就开始赶人:"这是我女朋友,你们抢什么?签什么名,不行,这是我的女朋友!"

他越这么说,其他人越说自己喜欢江虞,还把上回直播时他欺负江虞的事情拿来说,"指责"祁南对江虞不好。

祁南气急败坏,江虞见状忍俊不禁。

这大男孩醋意满天飞,怎么连自己的粉丝都不放过。

番外二

我跨越数万光年,只为向你走去。

　　电子竞技选手这个职业的假期实在不多,导致祁南和江虞两人的约会次数很少。

　　夏季赛开始前的最后几天假期,祁南为两人准备了一场旅行。

　　M市这个月的气温已经上升了,江虞为了符合夏天的气氛,特意穿了一条亮色的裙子。

　　祁南很少见江虞穿亮色系的裙子,越看越喜欢,就是觉得长度不太合适,对此颇有意见。

　　裙子的长度只是在膝盖上一点点,江虞不能理解祁南为什么说长度不合适。

祁南最终忍不住说了实话:"还不是因为你穿得太好看了。"

江虞看着他别扭的模样,没忍住笑了笑,伸手捧着他的脸,认真地问道:"你为什么这么可爱?"

祁南更加不好意思了,又不愿意离开江虞的手,任由她捧着,耳郭红了起来,分明是害羞了。

江虞在高铁上靠着祁南的肩膀睡觉。她睡得太熟,偶尔脑袋会从祁南的肩膀上掉下来,然后迷茫地抬头看他一眼。

她睡眼惺忪,眼里似有雾气氤氲,看上去怪可怜的。

祁南说了一句:"没到呢,接着睡吧。"她又靠回去,没一会儿又睡着了,祁南略感好笑地替她理了理散落下来的头发。

说起来,这还是两人第一次旅游。虽然那座城市祁南去了许多次,但从来没有哪一次像现在这样期待过。

到预订的酒店放下行李后,两人就近在市中心用了晚餐。

整个出行计划都是祁南制订的,一向懒得在游戏以外费脑子的人,列出了整整一张表格,让江虞感动得不能自已。

江虞连计划表都没看,跟着祁南总不可能丢了,只是随口问了一句:"有看日出这一项吗?听说来这里的游客都会去看日出。"

祁南对此表示很不屑:"大半夜不睡觉去爬山,这不是给自己找罪受吗?"

江虞觉得祁南说得有道理,点了点头。想了想,她又随口说道:"忘了谁之前和我说的,情侣一般都会去看日出的,我以为你也会在计划里写上这一条。"

大概是这句话触动到了祁南,原本说看日出是"找罪受"的祁南,第二天早上三点多,愣是把江虞给喊了起来。

江虞没睡醒,整个人都处于一种迷茫的状态。任由祁南说了半天,一句话也没听进去。等到她坐在了车里,才开口:"这是去哪里啊?"

祁南无奈,合着他白费了半天口舌:"去把你卖了。"

江虞说了句"幼稚"。

祁南没有恋爱经验,身边唯一两对可以参考的人,一对是他爸妈,一对是祁柚和程湛,几乎也参考不了。

他不知道其他人是怎么表达感情的,他只知道自己想尽可能地对江虞好。

在物质方面,他暂时没有能表现的机会,在心意上总得表现表现了。所以,他想到半夜,最后还是把看日出这个项目列进了计划里。

路程算不得短,因为起得够早,所以到达山脚下的时候,天还没亮。一眼望去,整条路上只有几盏路灯和两三家亮着灯的店铺。

祁南先下车,江虞坐在车里。他打开副驾驶座位这边的车门,俯下身朝她张开双臂,她就扑进他的怀里,像个没长大的小姑娘。

这条老街上有一家网吧,这个时间只有这家网吧和旁边的几家便利店在营业。两人从那里路过,在门口驻足观察了许久。

祁南打量着网吧的装修,以及设备的好坏。从祁南的话里边,不难听出他还比较满意这家网吧,颇有要进去打几局游戏的意思。

江虞看着这个大男孩,心想难道跑到另一座城市,还要过和基地一样的生活?

电子竞技选手出现在网吧,被游戏玩家认出来的概率是很大的。好

在这个时间还早,网吧里也没多少人,两人在门口磨蹭了一会儿,也没有被人发现。

网吧的玻璃门上贴着一张大海报,上头的意思是说,因为和自己的男朋友或女朋友吵架而来本网吧的,上网费用打折。

祁南指着那张海报让江虞看,语气里有点得意:"之前网上有人做过调查,大部分恋爱中的男人在吵架的时候,都会选择去网吧通宵打游戏。我就不会,这就是我和他们之间的区别。"乍一听还很有道理的样子。

江虞都懒得翻旧账,祁南通宵打游戏都不知道多少次了。她轻飘飘地来一句:"也是,去网吧你还自带光环,多麻烦啊,倒不如在基地打通宵。"

一击致命。

祁南赶紧把话题止住了,没再往下说,生怕江虞提起以前的事情。

果然,刚才就不该在网吧门前逗留。

上山的路有不少级台阶,像江虞这种身体素质相对差一些的人来说,爬台阶就是一种磨难。

每走一段路,她就要停下来喝点水,把气给喘匀了,才接着往上走。祁南没有办法,每隔一段距离就找个地方让江虞坐着。

他端着江虞的保温杯,把水倒在杯盖里,等水温慢慢地降下来,再把水递到江虞手里,看着她小口地喝完。

不断有人路过,看着祁南拖着一个极度缺乏锻炼的人在缓慢前进。

所幸这座山并不是特别高,到达山顶时,云层后边才隐隐透出些天光来,暂时还瞧不见太阳的踪影。天看上去有些灰蒙蒙的,不是能看到日出的好兆头。

祁南问江虞冷不冷。山上不比山脚,再加上天还没大亮,温度有些低。

江虞下车前披上了祁南事先预备好的长袖衬衫,这一路又是走走停停,几乎感觉不到气温的变化。

远处,有几个姑娘一边看向祁南和江虞,一边交头接耳。没过一会儿,几个姑娘磨磨蹭蹭地走近。

大概是因为紧张,她们问了一个明摆着答案的问题:"你是祁南吗?"

祁南回身,看了她们一眼,故意道:"不是。"

几人求助似的看向江虞,江虞笑了笑,朝着她们点了点头。其中一人问道:"祁南,我们能要个签名吗?"

祁南没拒绝,又是签名又是合影。

几个粉丝也没想到会在这儿遇到祁南,有个姑娘红着脸,说:"祁南,我喜欢……"

"别,我女朋友还在这儿呢,我想活命。"祁南赶紧打断,那副模样把几人逗得发笑。

"你是带江医生过来看日出吗?"

祁南点点头,看了看现在的天气,说有百分之七十的可能性会有雨。

如果看不到日出,江虞会很遗憾吧……

那几人没久留,又说了几句话,依依不舍地离开他们去别处了。

远处不断有人爬上山顶,期待着日出的到来。

祁南和江虞所在的位置较偏僻,两人就这么静坐着。

"如果没有日出的话,怎么办?"祁南觉得今天的天气不容乐观。

江虞看了看远处的天边，又侧脸看着祁南。他本是不想来的，江虞不明白他怎么突然改变了计划。直到爬山的时候，她突然想起了昨晚的对话。

因为她的一句话，所以他把她带到了这儿。

她笑了笑："只是看不到而已，太阳在云层后边依然会升起。我们一起来到这里，这件事情本身的意义超过了亲眼见到日出。"

祁南心里的那点颓丧，一下子就消散了，只要江虞开心，怎么都好。

江虞的手被祁南握在掌心里，他们感受着彼此掌心的温度，都觉得很熨帖。天空一点一点地亮起来，渐渐地，从云朵的缝隙中钻出几道光，太阳就要出来了。

百分之三十的可能性，被他们遇见了。

有人说"这样真幸运"，祁南却觉得真正的"幸运"正被他牵在手中。和这个人在一起的日子，可以胜过所有，胜过他自己走过的每个春秋。

一轮红日缓缓地在群山后升起，逐渐露出整个橙红色的圆形，这片大地一同被照亮了。眼前的模样和油画里如出一辙。

所有人都因这眼前的景象而发出惊呼，拿出手机或其他设备记录下大自然赋予的这一刻美好。

偶尔有人转头，能发现有一对情侣正在这第一抹晨光下拥吻。

第一次相见，你举着牌子站在人群中间；后来有幸与你对视，得以一探你眼中的银河。从此，日月星辰俱暗淡下来。

我跨越数万光年，只为向你走去。

因为你，我才开始思考许多事情。

因为和你在一起，所以未来也被赋予了特殊的意义。

The End